El amor del revés

Luisgé Martín

El amor del revés

EDITORIAL ANAGRAMA
BARCELONA

Ilustración: montaje de Lamala Producciones, a partir de fotos del autor

Primera edición en «Narrativas hispánicas»: septiembre 2016
Primera edición en «Compactos»: septiembre 2021

Diseño de la colección: Julio Vivas y Estudio A

© Luisgé Martín, 2016
    c/o DOS PASSOS Agencia Literaria

© EDITORIAL ANAGRAMA, S. A., 2016
    Pedró de la Creu, 58
    08034 Barcelona

ISBN: 978-84-339-6097-9
Depósito Legal: B. 12600-2021

Printed in Spain

Liberdúplex, S. L. U., ctra. BV 2249, km 7,4 - Polígono Torrentfondo
08791 Sant Llorenç d'Hortons

Para Toni, por los días felices de aquellos años tristes.
Para mi madre, por todos los días.

Infandum, regina, iubes renovare dolorem.

VIRGILIO, *Eneida*

De la vida me acuerdo, pero dónde está.

JAIME GIL DE BIEDMA,
«De senectute»

I. EL NACIMIENTO DE LA CUCARACHA

En el verano de 2010, el escritor Fernando Marías y yo tuvimos una conversación mística mientras desayunábamos juntos en un hotel de Gijón. Algún patriarca de la Iglesia católica acababa de hacer unas declaraciones paleolíticas sobre la inmoralidad de las leyes o la indecencia de las costumbres, y Fernando, melancólico, se lamentaba de que pervivieran todavía en el siglo XXI esas admoniciones casi satánicas que tanto dolor nos habían causado a todos en nuestra infancia. Él había estudiado en un colegio religioso de Bilbao y recordaba los males infernales con que le amenazaban los curas a los trece o los catorce años si pecaba contra el mandamiento de la carne: «Evitar el pecado de obra o de palabra era todavía fácil a esa edad, pero bastaba un pensamiento impuro para condenarse, y como era tanta la angustia que yo tenía de caer en los tormentos del fuego eterno, rezaba para que no me gustaran las chicas. Era así: me arrodillaba y le pedía a Dios que no me gustaran las chicas.» Entonces, con esa metodología proustiana de la memoria olfateada, me acordé de mí mismo pidiéndole a Dios lo contrario al principio de mi adolescencia: «Yo en cambio me arrodillaba y le pedía a Dios que me gustaran.

Le pedía que en mis pensamientos impuros sólo hubiera chicas.»

En 1977, a los quince años de edad, cuando tuve la certeza definitiva de que era homosexual, me juré a mí mismo, aterrado, que nadie lo sabría nunca. Como la de Scarlett O'Hara en *Lo que el viento se llevó*, fue una promesa solemne. En 2006, sin embargo, me casé con un hombre en una ceremonia civil ante ciento cincuenta invitados, entre los que estaban mis amigos de la infancia, mis compañeros de estudios, mis colegas de trabajo y toda mi familia. En esos veintinueve años que habían transcurrido entre una fecha y otra, yo había sufrido una metamorfosis inversa a la de Gregorio Samsa: había dejado de ser una cucaracha y me había ido convirtiendo poco a poco en un ser humano. Como los grandes héroes literarios, había atravesado todo tipo de peligros y de tentaciones y había salido de ellos transformado.

A lo largo de mi vida he conocido a chicos homosexuales que intentaron suicidarse varias veces para huir de la hostilidad del mundo y de su propio sentimiento de culpa. He conocido a hombres casados con mujeres por las que sentían asco. He conocido a adolescentes indefensos repudiados por sus familias. He conocido a muchachos que se habían vuelto clínicamente locos –psicopatías, bipolaridad, neurosis obsesivas– a causa de las maldiciones y las burlas que sufrían cada día. He conocido a extranjeros que habían llegado a Madrid escapando de sus ciudades y a españoles que se marchaban a otros países para poder guardar su vida y su reputación al mismo tiempo. He conocido, en fin, a personas que perdían su trabajo o eran abandonadas por sus amigos a causa de su conducta sexual desviada y proscrita por la ley de Dios y por la ley social.

Yo, sin embargo, no padecí nunca esos agravios. No tengo recuerdo de ningún escarnio ni de ninguna burla.

Nadie me dio la espalda al enterarse de que estaba contagiado por la peste de la homosexualidad. A pesar de ello, sentí enseguida el espanto de la enfermedad y durante muchos años hice todo lo que estuvo en mi mano para ocultársela a los demás. Esa condición patógena era una amenaza social irremediable, una anomalía extraña y virulenta que me convertía en un monstruo. Tenía la tarea de aprender a vivir con esa culpa para no abominar de mí mismo, pero tenía sobre todo la determinación de crear un disfraz que me protegiera de la mirada de los otros. La culpa y el engaño.

Se pone nombre a la sexualidad, pero todo lo que ocurre tiene siempre su principio en los sentimientos. La enfermedad no nace en los testículos, sino en el corazón. El grupo francés Arcadie, fundado en 1954 por André Baudry, se definía a sí mismo como homófilo para soslayar el énfasis erótico de la palabra «homosexual». Lo importante es el amor, no la lascivia.

Yo aprendí a masturbarme –por azar– muy temprano. A los diez o a los once años, mucho antes de que la biología me permitiera eyacular, manoseaba mis genitales torpemente para producirme placer de forma continuada. En aquel tiempo no había fantasías carnales asociadas al acto: era únicamente una ocupación menestral que me producía una satisfacción extraordinaria, parecida a otras –comer chocolate, nadar en el mar durante el verano, jugar al fútbol– que tenían mayor respetabilidad.

Estudié toda la enseñanza primaria y secundaria en el colegio religioso que más fama tenía en el distrito donde vivía mi familia, en el barrio madrileño de Usera. Se llamaba San Viator, pues la orden monástica honraba las enseñanzas del santo francés, que se retiró con su maestro San Justo al desierto para vivir como eremita. Los clérigos viatorianos tenían en aquellos años crepusculares del franquismo una sólida fama de progresistas, tanto en cuestiones morales como en asuntos de índole social. La central española de su congregación estaba en Vitoria, en el País Vasco, y allí, con los márgenes de libertad concedidos a beneficio de fueros históricos y de deudas de otra clase, el estilo educativo presumía de tener algunos respiraderos desde donde oler el aire puro.

El aire, sin embargo, era fétido, aunque no tal vez tan fétido como en otros colegios semejantes. La mayoría de los clérigos que impartían clase vestían ropa civil con alzacuellos, pero había algunos tridentinos, casi siempre ancianos, que empleaban la sotana negra reglamentaria y lucían joyas atrabiliarias: un colgante del crucifijo hecho en marfil, un anillo de piedra reluciente, una estola bordada con hilo de oro en algún convento de clausura.

Uno de esos clérigos trogloditas, el padre Jaime, tenía la misión de recorrer las aulas y llamar a capítulo a algún alumno escogido aleatoriamente. El padre tenía el sobrenombre de El Hechicero por su aspecto enjuto, de carne magra y consumida que no dejaba lugar a otra cosa que no fuera la espiritualidad. Andaba encorvado, con la columna vertebral gibosa, y arrastraba los pies apoyándose en un bastón. Su interrogatorio se repetía contumazmente una y otra vez, de modo que todos los alumnos del colegio sabían, cuando eran llamados a aquella confidencia, lo que debían responder. La primera pregunta tenía una formulación de catecismo: «¿Cometes actos impuros contra el sexto mandamiento?» La segunda pregunta, enunciada a continuación, sin tiempo de que la otra fuera respondida, buscaba ya la transparencia semántica para que no fuera a perderse un alma a causa de un malentendido: «¿Te tocas la colita?»

Cuando llegó mi turno en alguno de los cursos de la enseñanza básica, yo le confesé al Hechicero que cometía actos impuros, que me masturbaba, pero mengüé mucho la intensidad de esos pecados diciendo que habían ocurrido en el pasado, en algunos momentos de debilidad que no creía que volvieran a repetirse. El Hechicero Jaime exponía entonces su teoría, que iba de lo obsceno a lo escatológico sin componendas intermedias: «Cuando cometes un acto impuro de esa naturaleza expulsas de tu cuerpo un líquido blanco lleno de organismos invisibles. Son seres humanos microscópicos y hay miles, o cientos de miles. Al cometer ese acto impuro salen fuera del cuerpo y quedan muertos. Ya no sirven para lo que tienen que servir. Y tú te conviertes en un asesino. Por el capricho de obtener un instante de placer que disgusta a Dios, asesinas a cientos de miles de seres humanos. A cientos de miles de niños.» Ése era su razonamiento pulido y cristalino, y nos lo exponía en los pasillos del colegio con una expresividad sanguinaria que podría habernos conducido, en esa edad tan desamparada, a los tormentos espirituales más atroces. A los doce años uno puede llegar a creer –si se lo dice alguien con autoridad– que la masturbación es una masacre, que cien mil hombres han muerto a causa de ese acto fugaz y deleitoso. En aquella época, un profesor de historia nos habló ampulosamente de la mortandad que había traído consigo la Primera Guerra Mundial. Yo, que acababa de ser llamado por el Hechicero Jaime, eché mis cuentas y sentí el aturdimiento de la barbaridad: mis actos impuros eran tan exterminadores como los ejércitos europeos. En dos meses, según mis sumas, yo era capaz de exceder los crímenes de todas las fuerzas militares en batalla.

15

En los pensamientos impuros no había todavía hombres ni mujeres. Era solamente un instinto o una molicie, un hábito orgánico en el que no existía ninguna finalidad que no fuera fisiológica. En un libro del que hablaré más tarde, que llevaba por título inspirador *Teología moral para seglares*, se explicaba con precisión que «no todos los actos que realiza el hombre son *humanos*. Algunos son simplemente *naturales*». Y a continuación definía éstos: «Actos meramente naturales son los que proceden de las potencias vegetativas y sensitivas, sobre las que el hombre no tiene control voluntario alguno y son enteramente comunes con los animales; v. gr., la nutrición, digestión, circulación de la sangre, sentir dolor o placer, etc.» Durante mucho tiempo la masturbación fue para mí únicamente un acto natural, vegetativo. Debí de intuir que había en él algo humano por el empeño con el que el Hechicero Jaime y otros hechiceros lo condenaban, pero no supe cuál era su trascendencia hasta que me enamoré por primera vez de un compañero de clase.

Se llamaba Miguel Ángel, pero todos le llamábamos por el apellido, como ha sido siempre costumbre en la escuela. Era corto de estatura y tenía la cabeza muy grande, con el pelo cortado a tazón. Su madre había muerto cuando él era muy pequeño y eso le hacía merecedor de una compasión especial entre nosotros. Formaba parte además del equipo titular de fútbol del colegio, lo que le convertía a ojos de todos en un ídolo popular. Durante uno o dos años, antes del enamoramiento, habíamos sido grandes amigos. A esas edades se elige siempre un compañero inseparable con el que se hace alarde de camaradería, y Miguel Ángel y yo nos elegimos el uno al otro. No había ninguna razón singular para ello, no teníamos afinidades ni circunstancias que favorecieran nuestra confraternidad: él era deportista y yo esmirriado; él triunfaba entre el resto de los alumnos y yo pasaba inadvertido; él vivía en una zona del barrio y yo en la opuesta. Probablemente nos unió el azar –quizás al principio compartimos pupitre– y la irresolución desdibujada de la adolescencia, que casi todo lo traza desvanecidamente.

No supe hasta mucho tiempo después que esos sentimientos de exaltación o de amargura que Miguel Ángel comenzó poco a poco a inspirarme eran la sustancia del amor. En aquella época ni siquiera sabía que entre dos hombres –o entre dos niños– pudiera haber amor: los tratos degenerados y sucios que al parecer se daban entre personas del mismo sexo eran de naturaleza carnal, deshonestos, inducidos en el mejor de los casos por las potencias vegetativas que compartimos con las bestias o, en una hipótesis más desalentadora, por Mefistófeles.

Aprender a vivir es aprender a nombrar. Yo había oído hablar del amor muchas veces, pero no sabía reconocer sus hechuras ni sus augurios. Era el asunto central de la mayoría de las películas, en las que los protagonistas perseguían con heroísmo cualquier meta –vencer a los perversos pieles rojas o derrotar al ejército enemigo– para conquistar a una mujer o para poder volver junto a ella. El amor era también el asunto principal de la vida de los adultos: tenían noviazgos, hacían planes, se casaban. Todas las cosas importantes del mundo sucedían por su causa. No recuerdo si a esa edad habíamos estudiado ya química, pero yo imaginaba figuradamente que existía una Tabla Periódica de Sentimientos en la que estarían clasificadas todas aquellas emociones puras del corazón humano, las que no podían descomponerse en partículas menores. El amor, como el hidrógeno en la de elementos químicos, sería la primera de todas. Pero estaba equivocado. El amor no era un sentimiento primario. Se parecía al agua, formada por hidrógeno y oxígeno, o a esos metales de aleación en los que se suman minerales brutos en distintas proporciones.

Cuando estaba al lado de Miguel Ángel, sentía alegría o euforia. Cuando nos separábamos, sentía tristeza. Cuando nos sentábamos muy cerca, sentía embriaguez. Cuando le veía compartir la camaradería con otros, sentía ira o desolación. Todos eran sentimientos que yo había ido conociendo ya a lo largo de mi vida en circunstancias muy diversas y que me parecían, por lo tanto, distintos al amor. El amor tenía que ser otra cosa.

A estas alturas de mi vida aún no sé con exactitud qué es el amor, pero he aprendido a nombrarlo y a reconocer su sombra. En aquel tiempo tardé en hacerlo. Un domingo de verano quedé con Miguel Ángel en la piscina del colegio para pasar la tarde juntos. Yo fui a la hora convenida, pagué mi entrada y le esperé. Una hora más tarde, él no había llegado y comencé a sentir una inquietud plomiza. Pasó otra hora y yo seguí aguardando, cada vez más impaciente y nervioso. Seguramente me encontré en la piscina con otros compañeros de clase y estuve jugando o nadando con ellos, pero me recuerdo a mí mismo solo, sentado en los bancos de cemento que había en uno de los muros y vigilando la puerta con la esperanza de que Miguel Ángel, entretenido por algún compromiso inesperado, llegara por fin. No llegó. Permanecí allí hasta la hora del cierre. Vi cómo la piscina se iba vaciando, cómo se apagaba el ruido de los saltos sobre el agua y de los gritos infantiles. La luz del sol –esos veranos ardientes– se quedó tibia y apacible. Yo recogí entonces mis cosas, me quité el bañador mojado en los vestuarios y salí de allí abrumado por un tormento que nunca antes había conocido. No tenía fuerzas para caminar. El interior del cuerpo se me había llenado de piedras. Me senté en un banco de la calle desde el que se veía a lo lejos el cielo violeta y admití con solemnidad lo que estaba ocurriendo. En otras ocasiones había tenido ya pensamientos frágiles y fugaces de mí mismo infectado por esa enfermedad, pero aquel día fue la primera vez que comprendí sin engaños la médula del amor. La primera vez que pronuncié en voz alta las palabras terribles: «Soy homosexual.»

La *Teología moral para seglares* describía cuatro tipos de actos realizados por el hombre: los actos meramente naturales –de los que ya he hablado–, los actos del hombre, los actos violentos y los actos humanos. Durante mucho tiempo traté de averiguar en cuál de ellos podría clasificarse mi amor, pues los actos del hombre me exculpaban al menos del pecado: «Actos del hombre son los que proceden del hombre sin ninguna deliberación o voluntariedad, ya sea porque está habitualmente destituido de razón (locos, idiotas, niños pequeños), o en el momento de realizar el acto (dormidos, hipnotizados, embriagados, delirantes o plenamente distraídos). Todos estos actos no afectan a la moralidad ni son de suyo imputables al agente.» El compendio distinguía finamente entre estos «actos del hombre» y los «actos humanos», de una tipología diferente: «Actos humanos son aquellos que el hombre realiza con plena advertencia y deliberación, o sea usando de sus facultades específicamente racionales. Solamente entonces obra el hombre en cuanto tal, es dueño de sus actos y plenamente responsable de ellos.»

¿Mi amor hacia Miguel Ángel era un «acto del hombre» o un «acto humano»? ¿Había tenido yo deliberación y libertad para emprenderlo? ¿La tenía ahora para desistir de él? En la respuesta a esas preguntas debería encontrarse la naturaleza de la enfermedad que me aquejaba y, con ella, si era posible, su remedio.

Fue en aquellos días cuando comencé a rezar para pedirle a Dios que me permitiera enamorarme de una chica, que pusiera en mis fantasías, como en las del resto de mis compañeros de clase, el cuerpo desnudo de mujeres lujuriosas. Nunca fui beato, pero había recibido una educación católica que me hacía creer en ese poder mágico de las oraciones: si había fe y cercanía a Dios, cualquier deseo piadoso –y ése sin duda lo era– sería concedido. Si le pedía con humildad a Jesucristo que me librara de un mal, el mal desaparecería.

No rezaba plegarias de misal, pues me habían enseñado que ese modo litúrgico y declamatorio de comunicarse con Dios no era de su gusto. Dios prefería que los hombres hablaran con él desde su propio corazón, empleando palabras sencillas para expresar con sinceridad los ruegos, las dudas y las ofrendas. Yo, por lo tanto, le contaba lo que me estaba ocurriendo. Le describía mis sentimientos hacia Miguel Ángel y mis temores de que esos sentimientos fueran extraviados y peligrosos. Le confesaba mi terror a ser llevado al infierno por una culpa que no sabía cómo evitar. Y le suplicaba, por fin, que me ayudara en mi empeño, que apartase de mí las tentaciones equivocadas y me permitiera perseverar en la vida virtuosa.

El cristianismo construye a través de las tentaciones un camino de perfección. Dios tienta –hasta a su propio hijo hecho carne– para poner a prueba la fortaleza moral y la mansedumbre de los hombres. Sólo los pacientes y los justos saben resistirse a ese engaño y alcanzar así la excelencia. Los que se dejan seducir por las sombras, en cambio, demuestran con ello que no merecen el cuidado de Dios y son abandonados por él. Durante algunos meses, yo creí que aquello que me estaba ocurriendo era una tentación de esta naturaleza, un deseo creado para examinarme. Si Satanás le ofreció a Cristo pan para que comiera después de su ayuno, a mí me ofrecía el amor torcido de Miguel Ángel. Era un ardid, una emboscada. Yo debería comportarme con sumisión y sobrellevar la desdicha hasta que, una vez probada mi lealtad, Dios me auxiliara y me llevase a su lado.

Dios, sin embargo, no me escuchó, o, si lo hizo, guardó silencio ante mis ruegos. No hubo arcángeles que descendieran sobre mí para salvarme. No tuve recompensa por mi confianza ni me fue mostrada ninguna señal que me guiara. Mi cuerpo continuó poseído por los mismos instintos y fue sintiéndose cada vez más débil, cada vez más despojado del ardor de la fe. A pesar de ello, no dejé de rezar. Seguí inventando plegarias personales en las que le decía a Dios que no quería vivir como los hombres malditos, que no deseaba ese sufrimiento desalmado, que no había cometido pecados que justificaran la penitencia a la que se me estaba condenando. Pronuncié también oraciones rituales –el padrenuestro, la salve, el credo– por si acaso Dios, en mi circunstancia, prefería la ortodoxia. Pero ninguna de ellas le movió a compasión.

Cada semana, en algunas horas escolares que estaban consagradas a ello, iba a confesarme a la capilla del colegio. Arrodillado ante la celosía, recitaba la retahíla de faltas rutinarias que todos los chicos compartíamos: había mentido, había desobedecido a mis padres, me había peleado con algún compañero, había tenido un exceso de orgullo o de pereza. Y en esa lista fastidiosa e invariable deslizaba siempre, susurrando, el pecado de la lujuria. Empleaba para ello la fórmula instituida por el catecismo y por la tradición: «He cometido actos impuros.»

21

Los actos, en este enjuiciamiento moral, eran menos peligrosos que los pensamientos. Los confesores daban por descontado que la transformación hormonal de la adolescencia propiciaba un furor masturbatorio ciego, animal, mecánico. Los pensamientos impuros, sin embargo, nunca eran ciegos ni inconscientes. Tenían siempre una escenografía y unas figuras, estaban llenos de rostros, de fantasías, de deseos insatisfechos y de episodios quizá procaces. En los pensamientos había más actos que en los actos mismos. Por eso los sacerdotes escuchaban con tedio la confesión de éstos y se avivaban curiosos ante la mención de aquéllos.

Yo cumplí mal con el sacramento –lo que tal vez me hizo estar en pecado mortal durante la mayor parte de aquellos años– porque me resistí a confiarles a mis examinadores espirituales los matices de mi impureza. Trataba de elegir al confesor más benévolo, al que menos indagaba en los pormenores de los pecados, pero cuando no era posible y el azar me ponía frente a los más inquisidores –el Hechicero Jaime o el padre Urrutia–, optaba por callar lo que no podía ser dicho. Creo que en alguna ocasión me vi obligado a mentir e inventé pornografías femeninas para distraer el interrogatorio al que estaba siendo sometido. A pesar de que la doctrina católica asegura que Dios perdona todas aquellas culpas que le son reconocidas con arrepentimiento en el ejercicio de la confesión, yo tenía la certeza de que si admitía delante de un ser humano ese descarrío, mi vida podría desbocarse para siempre y mi felicidad se arruinaría. La lengua de los hombres, pensaba yo, es también de barro y nunca acierta a sujetar los secretos.

En el curso de ese camino de perfección místico –tal vez cuando ya mi amor por Miguel Ángel era irreversible–

tuvo lugar la revelación erótica. Fue el instante primigenio de mi vida sexual, el día en que recuerdo por primera vez la sensación hipnotizante de la carne humana. Lea Vélez dice en *El jardín de la memoria*, el libro en el que reconstruye la muerte de su marido, que una película normal tiene aproximadamente sesenta secuencias. Cualquier historia debe poder contarse en sesenta secuencias. Las esenciales, las que determinan el rumbo de los acontecimientos. La tarea más importante de un guionista es tal vez elegir cuáles son esos momentos, saber separar el mineral de la ganga, descartar lo superfluo. La memoria hace siempre ese trabajo con los años de la infancia e incluso de la juventud. Sólo guarda lo que fue memorable o terrible, lo que quedó marcado a fuego en el cerebro por alguna razón.

No recuerdo ninguno de los detalles de lo que ocurrió, debo inventarlos. Yo estaba con Miguel Ángel y con otros chicos en unas gradas gigantescas de cemento que había en uno de los laterales del campo de fútbol del colegio. Era el recreo de las clases o el tiempo que alargábamos a veces a la salida antes de regresar a casa. Caía un sol diáfano, plomizo. Hablábamos de algo, hacíamos las bromas necias y sin gracia que se hacen siempre a esa edad. Quizás alguien lanzó en un determinado momento un reto o una apuesta, quizás hubo un desafío, quizá se repitió simplemente la travesura masculina de la brutalidad festiva. El hecho es que de repente todos nos abalanzamos en torbellino encima de Miguel Ángel, riendo y gritando. Un enjambre de muchachos moliendo simuladamente a otro sobre el suelo. Cinco o seis cuerpos enredados como un zarzal.

No hubo deliberación, sino instinto: mi mano, oscura, escondida en esa maraña que se movía como un arácnido, buscó el bulto del sexo de Miguel Ángel y pasó sobre él con audacia. La palma abierta, los dedos, las yemas de los dedos. Fue un instante huidizo, casi inexistente, pero sentí una sacudida que ha durado cuarenta años y que seguirá durando mientras yo permanezca vivo. Igual que esa luz extrema que rompe a veces la pupila de los ojos y lo ciega todo. No toqué ninguna carne, sólo la tela basta del pantalón, que tenía además debajo otra tela separando aún más el tacto. Pero fue suficiente para que se me quemara el espinazo del cerebro.

Él se dio cuenta. Al levantarnos todos, riendo aún, anunció sofocado que había entre nosotros un judas, un indigno, una mujer disfrazada. Dijo la palabra viril, pronunció el insulto, pero no supo adivinar quién era. Seguramente no tenía tampoco la certeza de que el manoseo hubiera sido intencionado: en esos tumultos juveniles era imposible controlar los propios actos. Todos cacareamos con carcajadas alrededor de él. Durante un momento, yo sentí miedo de ser descubierto a causa de mi rubor o de mi zozobra, de modo que hice aspavientos idénticos a los de los demás. Nadie notó nada. Seguimos ganduleando en las gradas o tal vez nos fuimos a jugar al fútbol en el campo.

De la mayoría de los hombres con los que me acosté luego lo he olvidado todo: el rostro, la forma del cuerpo, la suavidad de la piel. Aquellos genitales que nunca llegué a ver ni a tocar, sin embargo, los recuerdo con una intensidad casi incendiaria, como si siguiera buscándolos a cada momento entre el laberinto de cuerpos.

No sé si aquel día sentí alegría por haber tenido ese estremecimiento erótico proscrito e ignominioso, pero me masturbé pensado ya sin ocultación en el cuerpo desnudo de Miguel Ángel. Fue el segundo aldabonazo: mis desviaciones homosexuales no eran sólo un rastro de humo, sino una columna de fuego cada vez más encendida. Me moría de amor y me moría también de deseo.

24

Alrededor de 1987 conocí a través de un anuncio por palabras a un chico de mi edad que se llamaba Alfonso y que tenía graves trastornos emocionales. Su familia pertenecía al Opus Dei y condenaba radicalmente cualquier desviación de los afectos. Sobre Alfonso, que tenía seis hermanos varones, habían caído en su adolescencia las sospechas de descarrío por una amistad con un compañero de clase amanerado. Desde aquel momento se había visto forzado a reafirmar constantemente su virilidad con gestos de macho vigoroso y con comportamientos varoniles. Había fingido durante un tiempo ser un mujeriego y luego se había comprometido con una novia almidonada y sumisa de la buena sociedad cristiana. Cuando yo le conocí aún no la había abandonado. Tenía el propósito de hacerlo en cuanto reuniera la fortaleza necesaria para enfrentarse a sus padres –de los que ya no tenía dependencia económica–, pero ese instante iba posponiéndose. Buscaba a alguien con quien compartir el trance: un amante que estuviera a su lado y le protegiera de la intemperie cuando llegase.

Nos vimos cuatro o cinco veces en cafés bulliciosos. Él hablaba de su propia vida sin parar, de sus tormentos. Era un chico culto y reflexivo, pero los ejercicios intelectuales no le servían para calmar sus tribulaciones. Conversando con él me di cuenta por primera vez de la perdurabilidad invisible que tienen en el cerebro humano las ideas inculcadas en la infancia, los adoctrinamientos tempranos: Alfonso sabía ya que Dios no existía y que el amor simple –fuera el que fuera– no podía ser condenado por ninguna moral justa, pero a pesar de todos los esfuerzos racionales que hacía para vivir de acuerdo con esos principios, no lograba librarse de los remordimientos y de los terrores. Decía que estaba

25

orgulloso de ser como era, pero sentía aún culpa y vergüenza. Le roía esa contradicción, esa incapacidad para desprenderse de las hechicerías en las que le habían educado.

Después, a lo largo de mi vida, he contemplado muchas veces la misma frustración en otros hombres que menospreciaban el adoctrinamiento religioso que habían recibido de niños porque creían que su inteligencia tarde o temprano sería capaz de vencer a la superstición. Pero hay un error en ese análisis: no se adoctrina el pensamiento, se adoctrina el corazón.

Alfonso quiso acostarse conmigo y yo le rechacé tres veces, como San Pedro a Jesucristo. Era feo, de dientes descabalados y grandes, y tenía en la mirada esa expresión avinagrada de los locos incluso cuando hablaba con sensatez. Probablemente no sentía hacia mí más atracción sexual que yo hacia él, pero necesitaba con apremio un cuerpo al que agarrarse. Sus intentos libertinos, así, se fueron volviendo cada vez más desagradables para mí, que dejé de responder a sus llamadas y de acudir a sus citas.

Seguí teniendo noticias de él a través de otro amigo al que los dos habíamos conocido mediante un anuncio por palabras. Este amigo, cuyo nombre no recuerdo, tampoco se acostó con Alfonso, pero continuó viéndole en cafés y en discotecas. Fue él quien me contó, un año después, que se había suicidado y que lo había hecho, además, con un método desusado y anacrónico: se ahorcó colgándose de una barra metálica anclada en el techo que servía para sujetar los cortinajes que separaban dos grandes salones en la casa familiar. Lo encontró su madre. Había dejado una carta en la que lo explicaba todo: la disputa entre su mente racionalista y sus vísceras de nigromante.

Mi familia nunca tuvo beatería. Mis padres eran católicos y creían que la forma de vida cristiana nos llevaría a todos a la eternidad, pero a la hora de interpretar los mandamientos de Dios siempre hubo cierta cordura. Mi madre se burlaba en cualquier circunstancia del papel sumiso de la mujer predicado en la época, y mi padre hacía esfuerzos más voluntariosos que reales por educarnos con severidad doctrinal.

Con ese fin compró la *Teología moral para seglares* cuando yo tenía trece o catorce años y mi hermana mayor diez (la pequeña aún no había nacido), y nos anunció con solemnidad que cada día leeríamos juntos un epígrafe o un capítulo. El propósito duró menos de una semana, sobre todo porque las lecturas eran tediosas e invitaban más a la apostasía que a la fe. De las casi mil trescientas páginas de los dos volúmenes, mi padre debió de leernos apenas diez, que corresponden a la «moral fundamental». Luego los libros quedaron arrumbados en una estantería, entre novelas y ensayos divulgativos del Círculo de Lectores.

Sin embargo, yo, que estaba aterrorizado por el infierno y por los pecados de mi espíritu, comencé a leer en secreto los pasajes más carnales para tentar mi suerte. No me interesaban los sacramentos, las virtudes teologales o la justicia social, de los que hablaba con prolijidad el libro, sino la sexualidad y sus castigos. El texto, que tenía un lenguaje deliciosamente reglamentario, casi forense, era estremecedor: atribuía todos los males a quienes como yo sufrían de esos extravíos eróticos. Lo único que me consolaba un poco era la brevedad de los apartados dedicados a esos asuntos. Si entre tantas páginas sólo se consagraban veinte a tratar los males de la lujuria, no podía ser una cuestión tan cardinal y concluyente en el Juicio Final.

Con ese afán taxonómico de todo el libro, clasificaba la lujuria en varias especies. En primer lugar, separaba la «consumada según la naturaleza» de la «consumada contra la naturaleza». En el primer tipo –ordenadas de menor a mayor gravedad– figuraban la simple fornicación, el estupro, el rapto, el adulterio, el incesto y el sacrilegio carnal. En el segundo tipo aparecían registrados la polución, el onanismo, la sodomía y la bestialidad. En cada una de las secciones se exponían muy detalladamente las nociones básicas, las subclasificaciones y el juicio moral, todo ello expresado con un lenguaje de apariencia médica. En el sacrilegio carnal, por ejemplo, se advertía que podían cometerlo quienes usasen alguna cosa sagrada para fines deshonestos o, «según la opinión de gran número de moralistas, el que cometiera un pecado deshonesto antes de transcurrir media hora, al menos, de haber recibido la sagrada eucaristía». Un poco menos tiempo del que se necesitaba para poder bañarse sin riesgo después de la digestión.

De los diez pecados posibles, a mí me afectaban sólo dos: la polución –que era como se denominaba en el libro a la masturbación solitaria, puesto que el onanismo exigía una unión sexual entre dos personas– y la sodomía. Uno de ellos, el primero, era tan común entre mis compañeros que me inspiraba menos espanto, a pesar de que los autores advertían tajantemente de que «no es lícito jamás, bajo ningún pretexto, provocar o admitir voluntariamente una polución, ni siquiera para salvar la propia vida». El segundo, el de la sodomía, era el que me amedrentaba, el que guiaba en aquellos tiempos todas mis pesadillas, pero la *Teología moral para seglares* le dedicaba sólo dos párrafos. Dos párrafos secos y austeros, casi fríos, que amenazaban incluso con la pena de muerte:

En sentido estricto y perfecto se entiende por tal el *concúbito carnal entre personas del mismo sexo* (inversión sexual). En sentido amplio o imperfecto es el *pecado car-*

nal entre personas de diverso sexo en vaso indebido. Ambos casos pueden ser consumados o no consumados, según se llegue o no al acto perfecto y completo. Son de distinta especie la perfecta y la imperfecta, la consumada y la no consumada.

La sodomía es de suyo un pecado gravísimo, por su enorme deformidad y oposición al orden natural. Dios castigó las ciudades nefandas de Sodoma (de donde viene el nombre de *sodomía)* y Gomorra, que se entregaban a este crimen, arrasándolas con fuego llovido del cielo (Gén. 19, 1-29), y en la Antigua Ley se sancionaba con la pena de muerte (Lev. 20, 13). El *Código canónico* declara *ipso facto* infames a los seglares que hayan sido *legítimamente condenados* por este crimen (cn. 357 § 1). En algunas diócesis es pecado reservado al ordinario del lugar, o sea, que sólo puede absolverse con permiso especial del obispo (aunque sin declarar el nombre del penitente, como es obvio).

Yo no me suicidé, como Alfonso, ni estuve nunca realmente cerca de hacerlo (salvo tal vez en una ocasión, muchos años después, en Llanes), pero aquella lectura, junto con las admoniciones clericales y las burlas satánicas que oía en todas partes contra los homosexuales, comenzaron a forjar los trastornos de carácter que he tenido desde entonces. Las fobias sociales, los miedos, los estados depresivos, las inseguridades crónicas o la ira que me asfixia en algunos momentos tienen su principio en las ciénagas de aquellos tiempos. A veces, cuando me siento a recordar mi adolescencia, los años en los que permanecí callado, me pregunto cómo fui capaz de seguir viviendo o de conservar el juicio. Alfonso se ahorcó. Otros compañeros de viaje fueron volviéndose vesánicos, heroinómanos o ridículos y perdieron la posibilidad de tener una vida normal, de encontrar a alguien que les amara, de envejecer con la extraña dignidad que da la calma. Criaturas tristes y abandonadas, paranoicos, chiflados, pederastas, patrañeros, embaucadores, delincuentes, pornógrafos, majaderos. A los treinta años tuve un amante –de padres campesinos– que escribía versos afectados y melifluos. Un día, hablando de estos asuntos, de las razones por las que todos los homosexuales acababan siendo locos o artistas, me dijo con cursilería que el corazón humano es como la fruta: tiene que madurar al sol y ser cortada a tiempo, porque si se cría en la oscuridad, en un huerto cerrado donde no da el aire, y se arranca del árbol muy temprano o se deja pudrir en la rama, ya no sirve. La fruta, el corazón humano. Me he acordado de esa imagen muchas veces. Cuando he visto a uno de esos seres desamparados que habían perdido la guía de su vida o cuando yo mismo he tenido que enfrentarme a alguna de las sombras que perduran siempre dentro de mí.

Yo también he creído, como Alfonso, que al volverme sabio y reflexivo podría combatir todas las supersticiones que crié de niño. Que al comprender que no existe el infierno me olvidaría de las aprensiones y del dolor. Pero nunca ocurre así. El corazón se queda tierno, sin hacer, se pudre en algunas partes, se descuaja, y ya no es capaz de cumplir con su función. Se convierte en una maquinaria rota, en un fruto atravesado por gusanos. Los asuntos que de él dependen –la serenidad, la confianza, la alegría– quedan para siempre sin gobierno.

En aquella época también leí enciclopedias médicas y artículos divulgativos que aparecían en revistas de información general. En todos ellos se explicaba, con un lenguaje más o menos técnico, casi zoológico, que los seres humanos nacen siempre con la marca de la bisexualidad y que a medida que crecen van orientando su inclinación definitiva. Según esos estudios científicos, la mayoría de las personas atraviesan durante la pubertad una fase en la que se sienten atraídos por individuos de su mismo sexo sin que eso signifique que son homosexuales.

La enciclopedia *La medicina y la salud* publicada por Salvat en 1973, antes del final del nacionalcatolicismo franquista, había sido objeto de una revisión ética dirigida por Manuel Alcalá, profesor de Moral en las universidades de Comillas y de Granada, pero no tenía un tono inquisitorial, sino más bien indulgente. De la mano de Freud y de Kinsey, lamentaba la segregación a la que habían sido sometidos los homosexuales durante tantas décadas. Y advertía antes que nada que «los especialistas, psiquiatras o psicoanalistas no toman en consideración en sus estudios las conductas homosexuales más o menos episódicas que se producen en la infancia y en la adolescencia y que pueden no entrañar consecuencias». Y más tarde registraba un dato que me perturbaba y llenaba mi cabeza de fantasías extravagantes: «Según el informe Kinsey, no menos de un 37 por 100 de personas del sexo masculino la practican [la homosexualidad] o la han practicado alguna vez.»

Yo leía esos textos con verdadero consuelo y confiaba en que mi caso fuera un ejemplo más del comportamiento confuso de la edad que se describía en ellos. Quizá mi «conducta episódica» era más larga de lo habitual y más incierta, pero tarde o temprano se restituiría la normalidad biológica y yo comenzaría a sentir atracción hacia las chicas. En realidad ya la sentía en algunas ocasiones: no sólo era capaz de distinguir a las mujeres guapas de las feas, sino que las primeras me parecían diosas opulentas y magníficas. No me inspiraban ninguna tentación carnal, pero eso se debía seguramente a que mi ímpetu erótico era frágil: yo prefería la lectura o la contemplación especulativa. Las enciclopedias médicas, de hecho, también hablaban de los diferentes grados de deseo sexual entre los seres humanos: mientras que unos tenían el instinto exacerbado y caían en la promiscuidad, otros –igual de normales– eran de una naturaleza más desmayada y anémica en estos asuntos. Esa clasificación podía constatarse en el retrato colegial: los alumnos mostrencos eran mujeriegos y los laboriosos eran castos o pudibundos. Yo, que sacaba buenas notas, tenía por lo tanto la cualidad de la pureza.

En los últimos años de mi vida de explorador juvenil en los boy scouts, la organización se modernizó y dio acceso a las mujeres. Se incorporaron entonces varias patrullas de chicas, procedentes sobre todo de otro colegio femenino hermano. En las actividades que hacíamos en Madrid y en las acampadas que programábamos los fines de semana, comenzó a haber un estímulo añadido a los del contacto con la naturaleza y el aprendizaje de valores de convivencia: el interés sexual adolescente. Enseguida se crearon redes de seducción y confabulaciones eróticas. Dejó de hablarse de escultismo y de rastreo montañero y se empezó a hablar principalmente de enredos sentimentales. Se formaron varias parejas efímeras –que iban entrecruzándose entre ellas– y una perdurable, compuesta por los dos ejemplares biológicamente más depurados de la tropa: Antonio tenía un cuerpo delicado y fibroso, una sonrisa de ojos achinados que iluminaba sus rasgos y unas habilidades sociales con las que embelesaba al grupo; Gloria, por su parte, reunía todas las virtudes de la belleza femenina de la época y las cultivaba sin disimulo. En las noches de campamento, alrededor del fuego, él tocaba a la guitarra canciones nostálgicas mientras ella, abrigada a su lado, le besaba los brazos en silencio. Seguí teniendo noticias de Antonio durante muchos años, por azar, y pude llegar a saber que era homosexual y que aquellos amores juveniles con Gloria, que todos envidiábamos por su excelencia, eran falsos o forzados.

Yo tenté la fortuna con una chica que se llamaba Aurora. Era de rostro agradable y de figura exuberante, lo que a mí, sin criterio sexual, me parecía sin duda un mérito incontrovertible. Recuerdo haber participado en alguna conversación de gañanes sobre las tetas de Aurora y su poder sicalíptico. No hice nada excesivo, nada que llegara a comprometerme ni a producirme ansiedad. Jamás le dije ninguna palabra de amor. Tal vez dediqué más esmero a su compañía y fui más cortés ante ella. En mitad de las caminatas que realizábamos para entrenar el cuerpo y el espíritu, de varias horas, yo la buscaba para compartir la marcha y conversar, pero casi nunca estábamos a solas, y jamás nos hicimos el uno al otro confidencias especiales.

Es probable que yo dejara correr la voz de que me gustaba, pero ella, si se enteró, no dio ninguna señal que me permitiera continuar con el agasajo. Tenía varios pretendientes y no acababa de decidirse por ninguno, entre otras razones porque las chicas de aquellos tiempos –o al menos las que habían sido educadas entre las monjas, como las que formaban parte de nuestro grupo– conservaban la antigua usanza y esperaban con una cierta pasividad las acometidas masculinas. Yo sentí quizás alguna frustración por el fracaso, pero lo que más me hizo sufrir fue comprobar una vez más que mi emoción era fingida, que no había ninguna pasión en mi acercamiento a Aurora y que su indiferencia no me provocaba penas de amor, sino, más bien al contrario, bastante alivio. Comprobar, en fin, que mis oraciones a Dios, cada vez más descreídas, seguían sin obtener su recompensa.

En 1977 hice el juramento de silencio del que he hablado antes y en 1982 se rompió el hilo que lo sujetaba. En esos cinco años no hablé de mis sentimientos con nadie ni tuve ninguna relación sexual: entre los quince y los veinte años de edad –la época más terrible y más gloriosa de la vida de un ser humano– permanecí quieto, escondido, educándome en el arte del fingimiento y en la simulación de todo.

En aquellos primeros tiempos ni siquiera me sentía solo: la soledad es un concepto muy difícil de comprender para un niño que empieza a descubrir el mundo. Están solos los que viven sin nadie a su alrededor, los que no tienen amigos, los que han perdido a su familia, los que no reciben llamadas de teléfono o no encuentran compañeros con los que compartir juegos. Mi situación personal, sin embargo, era muy diferente. Había varios amigos que me acompañaban en mis correrías –las travesuras del barrio, los desvelos académicos, los boy scouts, las ensoñaciones literarias– y tenía a mi lado un enjambre de parientes que venían a casa de visita y se interesaban apasionadamente por mis asuntos. Mis padres se preocupaban por mí, mi hermana mayor husmeaba en mis cosas, mis vecinos Enrique y Lorenzo subían a buscarme para jugar al fútbol, y tres o cuatro compañeros de clase se disputaban mi camaradería. La soledad, creía yo, no podía ser eso. Pero aprender a vivir es aprender a nombrar. Encontrar el verdadero significado de las palabras, su definición exacta.

Yo hablaba con mis amigos de todo menos de lo que más me importaba. Algunos años después, cuando leí el poema «Autobiografía» de Luis Rosales en algún lugar de Granada, adonde había viajado melancólicamente solo, me acordé de todos esos años pasados y de la impostura que supone vivir: «sabiendo que jamás me he equivocado en nada, / sino en las cosas que yo más quería». Ése fue justamente el derrotero que tuvieron mi adolescencia y mi juventud: hice todo cabalmente, salvo lo que de verdad quería hacer. Escribí libros herméticos o escapistas que hablaban de asuntos que me interesaban, pero no empeñé ni una página en hablar de mis sentimientos o de mis dudas. Mi primera novela, de aire futurista y utópico, reconstruía una sociedad experimental implantada en una isla del Pacífico en la que las reglas de la herencia habían sido abolidas por la ley con el fin de construir un mundo más justo. La segunda, de inspiración cortazariana, reunía las vivencias existenciales de un hombre joven que leía grandes libros y fumaba cigarrillos franceses. La tercera, escrita bajo el deslumbramiento de los relatos de Cesare Pavese, era más sentimental y contaba la historia desengañada de un muchacho enamorado –heterosexualmente, por supuesto– durante un verano. La cuarta, inacabada, tenía un propósito testimonial y panfletario de oposición al servicio militar obligatorio, que era uno de los asuntos que más me atormentaban en aquellos años. En ninguna de ellas, en todo caso, ni en ninguno de los cuentos que escribí también en esa época, aparecían personajes homófilos, reflexiones acerca de los secretos de la intimidad o señales argumentales que pudieran interpretarse en clave confesional. En ninguna de ellas aparecía la punta de un hilo del que tirar para desovillar la madeja. El secreto estaba guardado.

35

A medida que fui creciendo, se hizo más embarazoso justificar ante los demás la indiferencia sentimental y el celibato. A los quince años había todavía muchos chicos que, por inmadurez o por torpeza, no tenían novia ni galanteos, pero a los dieciséis y a los diecisiete hasta los más marginales y solitarios encontraban alguna hazaña erótica que contar y algún romance del que presumir. Para conservar la dignidad sin tener amoríos había que acreditar alguna causa, explicar cuál era la razón del desinterés o del fracaso. Yo, de una manera inconsciente, sin deliberación, fui construyendo poco a poco el personaje que me mantendría a salvo de las murmuraciones.

En primer lugar, realcé mis modales viriles. Nunca tuve rasgos de afeminamiento, pero en mi adolescencia me apliqué en extirpar incluso aquellos ademanes o expresiones que pudieran ser imprecisos. Empecé a fumar a los dieciséis años y aprendí a hacerlo con una gestualidad bogartiana, existencialista, adelantando la mano con el puño cerrado y expulsando el humo con un gesto de desdén. Me gustaba sostener el cigarrillo entre los labios mientras hablaba y sonreír con cinismo. El tabaco fue para mí durante muchos años un disfraz que escondía mi timidez y engrandecía mi masculinidad. Me gustaba aplastar el pitillo antes de encenderlo golpeando el filtro contra la uña del dedo pulgar y girarlo luego en el aire con malabarismo hasta ponerlo en la boca. Me gustaba hacer pantalla con la mano para proteger la llama de la cerilla, aunque no hiciera viento. Me gustaba fumar entrecerrando los ojos, con aire arrogante.

El resto de mis posturas y de mis movimientos también fueron adiestrados para eliminar de ellos cualquier rastro de femineidad. Comencé a sentarme con desmaña, tumbado sobre la silla y ladeando el cuerpo como un indolente. Cogía los vasos y las tazas con rudeza, controlando el dedo meñique para que no lo estirara la doncellería. Cruzaba las piernas poniendo el tobillo sobre el muslo contrario y apoyando la mano sobre la rodilla alzada. Me apretaba la bragueta con vulgaridad, sosteniendo los genitales con la mano abierta. Y cuando estaba en la calle o en el campo, escupía continuamente, áspero, desabrido, grosero.

Mi vocabulario fue asilvestrándose. En mis libros no uso nunca palabras malsonantes o soeces, pero en la conversación soy malhablado hasta extremos a veces rufianescos. Me gusta la chabacanería verbal, la brutalidad ordinaria y sucia, el lenguaje agreste. A aquella edad me parecía que esa escabrosidad me daba la hombría. Los maricas, según todos los clichés, usaban un léxico relamido y cursi, de modo que un blasfemador maldiciente debería ser, en justo correlato, el macho armonioso e indudable.

El silencio fue la mejor de mis máscaras. Cuando alguien me preguntaba por mi vida sentimental o me pedía opinión sexual sobre alguna mujer, no mentía nunca: callaba. Mi tía Alicia, la menor de las hermanas de mi madre, comenzó a partir de un determinado momento, a mis quince años, a preguntarme con obstinación y picardía si tenía ya novia. Yo negaba con una cierta petulancia, dibujando siempre una media sonrisa, y cuando ella insistía, inquiriendo las razones, me encogía de hombros con un aspaviento de suficiencia y no decía nada. En el siguiente encuentro familiar, mi tía repetía la escena. «¿Te has echado ya novia, Luisito?» Yo estiraba la comisura de los labios y movía la cabeza con lentitud. A veces añadía algún comentario machista o despectivo —«Tengo muchas novias»— para hacerme pasar por un libertino misterioso en lugar de por un misántropo sin atributos.

Con mis amigos, el comportamiento era semejante. Ante unos me hacía pasar por intelectual, despreciando todo lo que tuviera que ver con los instintos y dando a entender, por lo tanto, que mi reino no era de este mundo y que antes de entregarme a la lujuria tenía que convertirme en un hombre de provecho. Ante otros, exageraba mi impericia de seductor o mi fealdad, permitiéndoles que alardearan con altanería de sus conquistas. Mis mayores amigos de esos años, en todo caso, no eran grandes donjuanes, de modo que podía expresar ante ellos otras pasiones sin miedo a sentirme repudiado.

Una de las máximas de François de La Rochefoucauld dice: «Estamos tan acostumbrados a disfrazarnos para los demás que al final nos disfrazamos para nosotros mismos.» Cuando la leí por primera vez, hace mucho tiempo, me di cuenta de que en ella estaba encerrada la definición de mi carácter. Si a los quince años, durante el proceso de formación de la personalidad, uno tiene que fingir continuamente ser quien realmente no es, acaba convirtiéndose poco a poco en el personaje que trata de representar. El disfraz se transforma en vestimenta y las invenciones pasan a ser cualidades reales. Los gestos dejan de ser impostados y se vuelven naturales. E incluso en algún momento, cuando el ejercicio de fingimiento es muy intenso y prolongado, los pensamientos se enmarañan o se difuminan hasta extraviar al propio impostor.

Uno de los temas capitales de mi literatura es el conflicto de la identidad. Hay en ella muchos personajes que no son en realidad quienes aparentan ser o que en un momento preciso de su vida intentan convertirse en otros individuos diferentes. Esa pasión por el travestismo existencial tiene que ver sin duda con mi resistencia candorosa –y la de la mayoría de los escritores– a vivir una sola vida, o, dicho en otras palabras, con mi disconformidad ante las reglas biológicas de la condición humana. Pero resulta evidente que también es debida a mi costumbre carnavalesca, a la obligación que sentí yo mismo durante muchos años de ser otra persona diferente de la que era. La mayoría de mis palabras tenían el retumbo de la insinceridad, mis miradas eran esquivas o sinuosas, mis gestos estaban violentados por el deber, y mis deseos nunca llegaban a convertirse en actos. Mi cuerpo llevaba una máscara gigantesca. Todo era maquillaje, adorno, trampantojo.

«Estamos tan acostumbrados a disfrazarnos para los demás que al final nos disfrazamos para nosotros mismos.» Se llega a ser lo que durante mucho tiempo se finge ser. Las mentiras que se repiten sólo para que otros las escuchen acaban siendo creídas por la propia conciencia y empiezan a formar parte de nuestro temperamento o de nuestra biografía. Por eso no sé bien, desde hace mucho tiempo, quién soy realmente. O, mejor dicho, no sé quién habría llegado a ser si en todos aquellos años cardinales no hubiera tenido que mentir día tras día. Tengo la impresión de que sería más afable y compasivo. De que mi neurosis no tendría los rasgos patológicos y antisociales que a veces tiene. De que mis pulsiones sexuales estarían reglamentadas con más simetría. De que no habría llegado a escribir algunos libros dolorosos que he escrito ni a concebir algunas teorías poco piadosas que defiendo cuando me dan la ocasión de hacerlo. De que sería un hombre más insignificante y más feliz de lo que soy.

A veces, cuando estoy sereno y me enfrasco en este tipo de cavilaciones, trato de averiguar cuáles de mis rasgos de carácter son los primigenios y cuáles los artificiales. Me divierto durante un rato haciendo la pesquisa. Luego me doy cuenta de que a mi edad todos los rasgos de carácter, en cualquier persona, son artificiales.

Fui enamoradizo, pero no recuerdo muchos amores de aquellos años. Tampoco estoy seguro de su perseverancia, aunque lo más probable es que duraran algunos meses y luego fueran apagándose poco a poco por la propia lógica de su imposibilidad. El primero de todos ellos, después de Miguel Ángel, fue Alfredo, el primo de uno de mis vecinos. No soy capaz de revivir su rostro y no guardo ninguna foto suya que me permita espabilar la memoria. Yo tenía quince años cuando le conocí. Su familia vivía en un barrio lejano del mío, de forma que nos veíamos poco, pero conservo dos recuerdos muy vivos de nuestra relación. Uno de ellos ha perdurado por razones de índole dramática: habíamos ido juntos al Parque de Atracciones de Madrid –quizá con algún otro amigo– y a la salida, de camino al metro, nos asaltaron unos navajeros que estaban escondidos entre los árboles. Eran los primeros años después de la muerte de Franco, y en los periódicos se hablaba continuamente de la inseguridad ciudadana y del libertinaje que habían traído los nuevos tiempos. Los salteadores, enseñando el filo del cuchillo, nos exigieron todo el dinero que llevábamos y luego nos dejaron marchar indemnes. Cuando estuvimos ya fuera de peligro, en un espacio abierto e iluminado, Alfredo metió sus dedos en un bolsillo interior que tenía en la cinturilla de los pantalones y sacó como un prestidigitador un billete de cien pesetas doblado varias veces. Con ese dinero pudimos entrar al metro y regresar a casa.

El otro recuerdo es de naturaleza erótica. Aunque no formaba parte del grupo de boy scouts al que yo pertenecía –o quizá sí y lo he olvidado–, Alfredo acudió conmigo al campamento de verano que se organizó en la Sierra de

Cazorla jienense. En ese campamento pasamos juntos dos semanas, durmiendo en la misma tienda de campaña y compartiendo las mismas aventuras. Las instalaciones estaban en mitad de la naturaleza, en la falda de un monte, y había una pequeña piscina en la que nos refrescábamos del calor asfixiante. Una de las tardes, cuando ya había caído el sol plomizo, Alfredo y yo fuimos a bañarnos. La piscina estaba extrañamente solitaria, tal vez porque la marabunta de muchachos se había marchado a hacer alguna actividad de la que nosotros nos habíamos escabullido. Nadamos, saltamos sobre la superficie e hicimos los juegos acuáticos acostumbrados. Luego nos quedamos sentados en un banco de piedra para secarnos, y yo me di cuenta entonces de que el cordón de mi bañador –uno de esos calzones cortos de licra que se llevaban entonces– se había atollado: el nudo que lo aflojaba no podía soltarse, estaba enquistado sobre sí mismo. Afilando las uñas, traté de deshacerlo para rehacerlo luego en lazo, pero no fui capaz. Comencé a ponerme nervioso, pues tenía la prenda muy ceñida a la cintura y el cordón quedaba por encima del hueso ilíaco, atorado en él. Sin abrirlo, no podría quitarme el bañador, de modo que si no se desarmaba el nudo tendría que romperlo. Al cabo de unos minutos de esfuerzos infructuosos, le pedí ayuda a Alfredo, o él, avisado de mi desazón, me la ofreció. Yo me quedé sentado en el banco y él, arrodillado ante mí, trató de separar con las uñas la ligadura del cordón, doblando apenas el borde superior del bañador para que la abertura no me dejara desnudo a su vista.

La operación, ejecutada por dos adolescentes pudibundos y novicios, concluyó con un fracaso. Alfredo tensaba su fuerza hacia dentro para no desbocar del todo el bañador y hacia fuera para poder manipular el nudo. El reverso de sus dedos se frotaba contra mi vientre y raspaba mi pubis. Mientras tanto, desentendido ya del objetivo final, yo trataba de pensar en cosas lejanas y abstractas para no tener una erección, pero al cabo de unos minutos, cuando la naturaleza era invencible y mi amor se iba convirtiendo inexorablemente en excitación, di un tumbo, empujé casi con violencia a Alfredo y salté a la piscina sin dar explicaciones. Al final tuve que romper el cordón y remendarlo luego para acabar los días de campamento.

A los dieciséis años me enamoré de Perico, un compañero de colegio que formaba parte de un grupo de agitación cultural que habíamos fundado para revitalizar el interés de los alumnos por el cine o la literatura. De Perico sí guardo algunas fotos. Era guapo (a pesar de sus gafas metálicas, que le afeaban el rostro) y tenía un cuerpo ya formado y atlético, de hombre rotundo. Pasamos mucho tiempo juntos, pero sin ninguna intimidad. Organizamos ciclos de conferencias, montajes teatrales y rodajes cinematográficos, pero no recuerdo que quedáramos a solas ninguna tarde ni que conversáramos por teléfono con familiaridad. Era ingenioso, desvergonzado y seductor, de modo que estaba siempre rodeado de gente. Yo, que era un año mayor que él, usé quizás algunas estratagemas cándidas de Pigmalión para mantenerle cerca de mí, pero dado que nuestro ámbito de convivencia era escolar y que cualquier exceso podría destruir mi reputación, extremé mis precauciones y nunca di pábulo a sospechas.

En el curso preuniversitario abandoné el colegio religioso en el que había estudiado durante once años e ingresé en un instituto público del barrio que no tenía mucho prestigio académico. Aquel curso fue uno de los rubicones de mi vida. Descubrí que la indisciplina y la blasfemia convierten el alma humana en algo jubiloso. Descubrí la lucha política y la luminosidad adánica de la izquierda de aquellos tiempos. Descubrí a Julio Cortázar y la literatura latinoamericana moderna, que cambió mi vocación jurídica –en realidad artificiosa– por la filológica. Descubrí la libertad y descubrí el mundo que había detrás de las paredes de convento en las que había vivido siempre escondido.

Aquellas revelaciones no las trajo sólo la mudanza de colegio, sino también la edad y la tormenta que desata. A los diecisiete años no es posible mantenerse en las orillas de la vida sin perder el juicio. A los diecisiete años resultan necesarias la suciedad y la mancha, el exceso, la infección, el descalabro. Yo fui cauteloso y asustadizo, pero a pesar de ello se me desbarató un poco la voluntad en todo. Me enamoré tres veces. Tres compañeros de clase con los que compartía sueños y desvelamientos. Fueron amores livianos, perecederos, resbaladizos, pero tuvieron sin mengua todo lo que tiene el amor: el deseo de pasar la vida junto a alguien y de conocerlo todo a través de su mirada. A ninguno le confesé nada. Les vi seducir a chicas y besarse con ellas frente a todos, obscenamente, con esa desvergüenza de la que luego sólo queda el orgullo.

Alberto, un compañero del colegio San Viator, era entonces mi mejor amigo. Era a él a quien le hacía mis confidencias, aunque fueran fragmentarias y tergiversadas por mi secreto. Salíamos juntos al cine los fines de semana y teníamos un intercambio temperado –y desigual– de intimidades. Alberto recuerda dos conversaciones de aquel año que hacen referencia a mi sentimentalidad enigmática. En una de ellas, al parecer, yo justificaba mi desinterés por las chicas acreditando mi asexualidad: le expliqué que no sentía pulsiones eróticas ni tenía espasmos amorosos, y las mujeres, por lo tanto, me resultaban fastidiosas. Varios meses después, sin embargo, le hablé de una chica que me gustaba mucho y le pedí consejo para poder conquistarla. Se llamaba Dora y era, también, compañera de clase en el instituto. La más guapa de entre ellas, la deseada por todos, la mujer llamativa por la que podría sentir un interés artístico alguien que no fuera capaz de amar a las mujeres. No tuve nunca el propósito de intentar seducir a Dora para que fuera mi novia, pero hablar de ello con unos y con otros –tal vez también lo hice con los compañeros de clase de los que me iba enamorando sucesivamente, como si se tratara de un camino de perfección– me concedía respetabilidad o distraía al menos las malicias.

Estoy seguro de que hubo algún otro amor efímero, pero en todos aquellos años no tuve ni un solo instante la flaqueza de la confesión. Jamás pensé en romper mi compromiso de silencio y en acercarme a alguien con la esperanza de ser amado. Ahora, cuando aquel laberinto oscuro es sólo una sombra de la memoria, me resulta muy difícil comprender mi tenacidad y mi fortaleza de ánimo. Tenía el cuerpo completamente desbocado por la edad –me masturbaba hasta diez veces al día– y me rondaban por la cabeza todo tipo de melancolías y de ensoñaciones, pero nunca sentí la tentación de insinuar mi amor a alguno de esos chicos que me desvelaban ni de buscar a otros que pudieran corresponder a mis sentimientos. No lo hice, en primer lugar, porque en ese tiempo –a finales de los años setenta– no era razonable creer que alguien cercano pudiera padecer la misma enfermedad. No había otros homosexuales en la vida corriente, en las aulas de un colegio religioso o de un instituto público de bachillerato, en las calles de barrio, en los bares a los que iba con mis amigos a beber un refresco o una cerveza, en las playas del verano, en los cines de la Gran Vía, en las casas de mi vecindario. Yo nunca había leído una estadística que determinara con precisión la segmentación económica y cultural de los homosexuales que integraban la sociedad. No había personajes literarios ni cinematográficos, no había reyes ni cantantes ni deportistas famosos que tuvieran la misma tara. La homosexualidad, por tanto, era una aberración exótica sufrida por monstruos, y yo no deseaba reunirme con ningún monstruo para compartir mi vida: podía imaginar su piel desnuda purulenta, verduzca, verrugosa y sucia. Sus labios anfibios de sapo.

La segunda razón por la que nunca me atreví a acercarme a alguno de esos chicos que me enamoraban era el terror. Al leer libros de historia y novelas sobre el nazismo, el estalinismo, el régimen de los Jemeres Rojos, el Chile pinochetista o cualquier otra dictadura asentada sobre la dominación policial, soy capaz de comprender el espanto de los personajes recordando mi propio espanto de aquellos años, pues el fundamento de uno y otro es el mismo: el miedo a la delación. Yo era consciente de que cualquier grieta podría llevarme a la catástrofe: lo que se sabe una vez se sabe ya siempre; lo que se cuenta una vez no puede ya borrarse nunca. Si la debilidad me llevaba a la confidencia o –aún peor– a la exhibición, el resto de mi vida podía convertirse en un infierno: avergonzaría a mi familia, sería despreciado socialmente, me abandonarían todos y nunca llegaría a tener un instante de paz hasta la muerte. Era un terror seco, satánico, de pedernal. Tenía recelo incluso de hablar en sueños o de dejar rastros invisibles que pudieran ser interpretados malignamente. A veces me ponía a hacer figuraciones sombrías, a imaginar que era descubierto por un error minúsculo y que todos aquellos que me conocían descubrían mi enfermedad. Me venía entonces ese sudor frío que tienen siempre los que están cerca del desastre y sentía deseos de no estar vivo. Ése es uno de los recuerdos más extraños y perdurables que conservo: el deseo de no estar vivo.

Lea Vélez dice que una película tiene aproximadamente sesenta secuencias y que cualquier historia debe poder contarse en sesenta secuencias. El escritor boliviano Maximiliano Barrientos, por su parte, imagina la posibilidad de filmar la vida entera de una persona y de editarla luego como se edita una película, eligiendo aquellos fragmentos de mayor intensidad y significación. Y se plantea entonces la cuestión de cuánto duraría esa vida editada con criterios cinematográficos: ¿días, horas, minutos?

¿Cuánto duraría mi vida de aquellos años? ¿Cuánto tiempo quedaría, en una película, de esa edad silenciosa y escondida? Si dejara sólo aquellos momentos memorables o reveladores, los momentos que auguraban algo o los que cambiaron el rumbo, los felices o los atormentados, ¿qué resto quedaría, qué metraje tendría ese fragmento?

Tal vez alcanzara a rescatar cinco o diez minutos. Una secuencia de planos rápidos y mudos: el rostro de algunos de esos chicos a los que amé, mi máquina de escribir con un folio mecanografiado en el rodillo, las correrías de algunas tardes al salir del colegio, mi propia imagen leyendo embebidamente a Dostoievski o a Cortázar, el sol del verano en la playa de Levante, el paquete de cigarrillos escondido en una cornisa del ascensor para que no lo descubrieran mis padres, las borracheras de las primeras noches de parranda juveniles. Ningún beso, ninguna caricia, ninguna palabra de amor.

En aquellos tiempos empezó mi costumbre de quedarme despierto de madrugada y fantasear con un mundo venturoso. Durante algunos años, después de la muerte de mi abuela, vino a vivir con nosotros mi abuelo Melquíades, que se instaló en mi habitación, en la única cama disponible de la casa. A pesar de la intimidad expansiva que se necesita en la adolescencia, mi abuelo, discreto y servicial, bondadoso, no fue nunca una contrariedad en mis noches solitarias. Él se acostaba tarde, cuando acababa la programación televisiva, y se dormía enseguida profundamente. Yo me sentaba en mi mesa de trabajo a estudiar los exámenes pendientes o a mecanografiar algún relato bajo la luz concentrada y amarillenta de un flexo. A veces, si la jornada se iba a alargar mucho, me iba con toda mi impedimenta al salón de la casa, que se quedaba vacío a esas horas, y cerraba todas las puertas para estar a solas, protegido. Enseguida entraba en trance y comenzaba a imaginar el éxito de aquellos planes que andaba urdiendo: conseguiría sacar adelante el fanzine escolar en el que llevaba trabajando meses, me convertiría en un gran escritor, impartiría conferencias en medio mundo y sería admirado por todos. Hasta mucho más tarde, cuando cumplí los dieciocho o diecinueve años y comenzó a flaquear por primera vez mi constancia virginal, no hubo en esas fantasías idílicas ningún amor correspondido ni ninguna desviación del juramento trazado.

En esas noches aprendí algo que he repetido luego muchas veces y que forma parte de mi filosofía personal: la única felicidad posible es la que se logra imaginando la felicidad. La felicidad no se conquista nunca, sólo se planea y se divaga. Es una versión estática de la Ítaca de Kavafis: lo importante no es llegar al final del viaje, ni siquiera haber hecho la travesía; lo verdaderamente importante es vislumbrarlo todo en ese momento en el que se toma la decisión de emprender la marcha. El dibujo hecho sobre el mapa, la elección de los aperos de viaje, las notas que se toman sobre los puertos que se habrán de visitar, las previsiones de tormentas marinas o de avistamientos de fauna. Eso es la felicidad: un trazo hecho sobre un mapa.

Yo gastaba mucho tiempo en ese empeño. En las épocas de exámenes o de vacaciones me quedaba despierto hasta que comenzaba a amanecer, urdiendo obras fabulosas y prodigios descomunales. Fueron mis mejores instantes de paz o de alegría, pero no dejaría nada de ellos en esos minutos exiguos del montaje cinematográfico, pues aparecerían planos incoherentes y muy morosos, inexplicables para cualquiera: el rostro del protagonista –mi rostro– pensando en hechos jubilosos que han sido delineados sólo con humo.

La nada. En aquellos años –y tal vez siempre– he vivido de la nada, de la invención de la vida. Sobre todo de la invención del amor, que, como se vio más tarde, ha sido una de mis mayores habilidades o de mis perturbaciones más perfectas.

Editaría una sola secuencia de planos sucesivos sincopados. Tres minutos, cinco minutos. Con una música agria o taciturna. Con un fundido que se fuera a negro muy lentamente.

II. LA GUARIDA DE LOS MONSTRUOS

Después de la muerte de Franco, España empezó a mudar poco a poco su piel de lagarto. La sexualidad nacional, apretada dentro de un corsé hasta el amoratamiento de la carne, fue librándose de ofuscaciones y de beaterías. Los quioscos de las ciudades se llenaron de revistas pornográficas y en los cines comenzaron a proyectarse películas de un erotismo desvaído y primitivo en el que la mujer era el único objeto de deseo.

En abril de 1977 se publicó el primer número de la revista *Party*. Aparentemente era una más de la infinitud de publicaciones eróticas que hormigueaban en todas partes. En su portada salía la vedette Rosa Valenty castamente desnuda, mostrando un pecho con el pezón escondido detrás de un maquillaje dorado; y en el sumario se anunciaban reportajes excitantes de Diana Polakov e Isabel Pisano, además de un póster central de la actriz italiana Zeudi Araya.

Aquella revista, de apariencia convencional, tenía ya en su interior la semilla de la homosexualidad. Se hablaba en ella de rodajes prohibidos, de libros secretos y de asuntos en los que el hombre tenía un protagonismo erótico insólito hasta ese momento. En la portada del número 9 aparecía un hombre desnudo, Charles McKay, y aunque el reclamo anunciaba que ese desnudo era integral, en aquellos tiempos los penes estaban todavía prohibidos por las buenas costumbres y se escondían artísticamente a través de enrevesadas posturas y de cortinajes esmerilados.

La presencia masculina fue conquistando el territorio de la revista con la lentitud que la moralidad de la época exigía. Al cabo de un año, en las portadas y en los reportajes interiores convivían hombres y mujeres. En mayo y en junio de 1978 ocuparon la portada, sin ropa, Vicente Parra, que a sus cuarenta y siete años disfrutaba aún los rescoldos de su fama de galán, y Antonio Morales, *Junior*, que estaba ya en la agonía de su carrera como cantante.

Los modelos no eran en general de belleza formidable, y el estilismo resultaba, más que en las mujeres, silvestre y descuidado: los pubis eran procelosos, los peinados estaban casi siempre desaliñados y el atrezo parecía de cartón piedra. Esas fotografías mal hechas, sin embargo, eran las únicas imágenes eróticas que podían alimentar en aquellos tiempos explosivos a las mujeres y a los homosexuales.

No tengo un recuerdo preciso de la primera vez que compré una revista pornográfica (si puede llamarse así a aquellos semanarios lacios e inocentes). Debió de ser en las postrimerías de la década, cuando mi aspecto físico, todavía enclenque y traslúcido, alcanzó alguna presencia de madurez. Aunque el terror no había menguado y yo seguía confiando en que nadie supiera nunca cuáles eran mis inclinaciones mórbidas, las reacciones químicas hormonales comenzaban a desencaminar mi voluntad y a rendirme. Hoy, en la era de Internet y en un país ya descristianizado, resulta muy difícil de comprender aquella lujuria angelical, pero cuando veía en los quioscos las por-

50

tadas candorosas de *Party*, se despertaba dentro de mí algún animal feroz que no era capaz de domesticar con mis oraciones –ya descreídas– ni con mis razonamientos más cartesianos.

Como los inadaptados o los insurrectos del nazismo, del estalinismo, del Chile pinochetista o de cualquier dictadura policial, estaba obsesionado con tomar todas las precauciones posibles para evitar que el instinto me condujera a la catástrofe. Cuando decidía comprar una revista, activaba un protocolo de seguridad muy severo que debía cumplirse sin descuidos. Me vestía siempre con ropa amplia y larga –abrigos, gabardinas, anoraks anchurosos–, de modo que en verano me resultaba difícil o extravagante la tarea. Elegía un barrio lejano del mío, un barrio en el que a mi saber no viviera ningún amigo o conocido. Aluche fue uno de los que más frecuenté en estas misiones, pues estaba comunicado directamente por metro con la zona en la que yo vivía y tardaba poco en llegar a él. Iba hasta allí a media mañana o a primera hora de la tarde, cuando había poco tránsito de gente, y comenzaba a recorrer las calles ojeando los quioscos para elegir uno. Me gustaban sobre todo los que tenían un gran muestrario expositor en el que las revistas podían cogerse libremente sin necesidad de ser despachadas por el quiosquero. En una primera batida exploratoria, localizaba el ejemplar entre el marasmo de publicaciones y registraba mentalmente el movimiento que tendría que hacer para alcanzarlo. Podía pasar treinta o cuarenta minutos rondando la zona para analizar todos los quioscos y determinar cuál era el mejor según diferentes variables: la afluencia de personas (que debía ser escasa), la edad y el sexo del quiosquero (eran preferibles los hombres no demasiado viejos o las mujeres), los lugares públicos desde los que pudiera ser observado (bares, locales comerciales o balconadas) y los accesos de huida previstos para el caso de que sobreviniera algún contratiempo.

Después de haber elegido el quiosco, comenzaban los movimientos de aproximación, que podían durar también mucho tiempo. Desde algún lugar distante vigilaba el ritmo de la venta y la actitud del quiosquero. Hacía acopio de valor, mentalizándome de la simplicidad del acto, y repasaba todas las estrategias prudentes de comportamiento. Nunca compraba sólo la revista que buscaba, sino también alguna otra publicación en que envolverla –un semanario viril o un periódico– para disimular mi voluntad concupiscente. De hecho, cogía primero la otra revista y fingía como al desgaire ver por accidente la que había ido a buscar y añadirla desinteresadamente a la compra. Llevaba siempre preparadas las monedas justas para pagar, pues de ese modo no debía esperar a que me dieran el cambio: en cuanto el quiosquero hacía la cuenta, yo le entregaba el dinero y me marchaba de allí apresurado, con una dignidad que no consentía la parsimonia. Escondía entonces la revista entre mi ropa, prendida a la espalda en la cinturilla del pantalón, y me encaminaba de regreso a casa, ansioso por encerrarme a solas para poder ver las fotografías y leer las secciones más libertinas.

Sólo conservaba las revistas durante uno o dos días. Luego las tiraba en alguna papelera o en algún basural que estuvieran también alejados de mi casa y a resguardo de miradas. No podía correr el riesgo de que mi madre o alguien de mi familia, husmeando o por azar, las encontraran en el fondo de uno de los cajones de mi escritorio, que es donde las escondía provisionalmente, debajo de carpetas y de papeles anodinos. Las leía, por lo tanto, con precipitación, encerrado en el cuarto de baño o aprovechando la soledad de la noche. Buscaba en ellas sobre todo la excitación, la pornografía, el cumplimiento de un deseo de alimaña, pero siempre encontraba imprevistamente algún reportaje que me iluminaba y que iba desbastando poco a poco mi pensamiento aterrado. Había allí, en aquellas páginas vergonzantes, un mundo extraño del que yo nunca había oído hablar. Libros tántricos, burdeles, salas de fiestas escabrosas y experiencias pecaminosas que sus protagonistas contaban con impudor.

La revista tenía cuatro secciones que llamaban siempre mi atención. La primera, titulada «El travesti de la semana», me escandalizaba. A pesar de mis torturas espirituales, yo seguía siendo un muchacho de mentalidad conservadora, pazguato y empachado. La homosexualidad me parecía una aberración de la naturaleza, pero para juzgar el transexualismo no tenía ya categorías morales que me sirvieran. Monstruos de entre los monstruos, cucarachas negras y contrahechas. ¿Qué sentido podía haber –pensaba yo– en ser y no ser al mismo tiempo? Yo nunca había sentido fascinación por los centauros ni por las sirenas, no había comprendido la grandeza terrible del minotauro ni la belleza espantosa de la mantícora. Aún no había leído *Frankenstein*, y me parecía que los seres debían simplificarse orgánicamente según las reglas de la taxonomía tradicional: los caballos debían tener atributos de caballo y los leones debían conservar íntegra su naturaleza felina, sin mistificaciones. Una mujer con pene, según esta argumentación, perturbaba la raíz misma de mis certidumbres. Por una parte, ensanchaba el caos y enmarañaba la transparencia de los sentidos eróticos. Por otra parte –y esto era lo realmente grave–, me producía disgusto físico, repugnancia sexual. Ese aire a menudo gigantoide y atildado de los cuerpos, con senos picudos y vergas lacias, me desagradaba profundamente. Leía las crónicas épicas que se hacían sobre esos travestis, junto a las fotografías, para reforzar mis convicciones: en las operaciones de cambio de sexo, decía Graziella Scott, se producían un veinte por ciento de muertes. Ella había corrido ese riesgo para poder llegar a ser una vedette de cabaret y soñaba con casarse con un hombre «guapo, con dinero, muy conocido y muy apasionado, e inteligente». Un matrimonio, desde mi punto de vista de aquella época, más difícil que el de Gregorio Samsa con Anna Karénina.

La segunda sección que me embelesaba era el concurso «Chico del Año», en la que se reunían las fotografías amateurs de una serie de participantes de diferente pelaje que soñaban con triunfar en el mundo del espectáculo. Algunos posaban desnudos, obscenos, pero la mayoría de ellos, más recatados, enviaban imágenes melindrosas junto a una descripción angelical de sí mismos. El paso del tiempo ha convertido aquellas fotos en inocentes y rancias, pero cuando yo las veía me sentía trastornado por la cercanía de los muchachos que formaban parte del elenco: eran chicos normales, de aspecto vulgar, que podrían confundirse con mis compañeros de clase o con mis vecinos. De hecho, siempre miraba las fotografías con la esperanza de encontrar a algún conocido que me permitiera descartar la sospecha —nunca demasiado seria— de que aquella sección de la revista era un artificio teatral hecho con actores contratados.

Había uno de aquellos postulantes que me aturdió especialmente. Cuando tiré la revista, al segundo día, recorté su fotografía, que era más fácil de ocultar, y la guardé entre las páginas de un libro de Juan Carlos Onetti que nadie iría a buscar: *La vida breve*. Conservo la fotografía y trato de imaginar cómo será ahora ese muchacho de rostro rufianesco y desafiante que, sentado en una silla de cocina, con las piernas bien abiertas y la verga sin guaridas ni disimulos, miraba a la cámara con soberbia. Se parecía al Robert de Niro de *Taxi Driver:* la nariz grande, los ojos bizarros y enigmáticos, el cuerpo de músculos tensos. Se llamaba José Antonio, tenía dieciocho años y vivía en Madrid. Reclamaba para sí una oportunidad que le permitiera demostrar sin rémoras su talento.

La tercera sección era la joya espiritual de esos papeles mal impresos. Se trataba de un consultorio sentimental titulado «De tú a tú» y dirigido por el periodista Luis Arconada. Los lectores escribían cartas contando sus problemas sexuales o emocionales, y los expertos de la revista les ofrecían soluciones razonables y les consolaban de sus dolores. Yo había crecido escuchando en mi casa cada tarde el consultorio radiofónico de Elena Francis, donde proliferaban los relatos melodramáticos de amores terribles y de malquerencias, pero nunca había imaginado entonces que alguien tuviera la desvergüenza de confesar en público pasiones inmorales semejantes a las que a mí me atravesaban los pensamientos. En aquellas páginas leí por primera vez historias conmovedoras de personas –de hombres– que sentían con el mismo extravío que yo.

«Hace siete años que me casé y la vida me sonreía», decía un corresponsal de Barcelona que se escondía detrás de unas iniciales. «Era feliz, amaba a mi mujer. Al cabo de un año de matrimonio nació mi primera hija, la quise ya antes de verla, no habría dudado un solo instante en que era el hombre más dichoso de los mortales. Fue poco tiempo después del nacimiento de la niña cuando conocí a unos amigos con los que empecé a relacionarme frecuentemente. Con ellos valoré por primera vez los sentimientos de otra forma. Ya puedes suponer mi descubrimiento, me sumí en un mundo de amargura del que no he vuelto a salir. ¿Puedes imaginar mi estado? ¿Descubrir a mis veintisiete años que soy homosexual? ¿Amar a una mujer y al mismo tiempo desear a un hombre? Desde entonces, hace ya cuatro años, no he vivido un minuto más de tranquilidad, no he descansado una sola noche más. No he podido cumplir con mi condición de hombre ante mi esposa sin reprocharme una y mil veces que la estoy engañando, que soy un hipócrita.» Seguía con alabanzas de su mujer y luego añadía: «Cuando por la calle me cruzo con un muchacho no puedo por menos que mirarlo, deseándolo fervientemente. Jamás me he acostado con ninguno, pero lo deseo con toda el alma. No quiero hacerle daño a ella y me encierro dentro de mí, haciendo una fortaleza inexpugnable. Sé que de un momento a otro voy a estallar y que luego me arrepentiré.» Después de unas reflexiones existenciales livianas, se preguntaba a sí mismo si era posible la felicidad. «No hace mucho leí en la carta que Oscar Wilde le escribió a su amigo Arthur Douglas que el dolor es el sentimiento más noble que puede expresar el ser humano. ¿Es eso cierto? Porque yo me siento repugnante.»

Ese número de la revista fue publicado en mayo de 1978. Yo tenía por lo tanto dieciséis años cuando lo leí, pero jamás había llegado a imaginar —la candidez ha sido uno de los rasgos más arraigados y perseverantes de mi carácter— que algunos de los hombres casados que veía a mi alrededor en realidad no amaban a sus esposas, sino a muchachos efébicos o a machos velludos con los que se encontraban embozadamente en habitaciones mal ventiladas. Yo nunca había especulado —ni lo hice luego— con la posibilidad de esconder mi enfermedad detrás de un matrimonio. Quizá porque mi temperamento es hosco y poco fingidor, tuve desde el principio la seguridad de que vivir junto a alguien a quien no amara sería un tormento insoportable. O aún más:

he sentido durante toda mi vida tanta propensión al hedonismo y tanto disgusto por la abnegación que no habría tenido la fortaleza suficiente para realizar actos en contra de mis sentidos. Nunca me he acostado con una mujer. Nunca he encontrado razones para comportarme contra natura.

Luis Arconada, el consultor sentimental, aconsejaba al marido sodomita que se empecinase en el amor que sentía por su mujer y relegara a un segundo plano todo lo demás. «Tus instintos homosexuales no deben ser nunca protagonistas de tu historia. Intenta que sean marginales, accesorios. Lucha para que sean más anécdota que obsesión. Aunque creo que todos vamos sabiendo que la homofilia no tiene curación, puesto que no es una enfermedad, no puedes hundirte en la tristeza, la desazón y la desesperanza.»

Las lecciones sentimentales no eran habitualmente moralistas ni mojigatas, pero estaban dictadas en el paisaje de un país que todavía estaba aprendiendo a desatarse el cilicio y a apagar los cirios. En ese mismo número, otro lector, más frívolo, pedía direcciones de bares, discotecas y cines gays en los que se pudiera pecar, y Arconada, complaciente, le facilitaba casi dos decenas de lugares, de los cuales sólo dos o tres permanecían abiertos cuando algunos años después yo comencé a frecuentar las catacumbas homosexuales.

En aquel consultorio, leído siempre sin reflexión, por la prisa, encontré las primeras sombras de vidas reales que se parecían a la mía o que compartían con ella un mismo peligro innombrable. «Soy homosexual, tengo treinta y dos años y vivo en un pueblo, en un ambiente que me hace desesperar en muchos momentos, constantemente fingiendo y reprimiendo todos mis deseos», escribía José Luis, de Albacete. R., por su parte, relataba su conflicto sentimental: «Mi caso, según he comprobado en tu revista, resulta muy frecuente, pero a mí es la primera vez que me sucede.

Tengo veintidós años y hace unos meses conocí a un chico de veinticinco. Entablamos amistad y más adelante ha desembocado en amor. Para mí no es el primer contacto con un chico, pero para él sí. Hace unas semanas buscó un pretexto para enfadarse con su novia y dejarla, pues pensábamos vivir juntos, pero la familia de él, inclusive su novia y sus suegros, le amenazó diciendo que volviese con ella o me buscaría para darme un escarmiento. Él ha vuelto con su novia, pero en realidad me quiere a mí. Estamos los dos muy amargados y no sabemos qué solución darle al problema, porque la verdad es que no podemos vivir el uno sin el otro.» Arconada, en esta ocasión, era categórico: «Es uno, tan sólo uno, quien debe edificar su propio porvenir, y a ser posible lo más adecuadamente a sus sentimientos, con sinceridad. En la vida se debe luchar por la propia felicidad a costa de lo que sea, a sabiendas de que para ello hay que renunciar a muchas cosas, a muchas gentes.»

Aquellos tiempos eran tan propensos a la libertad, tan desenfrenados, que podían encontrarse cartas escabrosas que algunos años después habrían sido censuradas por los inquisidores. «Un día de otoño, triste y melancólico», contaba un muchacho, «un compañero me presentó a un chico amigo suyo de trece años, físicamente delicioso, cabellos rubios, ojos azules... Reúne todos los cánones de belleza. Por la tarde le invité a que viniera a mi apartamento. Él aceptó. Cuando llegó le di de beber un refresco, después hablamos y jugamos y nos desnudamos e hicimos todo lo que se debe hacer.» Y terminaba con una pregunta: «¿De dónde pudo el chico sacar tanta experiencia?»

En estas cartas, como he dicho, yo encontraba los primeros rastros en el mundo de mi propia enfermedad, las señales de que a mi alrededor, escondidos, había otros hombres tocados por la peste. Otras cucarachas. Caballeros honorables y niños pubescentes que se entregaban a la fornicación entre las sombras y que en algunos casos, además, vivían con júbilo o con tranquilidad su infección moral. Yo estaba alerta y trataba de encontrar a alguno, pero no sabía cuáles eran los indicios a los que había que atender. ¿Cuál de mis compañeros de clase podía estar roído por esa misma depravación? ¿Cuál de mis vecinos o de mis amigos del barrio? ¿Los que tenían algún afeminamiento? ¿Los que me agarraban por los hombros con camaradería? No había ningún signo cierto. Yo espiaba con más interés a aquellos que despertaban sospechas por su comportamiento poco viril o por alguna maledicencia. Les observaba con detalle, hablaba con ellos sin crear intimidad, y si se daba la ocasión husmeaba en sus cuadernos o en sus carteras para tratar de encontrar una prueba reveladora. Nunca averigüé nada, y las conjeturas, en lugar de darme confianza, me daban aprensión, pues me parecía que con esa metodología detectivesca tan endeble podría llegarse al mismo tiempo a la conclusión de que no era homosexual nadie o de que lo eran todos.

Pero había una pregunta aún más espinosa: en el caso de que yo llegara a descubrir a alguien, ¿de qué me serviría la revelación? Al rumiar la idea, imaginando la hipótesis de que un golpe de suerte me pusiera ante una evidencia irrebatible y yo tuviera la certeza de que un compañero o un amigo era homosexual, no cambiaba nada en mi resolución: mantendría mi corazón cerrado con todas las llaves y no intentaría explorar ese mundo subterráneo y peligroso. Yo era cobarde, cabalmente cobarde, y no se me aliviaba nunca el terror de ser descubierto.

La última sección que yo leía diligentemente fue la que al cabo tuvo más influencia en el curso de mi vida, aunque en aquellos primeros tiempos la examinaba sólo por curiosidad indómita. Eran los anuncios por palabras en los que los lectores buscaban a hombres semejantes con los que compartir amistad, concupiscencia y sobre todo amor. «Tengo 31 años y desearía contactar con chicos de 18 a 33 años, a ser posible de Barcelona y provincia, con el fin de entablar futura amistad íntima y sincera. Abstenerse afeminados y profesionales. Mandar foto que devolveré.» «Tengo 22 años, mido 1,73, tengo los ojos verdes azulados y no soy mal parecido. Mi caso es el siguiente: soy muy tímido y como casi todos siempre estoy muy solo. Soy homosexual desde siempre y me gustaría sentir el amor de una persona joven y bien parecida que sepa lo que es la verdadera amistad.» «Tengo 32 años, soy bisexual con predominio homo. Me encuentro dentro de esta sociedad como cualquier otra persona, pero por mis inclinaciones, de las que soy consciente, mi vida particular se desarrolla de acuerdo con mis ideas. No soy aficionado a los lugares gays, pero en ocasiones, cuando necesito "amar", los frecuento. Los contactos que obtengo no siempre me aportan lo que necesito, pero al menos me relajan y me dan la suficiente tranquilidad para cumplir mis obligaciones diarias con equilibrio y sin traumas, a la espera de nuevas relaciones serias. Contestaré cuantas cartas reciba.»

Eran casi todos reclamos decorosos, sentimentales, de hombres que querían encauzar su vida al lado de otros hombres. El procedimiento de contacto era dificultoso y enredado: la mayoría de los anuncios, enmascarados en el anonimato, figuraban sin dirección postal ni teléfono, de modo que para comunicarse con sus autores había que enviar una carta a la redacción de la revista. Esas cartas eran reexpedidas luego al anunciante, que seleccionaba a aquellos corresponsales que le interesaban y se ponía a su vez en contacto con ellos.

Mi determinación de permanecer callado era tan firme que en aquellos primeros años no tomé en consideración la posibilidad de responder a alguna de aquellas cartas ni por supuesto la de insertar un anuncio en la revista. Pero de algún modo debió de prenderse la imaginación ya en ese momento, aunque yo no fantaseara con ello: era el primer método real que descubría para conocer a personas semejantes a mí; el primer camino hacia la guarida de los monstruos.

Mi ingreso en la universidad supuso una transformación completa de mis hábitos y de mi mentalidad de aldeano. Conocí enseguida a algunos de los que siguen siendo mis mejores amigos y descubrí otras formas de vida que en aquel mundo mío provinciano y beatífico ni siquiera había imaginado.

Sin embargo, tampoco allí, en las aulas de Filología y en esos otros perímetros que iba recorriendo a su alrededor, encontré a hombres que amaran a los hombres. Entre los centenares de revoluciones que los estudiantes planteaban –era 1980– no había ninguna de bandera homosexual. Se luchaba por la emancipación de la mujer, por el estado socialista de inspiración soviética, maoísta o socialdemócrata, por la autogestión educativa, por la independencia de los pueblos oprimidos –el vasco, el palestino o el saharaui– y por la desmilitarización mundial, pero no había organizaciones gays que reivindicaran la igualdad ni existían demasiados activistas libertinos que hiciesen de su identidad sexual una insignia política. La homosexualidad seguía siendo entonces, desde cualquier posición ideológica, un trastorno o una condición proscrita. Incluso en aquellos ambientes modernos que en Madrid ya comenzaban a remover las aguas estancadas del último nacionalcatolicismo era difícil hacer una exhibición sexual desinhibida. Ninguno de los grandes ídolos de aquellos tiempos –algunos de los cuales se convirtieron en patriarcas culturales que todavía perduran– se atrevió nunca a confesar en público sus inclinaciones. Miguel Bosé realzaba artísticamente su femineidad con vestuarios de estética gay y coreografías amaneradas, pero luego buscaba novias con las que posar en las revistas del corazón para evitar malentendidos. Y Pedro Almodóvar, que aquel año estrenó su primera película y que poco después se vestía de mujer para actuar junto a Fabio McNamara en las salas de Madrid, llegó a asegurar en una entrevista periodística que su homosexualidad era sólo una pose provocadora. Ni los más bárbaros y heterodoxos tenían el valor de desnudarse.

Yo pasé aquellos años encerrado perseverantemente en mí mismo. Llevaba una vida de apariencia normal, sin soledades monásticas ni extravagancias de excéntrico, pero en lo que se refería a los asuntos del corazón y de la carne los días pasaban inmóviles, sin acontecimientos ni sorpresas. Tenía muchos amigos de distinta procedencia y los atendía a todos. En el colegio religioso en el que había estudiado la mayor parte de mi vida seguía dirigiendo, junto a otros compañeros, el grupo de agitación cultural que habíamos fundado en los últimos cursos. Editábamos en ciclostil una revista en la que se publicaban artículos de cualquier disciplina artística, reportajes hechos por nosotros mismos y entrevistas a escritores y a personajes relevantes de la vida pública española. Yo sentía entusiasmo por aquel trabajo, de modo que pasaba mucho tiempo enfrascado en él, preparando citas, documentándome y dirigiendo el rumbo periodístico de la revista. Con ese propósito, y a pesar de nuestra edad todavía incompetente, entrevistamos, entre otros, a Antonio Buero Vallejo, a Dámaso Alonso, a Gerardo Diego, al cardenal Tarancón, a

Miguel Delibes, a Antonio Gala e incluso a Julio Cortázar, para lo que tuvimos que viajar a París en una expedición de aliento existencialista que me desbarató algunas convicciones, como contaré más tarde.

En el mismo colegio había un grupo de inspiración evangélica que se reunía para hacer catequesis neocristiana y para confraternizar. Tenía ese espíritu de religiosidad obrera en el que se oficiaba la eucaristía con prédicas marxistas, con canciones de Joan Baez y con pan de hogaza. Yo no formé parte nunca de ese grupo, pero comencé a frecuentar con gusto a algunos de sus miembros y poco a poco me incorporé a las citas recreativas que celebraban casi todas las tardes –sobre todo durante los meses veraniegos– en un bar del barrio. En ese grupo es donde conocí más cercanamente a Jesús, que en el último curso colegial había sido compañero mío de clase y que se convirtió, andado el tiempo, en el amante doloroso por el que renuncié al silencio.

Yo seguía viendo además a mis compañeros de instituto –con los que compartía correrías de vida y editaba una revista literaria semejante a la del colegio– y a mi pandilla de amigos habituales. En ese marasmo casi promiscuo de relaciones tuve que ir buscando acomodo a mis nuevas ocupaciones universitarias, que incluían largas traducciones del árabe clásico por las tardes, lecturas intemperantes de literatura medieval, análisis fonemáticos de la historia de la lengua castellana y una nueva red de lazos personales con los estudiantes que había conocido en el aula y que tenían conmigo una afinidad especial.

En los primeros meses conocí ya a Covadonga, a Antonio, a Pilar y a Manuel, y a final de curso tuve los primeros tratos con Mónica y con Carlos. Todos ellos fueron, durante los años universitarios, el fundamento más cierto de mi educación sentimental, y siguieron siendo luego, con alguna excepción, las personas junto a las que aprendí a vivir. Sin embargo, a ninguno de ellos le conté entonces nada de mi vida secreta y de mis tormentos. Volví a fingir, a inventar quizás un pasado turbulento o extraño, a exagerar mis ambiciones académicas y mi pasión por la sabiduría para no tener que explicar con mentiras la naturaleza de mi enfermedad. Había aprendido a manejar bien el lenguaje de las verdades engañosas y de la ambigüedad. Perfeccioné con esmero ese personaje cínico y solitario, bogartiano de provincias, ensimismado, que me permitía callar sin inventar nada. Como los magos de salón, mi esfuerzo estaba en desviar la atención del espectador, en conseguir que mirara siempre hacia otra parte y no llegase así a hacer nunca las preguntas que yo no quería responder.

No dije nada, no cambié mi vida ni hice confidencias, pero la naturaleza –y quiero creer a veces que la lucidez que me concedía la edad– fue obrando su faena con constancia. Tengo la convicción de que el pensamiento de los hombres varones ha sido forjado en muchos momentos de su vida con la sustancia del semen. No es un accidente cultural, como algunos sostienen, sino un comportamiento biológico. El esperma transforma las ideas, tuerce la voluntad y fuerza, si es preciso, a la traición. En los instantes de plenitud seminal, cuando hay desbordamiento o exceso, ninguna lealtad puede ser mantenida.

Yo había soportado la terrible mutación hormonal con un ascetismo admirable. Me masturbaba sin descanso, rabiosamente, pero había sido capaz de ver pasar los peores años de la exaltación corporal sin tocar a nadie, satisfaciéndome a mí mismo con fantasías delirantes y con juegos obscenos sublimados. En los lóbulos del cerebro, sin embargo, iban quedándose poco a poco restos de esperma que corroían la pureza de mis creencias. Renovaba con frecuencia mi compromiso de no hablar jamás con nadie de lo que sentía, pero cada vez lo hacía con menos convencimiento y trataba de encontrar ardides o disculpas para burlarlo. Fue entonces cuando empecé a ir a los urinarios.

Los urinarios son el lugar más conocido de los encuentros homosexuales clandestinos. Siempre se piensa que la causa histórica de su éxito es escenográfica: permiten mostrar los genitales con cierta libertad y tener un contacto íntimo rápido y camuflado. A mí me atrajeron por otra razón más accidental y primaria: era el único sitio en el que podía ver a homosexuales sin que me confundieran con ellos. Cualquier persona, sean cuales sean sus gustos, ha entrado alguna vez en los urinarios de una estación o de un centro comercial para aliviar su vejiga. Estar allí, por lo tanto, no es indicio de nada: para pasar inadvertido basta con comportarse discretamente, no hacer señales de cortejo ni de lascivia y fingir desinterés por el ajetreo de los mingitorios y las cabinas.

No tengo conciencia de cuáles fueron las primeras veces que estuve en un urinario sin deber estar. Seguramente descubrí su ambiente erótico por casualidad, siendo todavía un niño, en algún viaje de tren en el que, al entrar a mear con cierta inocencia, llegara a ver con mis propios ojos que la brega carnal de la que había oído descripciones casi mitológicas –las costumbres de los *maricones* se contaban como divertimento en los bares y en las reuniones de adultos– era real. Tal vez en los siguientes viajes volví a entrar en los urinarios ya sin necesidad fisiológica, sólo para husmear y contemplar de cerca la especie zoológica a la que yo mismo pertenecía. Y algún día, a los dieciséis, a los diecisiete o a los dieciocho años (en esto mis recuerdos son una completa bruma, una invención), acudí ya sin el pretexto del viaje, deliberadamente, con el único propósito de observar los rituales que se celebraban allí.

En esas expediciones nunca me encontré imprevistamente con nadie conocido, pero para prevenir el caso llevaba siempre una excusa preparada: había ido a informarme de los precios de unos billetes –en aquellos tiempos paleolíticos era una razón convincente– o a despedir a algún amigo. No obstante, mis incursiones en esos territorios comprometidos no eran frecuentes ni regulares. Podían pasar meses sin que acudiera. Eran momentos de desesperación o de desvarío, actos casi oníricos en los que Mr. Hyde se apoderaba del alma del Dr. Jekyll y le arrastraba hasta el escenario de la podredumbre. Allí, sin embargo, nunca hacía nada aventurado. Entraba en los urinarios, me colocaba en un mingitorio apartado y, con la vista fija en el frente, despreocupado, fingía mear. Dejaba caer el cuerpo contra la loza para que no pudiera verse nada de mi sexo. Apuraba el tiempo exacto –treinta segundos, un minuto–, me cerraba la bragueta con algo de parsimonia y salía luego de la habitación con la misma indiferencia con la que había entrado, sin devolver a nadie la mirada ni prestar atención a los merodeadores. Sentía pánico y no me atrevía a hacer ningún gesto que pudiera deshonrarme, pero al mismo tiempo había una excitación química que me empujaba hacia el borde del abismo: me ardía la cara, se me llenaban de sudoración las manos y el corazón se encogía como si fuera a desaparecer del pecho. No era en realidad un sentimiento sexual, pues casi nunca tenía una erección ni un deseo verdadero de fornicar con alguno de aquellos hombres. A lo largo de mi vida he conocido casi todas las variedades de la morbosidad gay, desde las más universales y simples hasta las más sofisticadas, y tal vez la única que me ha inspirado siempre una repugnancia cierta es la de los urinarios. Por su teatralidad escatológica, por el olor nauseabundo que a menudo está presente y por la coreografía sórdida con que se desarrolla.

Iba a los urinarios, por lo tanto, con el mismo ánimo con el que de niño iba al zoológico: para ver animales que en ningún otro lado podía ver; para comprobar que la hiena, el avestruz o el oso blanco existían realmente. Entraba, fingía mear y salía enseguida. Rondaba durante unos minutos por la estación o por sus alrededores y volvía a entrar más tarde, cuando, según mis cálculos, ninguna de las personas que me había podido observar la primera vez estaba ya allí. Si alguien me veía de nuevo, cualquier excusa se derrumbaba. Tenía miedo no sólo de que algún conocido reparara en mi persistencia –lo que era matemáticamente casi imposible–, sino de que lo hiciera un extraño, alguien que estuviera esperando un tren retrasado y se hubiese sentado en un banco cercano, o incluso alguno de los bujarrones que acechaban como cazadores la llegada de las presas. Ser descubierto, fuera por quien fuera, me producía una angustia punzante. Había jurado que nadie lo sabría nunca y debía respetar ese juramento.

En la Semana Santa de 1982, cuando yo había cumplido ya veinte años, fui a la estación de Atocha a merodear. Madrid se había quedado deshabitado, como ocurría antes siempre en las vacaciones de Pascua, y ese despoblamiento me calmaba el miedo. Cogí el autobús cerca de mi casa y fui hasta la plaza de Atocha. En aquellos tiempos la estación principal era aún la antigua: las vías llegaban hasta el gran hangar, que más tarde fue convertido en jardín tropical. En los dos andenes laterales, al fondo, separados del vestíbulo, estaban los servicios. Entré en ellos, hice la simulación habitual y me fui deprisa a uno de los bares de la plaza para beber una cerveza. Al cabo de media hora regresé y repetí los movimientos mecánicamente. Quizá por entonces era ya más audaz y me atrevía a demorarme unos segundos lavándome las manos y espiando a través de los espejos lo que ocurría en las trastiendas, pero en todo caso seguía actuando con apresuramiento. Salí de nuevo de allí como alma que lleva el diablo y me fui a pasear por los alrededores de la estación. Volví una tercera vez, revoloteé entre los pasajeros y los sodomitas que estaban meando y con la misma indiferencia me marché.

En esas situaciones yo siempre sentía una amargura viscosa y enmarañada que hacía que se me detuviera el corazón. Ya era una persona adulta y había aprendido a nombrar las cosas: sabía que aquello era la soledad. A pesar de los amigos fieles que tenía, del afecto de mi familia y de la vida social bulliciosa en la que participaba, no había nadie con quien pudiese compartir lo único importante que me ocurría. Ya no creía en Dios, ya no rezaba, ya no le pedía a nadie milagros ni providencias. Me masturbaba para calmar el cuerpo –sin conseguirlo nunca– y leía libros enfebrecidamente con la confianza de que me darían la paz de espíritu que me faltaba. Pero a medida que iba pasando el tiempo, mis tormentos se hacían más grandes.

Aquella tarde, después de salir por tercera vez de los urinarios, subí a la plaza y me acodé en un pretil frente a la fachada de la estación, desde donde podía contemplarse con perspectiva ese tránsito alborotado que hay siempre en los lugares de paso. No sé si aguardaba a que transcurriera de nuevo el tiempo para volver a entrar o si, entristecido, me lamía allí las heridas del naufragio antes de regresar a casa. Había empezado a oscurecer el cielo, pero había aún luz diurna.

De repente alguien se puso a mi lado y me dijo algo. Yo me volví sobresaltado. Era un hombre de aspecto normal al que no conocía. No respondí al saludo, me quedé mirándole expectante.

—Te he visto ahí dentro —dijo con una voz masculina, sin aflautamientos—. Eres muy guapo.

No sentí terror, sino extrañeza. No pensé entonces en las plagas que me podrían venir de ese desvelamiento (era la primera persona que descubría mi naturaleza), sino en el embarazo de la ocasión, en la torpeza con la que mi timidez me hacía comportarme siempre.

—Gracias —dije sin apartarme del pretil, con la cabeza girada levemente hacia él.

—¿Quieres que vayamos a algún sitio?

No había ceremonia ni prolegómenos. Era una proposición directa y transparente. Yo tuve un colapso. Giré los ojos y miré al vacío, hacia el cielo o hacia el edificio del Ministerio de Agricultura que está al otro lado de la plaza. Ya no podía huir, desandar, desvanecerme. El hombre no era guapo: estaba en la treintena, tenía el pelo rizado y algo ralo y llevaba unas gafas metálicas desagradables. Su rostro era vulgar, sin rasgos marcados, y el cuerpo que se podía anticipar debajo de la ropa tenía la delgadez suficiente como para no resultar repugnante.

—Tengo el coche aparcado ahí —dijo señalando a la estación, y repitió la pregunta—: ¿Quieres que vayamos a algún sitio?

Debí de pensar que una ocasión como aquélla no volvería a presentárseme en mucho tiempo y que además todo el daño posible ya había sido hecho. Yo acudía a los urinarios con el deseo de que nadie me identificara, con el único propósito de descubrir lo que estaba ocurriendo allí. Ahora que había sido identificado, sin embargo, ya no tenía nada que perder. El esperma podía tomar el gobierno de mi conducta sin ningún tipo de ataduras. Mi deshonra sería la misma hiciera lo que hiciera.

Dije que sí. No pronuncié ninguna palabra, pero me aparté del pretil e hice un gesto. Él comenzó a andar y yo le seguí. Nos montamos en el coche. Entonces sentí miedo. No de la infamia ni del pecado, sino de la muerte. Estaba en el coche de un desconocido que podía llevarme al infierno: palizas, violaciones, asesinato.

–¿Adónde vamos? –pregunté con un hilo de voz cuando enfilamos el Paseo del Prado.

Él dijo el nombre de una calle y yo, alarmado, le pedí explicaciones.

–¿Prefieres que salgamos de Madrid? –preguntó con dulzura–. ¿Quieres que vayamos a un descampado o a un sitio solitario? Tardaremos mucho más tiempo, pero si vas a estar más tranquilo podemos hacerlo.

Yo titubeé. No sabía nada de esos enredos, no conocía lugares ni costumbres. Había oído hablar de los alrededores de la Universidad Complutense, donde algunos amantes iban a consumar su amor, y de los campos de El Pardo, que en estos menesteres eran una especie de paraíso del que todo el mundo se hacía lenguas. Pero allí, en parajes despoblados, resultaría fácil descuartizarme, de modo que confié en el hombre.

Condujo hasta una calle sin salida que había cerca de la avenida de Alberto Alcocer. A veces he intentado encontrarla para comparar la realidad con mis recuerdos, pero no he sido capaz de hacerlo. Aparcó el coche casi al fondo y me pidió que pasáramos al asiento de atrás. La iluminación de la calleja era escasa, y aunque desde allí se veía el tráfico ruidoso de Madrid, cerca de nosotros no había movimientos amenazantes.

Me desabotonó el pantalón y me acarició el sexo. Después se puso de costado, se bajó la ropa hasta los tobillos y me pidió que le penetrara. Yo lo hice, contorsionándome. No usé condón. Era aún 1982 y la peste del sida acababa de comenzar. Fue rápido, sin romanticismos ni sofisticaciones. Eyaculé como una bestia herida y me aparté. No toqué su verga ni le correspondí en nada. Luego me separé y me quedé allí resollando mientras él me limpiaba bien y trataba de volver a darme placer con la boca. A pesar de la sordidez, hubo ternura. Permanecimos callados en el coche durante unos minutos. Yo quería marcharme ya de allí, pero no me atrevía a contrariar los esfuerzos que él estaba haciendo para excitarme de nuevo. Al final se dio cuenta, se separó de mí y dejó que me vistiera.

—¿Quieres que vayamos a tomar algo?

Esta vez no tuve dudas. Le dije que sí inmediatamente. Estaba sereno, casi aéreo, sabiendo que lo que acababa de vivir —un acto mediocre— era uno de los momentos más importantes de mi vida: la pérdida de la virginidad, ese gran rito de resonancias trascendentales. No había sido memorable ni singularmente placentero, pero mi sentimiento no era de frustración, sino de alivio: había desaparecido de repente alguna de esas piedras que tenía dentro del corazón.

Me llevó a la cafetería Riofrío, que en aquellos años era, junto al café Gijón, uno de los templos gays. Allí se daban cita los cofrades homosexuales para conversar y, si había ocasión, para pactar amoríos fugaces. Aquella noche —la Semana Santa— había muy poca gente. Nos sentamos en una mesa circular y pedimos las consumiciones. Yo le conté que era la primera vez que me acostaba con alguien y él lamentó entonces haberme llevado a un callejón. «Tendríamos que haber ido a un hotel», dijo. Recuerdo esas palabras porque me parecieron un gesto afectuoso que no formaba parte de la radiografía sentimental que yo había hecho de los homosexuales. No había monstruosidad ni perversión. Aunque acababa de conocerme, se preocupaba por mí. Quería cuidarme.

No recuerdo su nombre ni sé si yo le dije mi nombre verdadero. Tenía treinta y ocho años y una vida insignificante. Estuvimos hablando durante mucho tiempo. Le pregunté por los lugares de encuentro y él me explicó vagamente las rutinas del café Gijón –del que era parroquiano–, del Paseo de Recoletos y de las estaciones de tren. Me dio detalles pintorescos y me explicó cuáles eran los hábitos, qué tipo de amigos tenía y cómo se comportaban socialmente. Yo, por mi parte, le confesé mis miedos y mi vergüenza, y debí de ser muy expresivo describiendo la angustia que me provocaba aquella vida serpentina y oscura, porque él no hizo intento de quedar conmigo de nuevo. No me dio su teléfono ni me propuso que volviéramos a encontrarnos. Me pidió, eso sí, que si le veía alguna vez en el café Gijón, donde era posible que coincidiéramos, le saludara sin temor.

Me fui de allí con una sensación equívoca e imprecisa. Había podido comprobar, por una parte, que los homosexuales no siempre eran seres aberrantes y deformes, que no tenían aliento de lava ni viscosidades en la piel. Pero también había constatado que la leyenda negra era cierta: vidas tristes, solitarias, atadas al hilo de la nada.

Si la vida tiene sesenta secuencias, no puedo dejar de contar una que ocurrió pocos meses antes y que sirve para explicar –junto al pensamiento espermático– mi comportamiento de la estación y el rumbo de mi vida.

En diciembre de 1981 viajé a París para entrevistar a Julio Cortázar, que había accedido a recibirnos en su casa de la rue Martel. Para mí aquel encuentro era una quimera gloriosa. Iba a visitar al escritor que más admiraba en el mundo, a hablar de Oliveira y de La Maga, a compartir ese universo de fantasías desoladoras que tanto me habían perturbado. E iba a hacerlo, además, en París, la ciudad todavía luminosa que cualquier artista deseaba recorrer y habitar. Había estado allí el verano anterior –mi primer viaje al extranjero– y conservaba aún el recuerdo deslumbrador de sus calles.

Venía conmigo Ángel, un compañero del colegio que participaba también en la redacción del fanzine que editábamos y que, como yo, sentía devoción por los libros de Cortázar. Acababa de intentar suicidarse porque su novia le había abandonado y pensaba que la vida ya no tenía sentido. Llevaba las muñecas vendadas, aunque los cortes, hechos con teatralidad romántica en un lugar en el que estaba seguro de que le iban a encontrar a tiempo, eran superficiales.

Hicimos el viaje en el tren Puerta del Sol, de noche, y nos instalamos en una pensión barata y lúgubre del Barrio Latino, cerca de Saint-Germain-des-Prés. Cortázar nos había dado su número de teléfono y nos había advertido de que nos toparíamos con un contestador automático, en el que debíamos dejarle nuestro número para que fuera él quien estableciera el contacto. Las habitaciones de la pensión no tenían teléfono, de modo que en el mensaje que grabamos en el contestador dejamos el número de la recepción con el ruego de que nos llamara a lo largo de la tarde.

Aquel París invernal no se parecía al que yo había conocido en el mes de agosto. Era más afilado, más sombrío. Su luz inspiraba los sentimientos nocturnos y los versos más tristes. La pensión en la que estábamos, por lo demás, recordaba a las moradas costumbristas de los artistas bohemios: luces amarillentas, aire helado, suelos desiguales, paredes ralas y mal pintadas. Toda la escenografía invitaba al delirio literario. Estábamos en el centro del mundo, teníamos veinte años, y la vida, a nuestro alrededor, era áspera y dolorosa.

Nos quedamos en la habitación esperando la llamada de Cortázar y hablando de la sustancia de los sueños. Ángel, penando su amor perdido, sostenía que el curso del tiempo sólo traía despedidas y abdicaciones, que íbamos transformándonos en criaturas lunares y rendidas, que renunciábamos a nuestras ilusiones sólo para evitar el sufrimiento. Yo, que siempre tengo gusto por la polémica, dije entonces algo que tal vez no creía: que no había fatalidad en esas renuncias, que algunas personas consiguen sobrevivir a su propio destino y conservar los deseos que tuvieron, que la edad no nos obligaría por fuerza a claudicar.

Cortázar tardaba mucho tiempo en llamar, y cuando ya había caído la noche y nos habíamos cansado de porfiar sobre el porvenir, Ángel se puso a escribir una carta y yo salí a pasear por la ciudad. Ésa es la secuencia que deberá figurar en la película de mi vida, la que explica algunas de mis mudanzas sentimentales y sirve de antecedente de mi desvirgamiento en Pascua.

Era la primera vez que yo caminaba solo por París. Hacía mucho frío, había nieve en las aceras y la piel de la cara se coagulaba por el viento escarchado. La ciudad, sin embargo, tenía el paisaje de su plenitud: había muchachos patinando, unos pintores exponían sus obras en la verja de un jardín, los comercios permanecían abiertos y el tránsito de gente extravagante –había negros y orientales, razas que entonces en España sólo podíamos ver en las películas– le daban al bulevar un aspecto festivo y vitalista. Allí, sin escarbar mucho debajo de los adoquines, estaba claro que las reglas eran diferentes. Me crucé con un chico muy guapo y me atreví a mirarle a los ojos con firmeza. Él me devolvió la mirada con una sonrisa que no era de conformidad sino quizá de burla, pero mi osadía, que sólo buscaba la propia afirmación de mí mismo, fue suficiente para enorgullecerme.

Entré en un *drugstore* y hojeé delante de todos (aunque nadie me prestaba atención) una revista de hombres desnudos que estaba expuesta en los anaqueles. Luego busqué un sex shop y me entretuve mirando los consoladores, los arneses y la lencería erótica masculina. Al salir de allí, de regreso a la pensión, volví a encontrarme con un muchacho de rostro arcangélico –los labios rubicundos y gruesos de los franceses– y le miré como había mirado al otro, con la misma fijeza soberbia y desafiante. Entonces me puse a llorar en mitad de la calle y tuve que apartarme a una esquina oscura. Imaginé los paraísos que nunca había conocido, los lugares en los que quizás era posible vivir de una forma diferente a como yo vivía. Tenía envidia de la libertad que sentía en esa ciudad fría y desangelada. Durante un instante –una pulgada de tiempo– pensé que mi condena podría abolirse en París o en otra ciudad semejante; que podría amar a los monstruos, fornicar con ellos, reír sus bromas e ir envejeciendo con felicidad en un territorio completamente extranjero. Tal vez si contaba mi secreto en otro idioma no sería una traición.

Yo quería poder ser abandonado por alguien; tener, como Ángel, razones para cortarme las venas o saltar desde un puente del Sena al vacío. Esos suicidios eran nobles y ejemplares. No probaban la miseria del inmolado sino su grandeza.

Regresé a la pensión y pocos minutos más tarde subió el patrón a avisarnos de la llamada de Julio Cortázar. Bajamos los cuatro pisos a la carrera y hablamos con él para fijar la entrevista del día siguiente. Después, liberados ya de la guardia, nos fuimos a cenar al restaurante Polidor, donde se desarrolla la primera escena de *62/Modelo para armar*, la novela que Cortázar había escrito a partir de un gajo de *Rayuela*. Yo le había propuesto por carta que nos citáramos allí, pero él, tan místico o tan supersticioso en esos asuntos del destino, había rechazado la posibilidad de volver a ese restaurante nunca más.

Durante unos minutos Ángel y yo repasamos las preguntas que le haríamos al día siguiente, pero enseguida volvimos a hablar de los sueños que se malogran con el paso del tiempo, de los amores caídos y de la desventura que persigue siempre a los que no aprovechan las ocasiones que les da la vida.

III. EL CORAZÓN DE LAS TINIEBLAS

Aquella tarde de la estación de Atocha –o aquella noche de París– el alma ya estaba perdida. El juramento de Scarlett O'Hara había comenzado a deshacerse en los remolinos de aire que siempre trae el paso del tiempo.

Pocas semanas después, en las vísperas del verano, comencé a enamorarme de uno de mis amigos. Se llamaba Jesús, había estudiado conmigo en el colegio (aunque en un aula diferente) y formaba parte también del grupo de agitación cultural y de la camarilla de catequistas ecuménicos con los que yo me juntaba. En los últimos dos años habíamos tenido un trato muy cercano, y nuestras afinidades, intelectuales y artísticas, eran lo suficientemente fuertes como para haber ido tejiendo una amistad especial. En medio de aquel ambiente de cabestros garbanceros o de beatos levantiscos, Jesús y yo guardábamos ambiciones de aristócratas. Discutíamos de literatura o de cine, disertábamos de los trances de la vida y soñábamos con un futuro sobrenatural.

Él era esmirriado y feo. Le habían operado a corazón abierto y a veces enseñaba las cicatrices del pecho como si fueran condecoraciones. Formaba parte de una familia de catorce hermanos unidos por unos lazos de lealtad siciliana. Estaba estudiando Derecho, pero podía pontificar de cualquier asunto. Tenía teorías políticas vanguardistas, era capaz de dar lecciones magistrales sobre el funcionamiento de la economía, explicaba minuciosamente los avances científicos y dominaba con desparpajo todas las disciplinas artísticas. Más aún que yo, que ya en esa época me atrevía a discutir de cualquier materia con los Siete Sabios de Grecia, porfiando de verdades metafísicas, de mecánica de automóviles y de matemáticas infinitesimales si era menester, Jesús impartía doctrina con severidad de oráculo.

Debió de ser esa aura de dómine, a falta de belleza, la que me inspiró el amor. Nos reuníamos muchas tardes en una terraza veraniega del barrio para hacer tertulia con los amigos catequistas o con otros compañeros del colegio, y en esas veladas largas de días desocupados, en las que todos se iban marchando y nos quedábamos a menudo los dos solos discutiendo acerca de la naturaleza teológica del Espíritu Santo, fue surgiendo entre nosotros una camaradería diferente. Él empezó a confesarme cosas más íntimas y yo empecé a sentir poco a poco, con susto, un deseo manso de estar siempre a su lado, de besarle en los labios y de pasarle la yema de los dedos por los costurones de las cicatrices. Un día dimos un paseo entre los árboles de un parque de camino a la terraza veraniega. Los dos llevábamos camisas de manga corta y nuestros brazos se rozaban en el penduleo de la marcha. Fue mi primera revelación erótica con él. Aquella beatitud que me provocaba el contacto invisible de la piel de Jesús no podía deberse a sus conocimientos sobre Derecho Mercantil ni a sus tesis sobre la socialdemocracia europea. Era de nuevo el amor. La roca de Sísifo que yo tendría que empujar hasta la cima y dejar caer luego sin sentido.

Entonces ocurrió el prodigio: Jesús, hormigueando en sus confidencias, me contó los pormenores de los desvelos que sentía y terminó admitiendo que era homosexual. Me hizo la revelación durante una de esas tardes parsimoniosas y largas que pasábamos juntos, entre el ruido de bar y el olor a verano que dejaban los bañistas de una piscina contigua. Yo le escuché con temblor, sabiendo desde ese primer instante que podía estar acercándome a la felicidad o al desastre y que, en todo caso, esa confesión me obligaría a caminar sobre un hilo de alambre en el vacío. No le correspondí con mi sinceridad. No le dije que yo también era una cucaracha negra y solitaria, que las mujeres me repugnaban sexualmente, que mi soledad era como la suya.

Jesús no tenía paz de espíritu. Era, igual que yo, un ser atormentado que únicamente soñaba con llevar una vida sentimental ortodoxa y bendecida, con tener una novia respetable a la que llevar a casa los domingos después de la sesión de cine. No le gustaba su propia vida, se avergonzaba de ella, y por eso había tramado un plan de salvación, que me contó también aquella misma tarde.

Al parecer había leído en algún periódico una entrevista con un psicólogo conductista –o con un psiquiatra simpatizante de las teorías de Skinner– que aseguraba que la homosexualidad, como todos los comportamientos del ser humano, podía modificarse con una terapia adecuada. El psicólogo tenía rango militar y Jesús había conseguido discretamente, a través de los contactos de su padre –que era capitán general del ejército–, una entrevista con él. En esa entrevista el psicólogo le había explicado el sustrato teórico de su doctrina y le había asegurado que su tendencia sexual podría corregirse mediante un procedimiento de estímulos y castigos alternados: la conducta positiva –las mujeres– obtenía una recompensa, y la conducta negativa

–los hombres–, un escarmiento. De ese modo, la sexualidad se iba poco a poco transformando hasta que encontraba su equilibrio.

Jesús había previsto comenzar las consultas a la vuelta del verano y tenía el convencimiento de que en pocos meses dejaría de sentirse atraído por las personas de su mismo sexo. No le inquietaban las cuestiones morales o religiosas de su condición, sino la marginación social y el rechazo que pudiera sufrir en su familia, que era virtuosa, católica y ejemplar. Nunca había tenido ninguna relación sexual ni había estado enamorado de nadie. Su vida, hasta ese momento, había sido aún más inmaculada y abstinente que la mía, pero era consciente de que aquel estado de templanza no podía durar mucho tiempo más. Él quería una esposa que le diera hijos. Quería ser embajador en algún país importante y brillar profesionalmente.

Aquella noche nos separamos sin que yo hiciera ninguna confesión. Le mostré mi fraternidad y le prometí, como él me había pedido, que no le revelaría a nadie su secreto. Traté de ofrecerle mi mejor amistad, mi afecto y mi comprensión.

No pude dormir. El chico del que estaba enamorado me había confesado que él también era homosexual, y aunque no se resignaba a seguir siéndolo ni había ningún indicio de que yo le gustara amorosamente, era la primera vez en mi vida –de la que ya habían transcurrido veinte años– que veía frente a mí la posibilidad de tener una relación sentimental. En mi adolescencia había jurado no hacerlo, pero en París había comprendido luego vagamente que no todos los juramentos incumplidos son traiciones y que el tiempo de la juventud es demasiado corto para malgastarlo. Mi cabeza estaba llena de contradicciones y de amarguras. Todos mis análisis racionales concluían en el desatino. Sabía que ahora, después de haber callado frente a él, mi confesión sería tomada con enfado. No tenía la certeza, además, de querer hacer esa confesión, pues el terror bordado primorosamente durante años no podía descoserse de la noche a la mañana ni siquiera a causa del amor.

En los siguientes días le llamé continuamente, le di señales de confianza y me comporté con él con una generosidad que, de haber sido desinteresada, habría resultado conmovedora. Una de las tardes paseamos por el centro de Madrid y comentamos el modo en que él evitaba siempre hablar de la belleza masculina para no dar pie a murmuraciones. Recuerdo avergonzado la felonía con la que yo respondí a su franqueza: «Yo no soy homosexual, pero sé distinguir perfectamente a un hombre guapo de uno que no lo es.» Lo dije con gesto bondadoso, fingiendo que lo que pretendía era ayudarle a vencer sus miedos.

Aquella intimidad, aunque fuera insincera por mi parte, nos unió aún más, y al cabo de unos días comenzamos a preparar juntos un viaje a Santander. El mes de agosto estaba cerca y ninguno de los dos tenía planes personales. Él iba a marcharse con su familia a Torrevieja, como otros años, y yo, que ya no quería acompañar a la mía en sus vacaciones marítimas de Levante, había decidido quedarme en Madrid zanganeando. La propuesta de irnos de viaje juntos fue seguramente de él –que sentía además una devoción especial por Cantabria–, pero sin duda yo la compartí con entusiasmo. Los preparativos fueron para mí excitantes, como si estuviéramos concibiendo un viaje al lejano Oriente o una travesía por el océano. Recuerdo con vaguedad que durante aquellos días yo desmadejaba mis expectativas sin mucho rumbo: ¿cuáles eran en realidad mis esperanzas? ¿Confiaba en que aquel camino de Santander se convirtiera por el destino en un camino de Damasco? ¿Imaginaba que Jesús, con la vecindad del viaje, caería en mis brazos? ¿Estaba decidido a contarle cuáles eran mis sentimientos?

No hubo ocasión para el desmadejamiento completo, pues pocos días antes de la partida nos peleamos y deshicimos el plan. No guardo ningún recuerdo de las razones de aquella riña, pero sé que fue él quien tomó la decisión. Detrás de ese comportamiento atrabiliario estaba –además de su carácter imperioso y soberbio– el temor que tenía a mostrarse vulnerable. El caparazón con el que Jesús había ido cubriéndose todos esos años de juventud solitaria no era, como el mío, postizo o mudable: era una piel de puercoespín. Se había jurado a sí mismo, a una edad parecida a aquella en la que yo había hecho mi juramento, que nunca debería amar a nadie para no tener deudas ni flaquezas, y también acabó cumpliendo el presagio de François de La Rochefoucauld: «Estamos tan acostumbrados a disfrazarnos para los demás que al final nos disfrazamos para nosotros mismos.» No amar para no tener sufrimiento. Para no sentir los desaires de la vida.

Fue entonces cuando comenzó uno de los episodios más borrascosos y decisivos de mi biografía: el desnudamiento de la cucaracha. De esos días –o de esos meses– tengo un recuerdo más preciso porque comencé a escribir un diario para aliviar mi tristeza, y en él está el retrato de aquel muchacho desamparado y perdido que yo era entonces. Con un estilo afectado y pedante que no hacía pensar que yo pudiera llegar a ser nunca escritor, devanaba las ideas adánicas y ampulosas que tenía de la vida.

Después de nuestra ruptura vacacional, Jesús se fue a Torrevieja con su familia, siguiendo sus planes anteriores, y yo me quedé solo en Madrid, puesto que mis padres y mi abuelo se habían marchado unos días a Segovia antes de viajar a la costa en la segunda quincena del mes de agosto. Me encerré en casa, atormentado, y busqué en los gestos patéticos y declamatorios la salvación que necesitaba. Me levantaba de la cama al mediodía y me sentaba a escuchar canciones lastimeras de amor mientras fumaba cigarrillos sin mesura y bebía coñac.

Empecé a escribirle a Jesús una carta en la que reflexionaba dolientemente, con desgarro, acerca de todos los asuntos de la vida que nos unían: la amistad imposible, el compromiso intelectual, los extravíos sentimentales, la soledad, la sublimación de las pasiones humanas, la crueldad del azar o la música de Schubert, que era el compositor por el que él sentía más devoción. No guardo copia de aquella carta −y Jesús la destruyó enseguida, con ese desapego por los asuntos afectivos del que siempre se enorgullecía−, pero sé que su longitud era de dieciséis folios escritos por ambas caras: en la primera anotación de mi diario se hace constar con exactitud. En ningún momento le decía con claridad que estaba enamorado de él, pero las invocaciones que hacía a una camaradería de hombres solitarios o a la comunión que nuestros espíritus incorpóreos lograrían llegar a sentir juntos, apartados de la vulgaridad del mundo, no podían pasarle fácilmente desapercibidas a una persona que tuviera, como él, inteligencia comprensiva.

Dudé de lo que debía hacer, pero en un instante de atrevimiento, avivado seguramente por el alcohol, metí los folios en un sobre y se los envié a la dirección de Torrevieja. Mi sufrimiento, medido en las unidades que yo era capaz de medir, no tenía ya márgenes ni dominio. Pensaba todo el tiempo en la muerte, en la nada, en la amputación de la conciencia como única solución a toda aquella sinuosidad oscura en la que estaba encerrado. Seguía bebiendo desde la mañana a la noche, fumando cigarrillos sin parar y alimentándome de algún fiambre seco que mi madre hubiera dejado en la nevera. Escuchaba canciones de Lluís Llach y de Jacques Brel que, al mismo tiempo que me zarandeaban más en el naufragio, me redimían.

Tres o cuatro días después de enviar la carta, Jesús me telefoneó. Apresuradamente, sin entrar en consideraciones menores –en aquellos tiempos las llamadas entre provincias eran caras–, me dijo que las cosas habían cambiado mucho y que le gustaría que fuera a Torrevieja para poder hablar conmigo. Al suspender el viaje a Santander ya me había ofrecido la posibilidad de acompañarle en sus vacaciones familiares, pero en aquel momento yo lo había rechazado por orgullo o por despecho. Aquel día, sin embargo, en nuestra conversación telefónica, le dije que sí, que iría a Torrevieja para hablar con él. Era incuestionable lo que había ocurrido: Jesús había leído mi carta, se había dado cuenta de mis sentimientos homófilos y había comprendido que la ligadura que nos unía era más fuerte de lo que al principio había creído. Él, como yo, había estado toda su vida solo, escondido entre los murallones de sus fantasmas, y de repente encontraba a alguien que le ofrecía confraternidad y auxilio. Otra cucaracha con los mismos pliegues abdominales que él, con las mismas patas llenas de hebras negras y repugnantes. Tal vez no había pensado en el amor posible, pero sin duda me llamaba para compartir conmigo esa soledad de insecto que no había podido compartir antes con nadie.

Fui enseguida a la estación de trenes y saqué un billete para Alicante, desde donde tomaría un autobús que me llevara a Torrevieja. Jesús, por su parte, se encargaría de reservarme una habitación en la casa de una viuda que alquilaba cuartos en verano para ganar un dinero que engordara su pensión. Mis padres, como estaba previsto, llegaron el día antes de que yo me marchara y aceptaron con paciencia mi cambio de planes veraniegos, asustados seguramente por la imagen desesperanzada y dramática que yo mostraba de mí mismo sin ocultamiento: el cuerpo desaseado, el gesto remordido, los modales histéricos o misántropos. La casa estaba descuidada, sucia, y las botellas del mueble bar habían sido vaciadas. Mi madre, primero, y mi padre, después, trataron de hablar conmigo de mis tenebrosidades, pero no consiguieron que yo confesara nada y se resignaron bondadosamente a consentirme cualquier voluntad.

El día diecisiete de agosto cogí el tren a Alicante. Hice noche allí, en una pensión barata en la que escribí el primer apunte del diario. Comencé hablando –con un simbolismo decadente que produce sonrojo– de la sinfonía «Incompleta» de Schubert, y a continuación, a lo largo de siete páginas de letra apretada, hice una exposición hermética y pasional de lo que había ocurrido. No hablaba de amor ni de homosexualidad, sino de una mortificación espiritual imprecisa que me causaba congojas de todo tipo y de la que deseaba escapar.

En ese apunte mencionaba un hecho que luego he olvidado por completo durante todos estos años: en los días de abatimiento había tomado la decisión de abandonar la universidad. Debió de ser una decisión insincera, una de esas poses melodramáticas a las que he sido tan propenso en mi vida y que tanto bien medicinal me han hecho. Quizá su propósito era, además, manipulador, pues de mis palabras escritas puede deducirse que Jesús se sentiría culpable por ello.

«Hago este viaje con miedo», decía yo. «Si todo hubiera seguido como estaba, si Jesús no me hubiera llamado, yo habría terminado acostumbrándome a la tristeza, pero ahora de nuevo tengo frente a mí la incertidumbre. La caída podría ser más dura, y si todo fuera mal tal vez entonces me atrevería con los tranquilizantes», concluía con afectación.

A lo largo de todo el texto repito varias veces, con énfasis, fingiendo convencimiento, que no espero un cambio de actitud por parte de Jesús. Pero en cada una de las negaciones que hago queda transparentemente claro que sólo me sostiene en pie esa esperanza, que estoy viajando a Torrevieja porque creo que Jesús puede llegar a amarme algún día. «Todo lo que me hubiera ilusionado hacer junto a Jesús», mentía yo, «ya no me ilusiona en absoluto. ¿Qué es lo que espero de este viaje, entonces? Tal vez nada. He perdido los sueños y los deseos, y eso no puede recuperarse ya. Ahora no es un problema entre Jesús y yo, como fue antes, sino un problema sólo mío.»

El siguiente apunte del diario está fechado en Madrid el nueve de septiembre, veintiún días después. Recuerdo a la perfección, sin embargo, lo que ocurrió durante las dos semanas que estuve en Torrevieja. Fueron tiempos de fuego, de relámpago. Mi vida entera saltó por los aires. A veces me he preguntado cómo se sienten en el último instante esos terroristas que llevan una bomba pegada al cuerpo y la hacen estallar, de qué modo se desintegra el pensamiento cuando se despedaza el cuerpo. Debe de ser algo parecido a como me sentí yo en aquellos días.

Jesús me recogió en la estación de autobuses y me llevó hasta la casa de huéspedes, donde me fue asignada una habitación interior pequeña y decorada con vírgenes y muebles antiguos. Luego, sin hablar aún de nada trascendente, fuimos a comer a su casa, con sus padres y al menos una decena de sus hermanos. Después de la comida yo regresé a la casa de huéspedes para dormir la siesta. Nos citamos a media tarde, a solas, para que me contara por fin lo que tenía que contarme.

Yo estaba en un estado de excitación nerviosa que iba acabando con mi cordura. Necesitaba saber cuanto antes cuáles eran los pensamientos exactos de Jesús. ¿Estaba dispuesto a ser mi compañero cercano, mi amigo de correrías, mi confidente? ¿Estaba dispuesto a ser mi amante? Y, en este caso, ¿sería un amor inminente, volcánico, o necesitaría un periodo de incubación y un esmero tenaz por mi parte? «Las cosas han cambiado mucho», me había dicho él por teléfono, y yo, para seguir viviendo, tenía que saber de qué modo habían cambiado.

En nuestra cita de esa tarde no hubo preámbulos ni cortesías. Me lo dijo a bocajarro:

–He conocido a alguien. Se llama Xavier y vive en Francia, adonde sus padres emigraron después de la guerra. Vienen aquí de vacaciones todos los años y han alquilado la casa que está enfrente de la nuestra. Una tarde salimos los dos a leer a la puerta y nos pusimos a hablar de libros, de música y de todas esas cosas. Es arquitecto.

Calló durante un momento, inquieto, y se pasó la lengua por los labios para repartir la saliva. Hacer el relato le estaba resultando difícil, como si hubiera alguna indignidad en lo que contaba. Yo, a su lado –estábamos caminando a paso lento por las calles de Torrevieja, alejados de la zona en la que podíamos encontrarnos con alguno de sus hermanos–, había perdido el pulso del cuerpo. No tenía temperatura en la piel, era un reptil de sangre fría.

–Creo que me he enamorado de él. Le he besado. Él me besó a mí. Ha tenido relaciones con otros chicos allí en Francia y sabe cómo hacer esas cosas. Sentí algo que nunca había sentido, y ahora no sé qué hacer con el futuro, no sé si tiene sentido empezar la terapia, no sé si quiero dejar de ser lo que soy.

Jesús buscaba mi comprensión y mi consentimiento. Esperaba que yo, con mi mirada heterosexual, aprobara su conducta y le ayudase a resolver sus contradicciones personales. Me había llamado, en suma, para ratificar ante mí sus propios actos.

De repente me di cuenta de que ni siquiera había leído con interés mi carta, de que no había entendido nada de lo que le contaba en ella, de que había silabeado sus palabras como si fueran un ejercicio literario y no una confesión íntima. En los siguientes meses llegué a conocer bien esa naturaleza narcisista de Jesús: era incapaz de mirar al corazón de los demás con discernimiento. Hay una conseja oriental en la que se cuenta la historia de un hombre que abandona a su mujer y se marcha a recorrer el mundo. Al cabo de los años, después de haber vivido en mil ciudades, llega a su casa la esposa acompañada por un anciano. «Te hemos estado buscando durante todo este tiempo», dice el anciano. «¿Por qué?», pregunta el hombre. «¿Hace falta explicártelo?», replica el anciano. «Mira a los ojos de tu esposa y dime lo que ves.» Él mira entonces fijamente a los ojos de la mujer, que están arrasados de lágrimas, y responde: «Son negros aún, pero el blanco amarillea porque ella es ya una mujer mayor. Los párpados han ido agrietándose. En los bordes hay más arrugas que antes.» Jesús era como ese hombre: veía con minuciosidad científica todas las particularidades de una realidad, pero no reparaba nunca en lo esencial. No distinguía jamás las lágrimas. «En no ser amado sólo hay mala suerte», dice Camus. «En no amar hay desgracia.»

Aquel día conocí por fin el corazón de las tinieblas. Esa espesura de la selva en la que sólo existen amenazas y en la que el curso del río lleva hacia el apocalipsis. Escuché a Jesús con impasibilidad mientras trataba de descifrar mi propia muerte. Durante una o dos horas le di consejos racionales, le repetí lo que él deseaba escuchar de mí: que cada uno debe buscar su destino en el mundo, que la naturaleza interior es la única identidad que tenemos y que el amor no puede ser nunca sacrificado para alcanzar provechos utilitaristas. En realidad no hablaba de él, sino de mí mismo, y a medida que iba pasando la tarde y que mi angustia se volvía viscosa, comencé a darme cuenta de que no podía seguir ni un instante más en aquella carnavalada. Me quedé callado, huraño, extenuado por el esfuerzo de la mentira y por todo el dolor que había ido consumiéndome durante años. Habíamos cenado algo en un quiosco de comida y estábamos sentados en el Club Náutico, frente al mar. Yo encendía un cigarrillo con la brasa de otro y miraba al vacío. Jesús, que seguía hablando de sus conflictos intelectuales, notó mi silencio.

–¿Qué te pasa? –preguntó.

Yo no le di respuesta. Tuvo que porfiar.

–Hay algo que no te he contado –dije al fin.

Él me miró extrañado, con el fastidio de perder durante un instante su protagonismo.

–Cuéntamelo ahora.

Vi el mar, la luz cinérea, la sombra de los ahogados, y supe que no era posible mantener durante más tiempo mi juramento. Ninguna de las penas que pudiera originar la revelación de mi secreto sería más fiera que la que tenía entonces. Ninguna humillación, ninguna tortura, ningún abandono.

–No he venido aquí para escuchar tus amores, sino para hablar del mío.

Jesús aguzó la vista tratando de entender mis palabras. Yo sonreí y expulsé el humo del cigarrillo, imité una vez más el gesto de Bogart. Pasaron unos segundos muy largos. Él por fin abrió la boca con ese amaneramiento de la sorpresa y, balbuceando, empalidecido, habló en francés:

–*Est-ce-que tu es aussi...?*

Tenía miedo de que su hipótesis fuera sólo una impertinencia o un desvarío y creía que formulándola en otro idioma –de cuyo dominio además presumía siempre con petulancia– la ofensa quedaría desvaída.

Yo asentí, y Jesús, después de unos instantes de estupor o de espanto, continuó su interrogatorio:

–*Et as-tu des sentiments pour moi?*

En aquel momento pensé en Xavier, en ese amante de verano con el que seguramente había hablado en francés acerca de Édith Piaf, de Marcel Proust y de la sodomía.

–Sí, *je t'aime* –dije con una impudicia en la que no había ninguna mordacidad.

Él se quedó noqueado, miró también al mar. Es probable que en ese espacio de tiempo –un minuto, dos minutos– yo aguardara aún el milagro. Jesús estaba atravesando la línea de una tempestad. Su vida, como la mía, daba bandazos a merced de un viento extraño: un día encontraba un artículo en un periódico y decidía hacer una terapia conductista; otro día se cruzaba con un muchacho francés y se enamoraba de él. Era posible, por lo tanto, que la nueva revelación transfigurara sus planes y que hubiera una epifanía. El amor homosexual –el amor difícil– ha considerado a menudo un mérito la disponibilidad del otro. Se ama a quien se puede amar, a quien permite ser amado. Es un acto de supervivencia.

Un minuto, dos minutos. Luego, el corazón de las tinieblas. Sin indecisión. Sin piedad.

–*Je ne peux pas penser à toi de cette façon. Jamais.*

Alguna vez he creído que los días más tristes fueron

los más felices. Es una creencia que se fundamenta en la idea romántica de que lo verdaderamente importante es la viveza, el ardor, la grandiosidad de los acontecimientos. Al final, andado el tiempo, sólo se recuerda lo que fue intenso. Da igual si hubo júbilo o mortificación: la memoria termina borrando la distancia.

De acuerdo con esta tesis, aquél fue uno de los grandes días de mi vida.

En las dos semanas que pasé en Torrevieja, Jesús no se ocupó nunca de mi pena. Tal vez hizo menos ostentación de su amor por Xavier y fue más prudente contándome sus entelequias físicas y metafísicas, pero no hubo ningún tipo de consuelo ni una delicadeza fraterna que a mí me hiciera sentirme acompañado por él. Por las mañanas íbamos a la playa con algunos de sus hermanos, a mediodía comíamos en la casa familiar y por las tardes, después de la siesta, paseábamos juntos y fiesteábamos en los clubs del pueblo, que no eran demasiado cosmopolitas.

Yo viví aquellos días con una cierta calma. Después de «expulsar mundos y diablos fuera del cuerpo», según apunté en el diario, sentí una serenidad que se parecía bastante a la ventura. Estar con Jesús, a pesar de su trato, me hacía estar alegre o confiado. Supongo que me gustaba verle medio desnudo en la playa y que, como todos los amantes, me quedaba extasiado escuchando sus arengas y sus naderías. Su proximidad, aunque fuera recelosa, me apaciguaba.

Ninguno de los dos habíamos hablado nunca con nadie de nuestros sentimientos. Aquellas semanas, atrapados uno en la compañía del otro, encerrados en ese aire de balneario provinciano y asfixiante, tratamos de recobrar el tiempo perdido. Yo no podía expresar abiertamente mi amor para no disgustarle, y él, por su parte, tenía que medir las palabras que fueran a herirme, pero a pesar de esa cautela había un torbellino de asuntos que por primera vez en nuestra vida teníamos la oportunidad de compartir con alguien. Hablamos de la belleza de algunos chicos, de los antiguos compañeros por los que habíamos sentido deseo, del miedo, de los espectros con los que se aprende a convivir, de los modos en los que habíamos ido urdiendo las mentiras a lo largo de los años, de la reacción que tendrían nuestras familias si pudieran ver nuestro cuerpo real de cucarachas, de los hijos que deseábamos tener, de la repulsión física que nos inspiraban las mujeres, de las películas de Visconti, de los hombres ilustres que habían sido homosexuales, de la sensibilidad masculina y de lo sórdido que era el mundo gay.

Aquella explosión verborreica, después de tantos años de ocultación, fue una forma de felicidad, y yo comencé a sentir que era un hombre nuevo y a tomar decisiones audaces e imperiosas: en el curso siguiente estudiaría música, que era una de mis grandes pasiones fracasadas; me afiliaría al Partido Socialista para luchar por la sociedad en la que creía; trataría de encontrar un trabajo con el que poder independizarme; y buscaría algún psicólogo que me ayudara a templar la neurosis y la desesperanza. Desde Torrevieja, escribí a mis padres una carta conciliadora en la que les informaba de algunos de esos cambios radicales que estaba preparando para mi vida. Resulta llamativo que, a pesar de todo lo ocurrido durante las últimas semanas, no hubiera en aquella revolución moral ningún proyecto amoroso. Yo podía haber dado por liquidado mi compromiso con el silencio, pero no lo hice. Podía haber tomado la determinación de buscar un compañero sentimental –la palabra «novio» todavía me causaba desagrado o prevención–, de acudir a los urinarios de las estaciones con un ánimo más resuelto, de poner anuncios en las revistas o de exponerme a la suerte callejera con mayor laboriosidad. Sin embargo, no planeé nada de todo eso. Tal vez porque, enamorado de Jesús, no era capaz en ese momento de concebir otro propósito para mis afectos, pero más probablemente porque el miedo no había desaparecido y las aprensiones se mantenían intactas. Yo seguía sintiéndome una cucaracha, un enfermo, una criatura monstruosa que necesitaba vivir encerrada en cuevas para que la luz del sol no la desollara.

En la librería de aquel pueblo de veraneantes iletrados encontré –eran otros tiempos– una edición de *La realidad y el deseo* de Luis Cernuda, de quien yo sólo había leído poemas sueltos en antologías. La compré inmediatamente y fui leyéndola con asombro durante aquellos días de Torrevieja. Por las tardes, cuando regresaba a la casa de la viuda para descansar en las horas de solanera, o por las noches, antes de acostarme, abría el libro al azar (evitando las primeras páginas, las de *Égloga, elegía, oda* o *Un río, un amor*, en las que advertí desde el principio un envaramiento formalista que no le convenía entonces a mi espíritu) y leía, como si fueran salmos religiosos, algunos poemas. Recuerdo haber sentido una cierta perplejidad filológica: ¿cómo era posible que aquel poeta, que en esa época era tenido por menor en el reino de su generación literaria, pudiera llegar a conmoverme como no lo habían hecho los emperadores Federico García Lorca, Rafael Alberti o Vicente Aleixandre? Pero el recuerdo predominante no es académico sino existencial. La belleza extraña de aquellos versos, de las criaturas inalcanzables y dolorosas a las que Cernuda cantaba, me libró de mis penitencias y de algunos desconsuelos. La rabia fiera del poeta ante el amor perdido era la rabia que yo deseaba sentir. La altivez de los monstruos, el envanecimiento de los que no tienen nada.

Adiós, adiós, compañeros imposibles.
Que ya tan sólo aprendo
A morir, deseando
Veros de nuevo, hermosos igualmente
En alguna otra vida.

En esa ética melancólica de la renuncia, que tan continuadamente está en la obra de Cernuda, fue donde yo aprendí a tener compasión de mí mismo: la malaventura era un destino contra el que las bestias no podíamos luchar, sólo jactarnos de él.

IV. LA NARANJA MECÁNICA

Regresé a Madrid el 31 de agosto con un brío reverdecido, pero el ánimo me duró pocas horas. Según el testimonio de mi diario, enseguida me topé otra vez con la desesperación. «Lo que yo necesitaba –y necesito– es el afecto de un abrazo», escribí. «De nada sirven todos los proyectos entusiastas que traía, porque entre ellos no hay ninguno de esta naturaleza.» En la anotación fechada el día nueve de septiembre repasé los últimos acontecimientos y registré un hecho que me espeluzna: «Poco a poco, con la ayuda de un especialista en tarot al que he acudido, estoy tratando de recuperar mi propio ser y la serenidad que perdí al volver de Torrevieja. No me siento todavía con fuerza suficiente, pero empiezo a valerme por mí mismo.» No hay duda de que en aquellos tiempos –y aún más en los meses que siguieron– estuve a punto de perder la razón. Recuerdo haber ido dos o tres veces, acompañado de amigos, a que me echara las cartas una bruja que atendía en el pub Candilejas, pero siempre con ese espíritu descreído y travieso que adoptan los que tratan de burlarse de las boberías del mundo. Había borrado completamente de mi memoria, sin embargo, que en algún momento llegué a confiar mi salud mental a uno de esos nigromantes charlatanes y que hice terapia cabalística. Las palabras de la nota son cristalinas: no hay encubrimiento ni vergüenza, no dejan ver ningún escrúpulo. El dolor estaba convirtiéndome en un hombre loco.

En cuanto regresó a Madrid, Jesús recobró sus convicciones antiguas y apartó de su lado todo lo que pudiera amenazarlas. Se olvidó enseguida de Xavier, que sólo había sido una debilidad pasajera, y reafirmó su voluntad de someterse a la terapia del psiquiatra conductista para cambiar de sexualidad. En esas circunstancias, mi compañía no era conveniente, pues le forzaba a comportarse con una libertad que podría perjudicar el trabajo clínico. Había tomado la decisión de hacer desaparecer de su vida todo lo que tuviera que ver con la homosexualidad, y yo se la recordaba enfáticamente. Mi amor, además, era fastidioso. Me esforzaba en evitar cualquier palabra que lo invocara y cualquier gesto afectuoso que pudiese disgustarle, pero él lo tenía siempre presente. En esa atmósfera de sentimientos inseguros e inflamados, Jesús optó por protegerse de mí, y lo hizo según sus modales: moliendo poco a poco todos los lazos de amistad que guardábamos y empeñándose en liquidar la compasión conmigo. Me trataba con brutalidad, con palabras hirientes, con un desdén que no había hecho nada para merecer.

«El nueve de septiembre», apunté en mi diario casi un mes después, «tuve una larga conversación con Jesús. Era la primera vez que hablábamos cara a cara después de volver de Torrevieja. Se aclararon muchas cosas. Él se mostró tal como es: egoísta y egocéntrico, insensible, narcisista, hipócrita. Me hizo mucho daño su confesión.» Fue allí donde me dijo que iba a seguir adelante con sus planes aunque tuviera que arrasar el mundo –y a mí antes que nada– para conseguirlo.

–Eres demasiado frágil –me explicó–, y no tengo capacidad para aguantar a las personas así. –Y poco después, con la misma sinceridad de confesionario–: Tienes una cara extraña, eres feo y además no cuidas tu forma de vestir. No podría haberme fijado nunca en alguien como tú.

La crueldad innecesaria es uno de los rasgos más definitorios de los psicópatas y de los fracasados. Jesús siempre tuvo esa naturaleza de depredador que necesita devorar la carne de otro para sentirse a salvo. Hacía una interpretación rudimentaria del darwinismo o una lectura grosera de Nietzsche y creía que el único modo de sobrevivir a las inclemencias del mundo es la ferocidad. Yo fui en aquellos meses la presa propicia.

Guardo dos cartas de aquellos días sin fecha exacta. La primera la escribí yo y no se la envié, quizá por miedo a avivar su desprecio: «Creo que sí hay jardín de senderos que se bifurcan y que los senderos se van cruzando en distintos puntos porque algún dios odioso lo ha dispuesto así, ha planificado el enorme jardín como un laberinto que desde allí arriba, desde el cielo, él debe de ver en su perfecta dimensión, pero que nosotros, condenados a mirar a ras de suelo, con la maleza delante de nuestros ojos, no somos capaces de descifrar. Tenemos que conformarnos con ir viendo los metros que hay frente a nosotros, como cuando conducimos de noche un coche y sólo alcanzamos a distinguir el trozo de carretera que alumbran los faros. Y algunas veces ni siquiera eso, porque cuando aparece delante una curva de 180 grados y hay que girar, los faros no apuntan a la ruta, sino al vacío. Es lo que me está ocurriendo a mí ahora. Nuestros senderos, Jesús, se han cruzado porque ese dios odioso lo dispuso así. Lo siento por ti, que llevabas el rumbo tan recto. Yo, en cambio, me alegro de ese cruce, aunque sepa que en el futuro no aguarda nada.»

La otra carta, escrita por él, era una nota introductoria a un diario personal suyo que me prestó y que luego le devolví: «Espero que puedas perdonarme estos días horribles que te he hecho pasar. Quizás al leer el cuaderno comprendas que a uno le hacen, que no se hace él mismo. Y que nadie elige su destino. La vida no es un acto de creación, ni siquiera una cadena de actos creadores, sino una adaptación a la realidad. Creo que me he pasado mi adolescencia forjándome una careta tan buena y expresiva que al cabo ha dejado de ser careta, se ha convertido en parte de mi piel y no puedo quitármela ya, quizás en toda mi vida», explicaba rochefoucauldianamente. «Espero que me perdones. Que comprendas que a veces no hace falta vivir los horrores de una guerra para endurecerse. Basta con una cierta dosis de voluntad y de confianza en que ésa es la mejor solución. Han sido muchas tardes de estar solo y de tener únicamente "compañeros" para poder comprender de golpe que tienes un amigo.»

Ese floreo de amistad y enemistad, de acercamientos y desaires, de maldiciones y componendas, se prolongó durante varios meses. Yo, como suele suceder, tardé en creer de verdad que el amor de Jesús era imposible. Los amantes repudiados guardan siempre la ilusión de un acto milagroso, de una revelación mágica que transfigure el corazón de aquellos a quienes aman. Las novelas románticas y las películas sentimentales dicen que a veces ocurre. Jesús, sin embargo, no tuvo ninguna mudanza.

En los primeros días de octubre ocurrió algo que yo había temido durante toda mi vida: Jesús habló con Ana

–una de las chicas del grupo catequista– y le contó todo. Su vida y la mía. El secreto que tan diligentemente yo había guardado durante muchos años se desbarató de golpe. A partir de ese momento ya nada quedaría a salvo. La cucaracha estaría a la intemperie. La delación, el comadreo y la ofensa formarían parte para siempre de los peligros del mundo.

A pesar de ello, no sentí miedo por esa confidencia. El laberinto del dolor dentro del que andaba vagando era tan oscuro, tan subterráneo, que los males exteriores me resultaban vaporosos y lejanos. Me pasaba los días y las noches escuchando canciones sombrías y escribiendo cartas de amor que luego rompía en pedazos para que nadie pudiera leerlas. Mis relaciones familiares habían vuelto a infectarse por mis excesos y mi descompostura. Mis padres, preocupados por mi compartimiento irracional y extraviado, no atinaban a hacer nada. Me consentían las impertinencias y los desmanes para evitar un conflicto mayor, pero poco a poco iban viendo que mi caída en el abismo –en un abismo del que no sabían nada– se agravaba. Un día entraron los dos en mi habitación, con solemnidad, e intentaron que les confesara cuál era el motivo de mis angustias. Yo, fumando un cigarrillo tras otro, me atrincheré en el silencio, pero al fin, abrumado por la pena, comencé a llorar frente a ellos. Entonces el interrogatorio se volvió más preciso, casi policial. Con esa bondad desesperada con la que los padres tratan siempre de comprender los tormentos negros de sus hijos, comenzaron a enumerar todas aquellas razones que, según su juicio, podían estar causando mi depresión.

–¿Estás enamorado de alguna chica? –preguntaba mi madre.

Yo seguía llorando, con el cigarrillo consumiéndose entre mis dedos, y negaba con la cabeza.

—¿Tienes problemas con las drogas? —preguntaba entonces mi padre.

—¿Ha ocurrido algo en la universidad? ¿Quieres dejar los estudios?

—¿Es por nosotros? ¿Estás disgustado por algo que hayamos hecho?

Yo negaba siempre con el mismo gesto y dejaba caer la ceniza sin mover la mano.

—¿Tienes alguna enfermedad?

Los motivos que inventaban eran cada vez más extravagantes.

—¿Hay alguien que te está amenazando, te has metido en algún lío?

—¿Has tenido un hijo? —preguntó por fin mi padre—. Quiero que sepas que eso no sería ningún problema.

Concibieron las causas más extraordinarias, pero no llegaron a imaginar nunca la verdadera. No tuve que mentirles. Seguí negando hasta que se cansaron de hacer hipótesis pintorescas y, compasivos, me dejaron encerrado en mi penitencia. Siempre he recordado aquel episodio como una prueba del desconocimiento —y del oscurantismo— que había en la sociedad española en esos tiempos acerca de la homosexualidad: mis padres, que no tenían prejuicios singulares ni profesaban ideologías excéntricas, eran capaces de creer que yo era un asesino antes de pensar que me sentía atraído sentimental y eróticamente por los hombres. La homosexualidad era una malformación exótica, una anormalidad biológica que sólo podía sobrevenirles a seres marcados por un estigma o por una culpa, a criaturas de una raza impura o mestiza nacida en tierras lejanas. No a mí. No a un muchacho de aspecto normal que había sido criado en una familia de orden.

La delación de Jesús me sirvió de estímulo. Mi confusión sentimental era tan grande que tomé la decisión de seguir su ejemplo. Como ya no había posibilidad de volver atrás, de amurallarme de nuevo en el secreto, traté de huir hacia adelante y de convertir el miedo en temeridad. Pocos días después de que él lo hiciera, hablé también con Ana y le conté los detalles oscuros de mi vida y mi versión del lance amoroso con Jesús. Ana se convirtió durante los siguientes meses en una especie de confesora de dos caras, en la celestina que nos aconsejaba a él y a mí cuál debía ser nuestro comportamiento y de qué modo podríamos salir de la ciénaga. Era una chica de rasgos amables, con una melena rubia muy larga y una sonrisa traviesa. Yo llegué a pintarla en un cuadro al óleo de inspiración surrealista –entre Magritte y De Chirico– en el que se veían flotar por el cielo árboles y guitarras. Jesús y yo rivalizamos por su predilección, la colmamos de atenciones y de confidencias. Ella, que detrás de la apariencia dulce tenía un carácter bizarro y exigente, se divirtió seguramente con aquel enredo en el que había sido coronada reina y podía hacer y deshacer a su antojo.

La arquitectura del embrollo fue volviéndose más compleja. Jesús comenzó la terapia conductista y progresó rápidamente en su metamorfosis sentimental, según su propio testimonio. Yo, por mi parte, acudí a un psicoanalista de la escuela ortodoxa para tratar de curar mis padecimientos. Me tumbaba en el diván durante las sesiones –con el doctor sentado en la cabecera, donde yo no podía verle– y hablaba libremente de lo que se me pasaba por la imaginación. Los primeros días fueron sugestivos por la novedad del tratamiento y por el placebo, que me reavivaba; pero a partir de la quinta o sexta sesión mi confianza en la terapia se desmoronó y tuve que abandonarla. Una de las tardes le había prestado al doctor mi diario para que lo leyera y pudiera darme algún consejo o algún diagnóstico. En la siguiente sesión, sin embargo, me hizo tumbarme igual que siempre y se quedó callado. Yo también permanecí callado, y el silencio se fue convirtiendo en ira. No creí que el doctor tuviera la desvergüenza de pasar toda la hora de la consulta –por la que yo le pagaba un dinero exagerado– sin decir ni una palabra, pero así fue, como mandan los cánones de la profesión. Al terminar, yo me levanté colérico y me marché de allí con la determinación de no regresar jamás. A la semana siguiente, cuando pasé para recoger el diario, el psicoanalista, que era un joven barbudo con aspecto de activista contracultural, me advirtió de los peligros que conllevaría abandonar la terapia.

–Si no te gustan mis métodos o no te gusta el psicoanálisis, es razonable que te vayas. Pero no dejes de buscar ayuda psicológica. Tu estado es muy comprometido.

Antes de que él me diera ese consejo, yo ya había decidido continuar con un tratamiento conductista, a pesar de que había abominado hasta entonces de esa escuela. «Soy incoherente», escribí en mi diario, «pero no tanto como pueda parecer. He aborrecido y despreciado el conductismo porque lo veía no como un método científico, sino como el agujero negro que iba a arrebatarme a Jesús.» En ese momento, a finales de octubre de 1982, me di tal vez cuenta de que a Jesús lo había perdido ya sin remisión y de que lo único que podía hacer, en consecuencia, era seguir sus pasos.

La versión cinematográfica que Stanley Kubrick hizo de la novela de Anthony Burgess *La naranja mecánica* se estrenó en Estados Unidos en 1971 y en Gran Bretaña en 1972.

Fue un escándalo colosal y tuvieron que retirarla de la mayoría de los cines. La película plantea el dilema moral de la reeducación: ¿es legítimo desde un punto de vista ético manipular la conducta de una persona para obtener un bien social? Alex, el protagonista de la historia, interpretado en la versión cinematográfica por Malcolm McDowell, es un joven violento que se dedica a dar palizas brutales, abusar sexualmente de niñas menores, asaltar tiendas y pelear a muerte con las pandillas rivales.

Es detenido por la policía y le convierten en conejillo de Indias de un programa experimental de modificación de la conducta. Ese programa consiste en inyectarle un medicamento que le provoca grandes náuseas y obligarle al mismo tiempo a ver películas de ultraviolencia con un fondo musical beethoveniano. Al cabo de pocas sesiones, Alex asocia las náuseas con la violencia y con la música clásica. Cuando escuche a partir de entonces una sinfonía, se sentirá mal. Y cuando se represente en su cabeza la imaginación de un plan violento, huirá de él para evitar las consecuencias.

Los conductistas llevan las enseñanzas del perro de Pavlov al comportamiento humano y sostienen que cualquier conducta puede ser cambiada aplicando estímulos y castigos. Eso es lo que, adaptado a su perturbación, le había explicado meses antes el psiquiatra a Jesús: forzar la asociación de las imágenes de mujeres con estímulos positivos –bienestar corporal, olores agradables, música seductora– y de las imágenes de hombres con apremios negativos, que, sin ser tan brutales como los de la película, consiguieran indeleblemente la repulsión deseada.

Yo había estado investigando acerca de la eficacia de esta terapia en la curación de la homosexualidad (quizás en la biblioteca del Ateneo, adonde en esa época comenzaba a ir a menudo) y dejé cuenta de las conclusiones en una anotación de mi diario:

Los hechos son los siguientes:

1.º Hay casos de reconversión.
2.º El porcentaje de esos casos es aproximadamente del 10 o el 20 %.
3.º Los métodos utilizados son aversivos, fundamentalmente. A través de corrientes eléctricas, de drogas que produzcan náuseas o de relatos desagradables que produzcan el mismo tipo de efectos.
4.º Del porcentaje de reconvertidos, un 80 o 90 % –un 100 % según un psiquiatra– es incapaz de mantener una relación; o bien al cabo de los dos o tres años reencuentra sus tendencias sexuales olvidadas y la situación se agrava. La causa, según estos psiquiatras que han seguido los casos en el tiempo, es que el conductismo ataca la superficie del mal pero no el fondo del que surge todo.

A pesar de estos datos, poco halagüeños, mi voluntad estaba firmemente encaminada. Había hecho el examen de conciencia y tenía el convencimiento de que debía apartarme por completo de la vida que había llevado todos esos años. «Quiero ser heterosexual y tengo ahora mismo esa fe ciega y esa intención clara. Me mantendrá vivo uno, dos, tres años, una Ítaca que me ayude a soportar el paso del tiempo.»

Los resultados que estaba obteniendo Jesús en su terapia eran al parecer sobresalientes, y eso me alentaba a seguir su camino: «Jesús le pidió el domingo a Ana que saliera con él. Cuando Ana me lo ha dicho me he quedado perplejo, y aún no he podido asimilarlo del todo. Su psiquiatra cree que está tan avanzado en el tratamiento que lo que tiene que hacer ahora es pasar de la teoría a la acción y buscarse una terapeuta sexual. Él ha elegido a Ana, pero Ana le ha dicho que no por una razón muy clara: ella le facilitaría demasiado las cosas. Conoce el problema exacto de Jesús y sabría cómo actuar en cada momento, y esto no sería muy razonable, según ella, porque la vida no es así de fácil.»

El orgullo o la vergüenza me impidieron pedirle a Jesús el contacto de su psiquiatra. Pregunté entonces a algunos amigos y busqué en las páginas de la guía telefónica. Al cabo, encontré un gabinete que me inspiró confianza y solicité una cita. Estaba en la planta baja de un edificio de la calle José Abascal y contaba con varios terapeutas. En la primera sesión, expuse mi problema y mis deseos. El psicólogo al que había sido asignado, que se llamaba Miguel, me escuchó con atención, me hizo preguntas acerca de mi vida familiar y de mi entorno, y me explicó luego, con vehemencia, que la homosexualidad no era una patología y que sentirse atraído por los hombres no podía considerarse objetivamente una cuestión clínica. No obstante, dijo, si para mí suponía un conflicto social por la imposibilidad de adaptarme a las pautas de convivencia establecidas, podíamos iniciar el tratamiento. Era fundamental, así, que yo estuviese convencido en todo momento de que la terapia no tenía una justificación moral ni médica, sino únicamente resocializadora. Mostré mi conformidad y di el consentimiento para comenzar las sesiones.

La doctrina conductista, ejercida en aquellos años con un fundamentalismo que hoy conmueve, sostenía que ningún comportamiento tiene raíces genéticas o esencialistas, sino que ha sido aprendido a través de la educación. Los homosexuales, por lo tanto, lo éramos porque alguno de nuestros hilos de marioneta nos había enseñado a serlo. Teníamos un hábito, un adiestramiento, y eso podía modificarse con un trabajo de instrucción convenientemente dirigido.

La filosofía de la terapia era muy simple: asociar el erotismo masculino con sensaciones desagradables y el erotismo femenino con sensaciones placenteras. En la consulta hablábamos de la teoría del comportamiento y analizábamos mis estímulos sexuales. Luego, en casa, a lo largo de la semana, yo debía realizar los ejercicios de reeducación, que eran fundamentales en el proceso de modificación de la conducta. Además de revistas gays, comencé a comprar revistas pornográficas heterosexuales, lo que me producía una satisfacción extraordinaria. Por primera vez en mi vida, me mostraba en público investido de masculinidad. Acudía al quiosco con vergüenza –el catolicismo siempre acecha–, pero con orgullo.

El ejercicio principal consistía en ver las fotografías de mujeres desnudas (no podía haber hombres, no eran pertinentes las imágenes de coitos o de tratos sexuales) en un entorno sublime. Cuando me quedaba solo en casa, o en las noches, cuando todos se habían acostado, disponía mi habitación con la mayor placidez posible –perfumes sensuales, una música exquisita– y me sentaba a hojear las revistas. A veces me servía un licor o una bebida que me gustara. Fumaba. Trataba de que todos los sentidos del cuerpo recibieran estímulos confortantes.

Con las fotografías de hombres el ejercicio era el inverso: debía visualizarlas mortificado, en un ambiente desapacible e irritante. Escuchaba una cinta de casete con ruidos molestos y estridentes que me había prestado el psicólogo. Me sentaba en posturas incómodas y me colocaba en los testículos o en el cuerpo pinzas de la ropa (lo que quizá sirvió, más que para corregir mis gustos sexuales, para introducirme en los placeres del sadomasoquismo). Y pensaba intensamente en mi propia vida, en las desdichas del amor prohibido, en la soledad, en la repugnancia llena de orines que veía en los urinarios.

No me estaba permitido masturbarme con fantasías homosexuales. Tenía que hacerlo mirando las fotografías de las mujeres que más me hubieran excitado, recreándome en el volumen de sus senos, en la armonía circular de su cintura, en la delicadeza de sus labios. Yo lo hacía obedientemente. Me encerraba en el cuarto de baño con una de las revistas, la abría por la página elegida y trataba de concentrar mi pensamiento en la belleza de aquel cuerpo femenino. A esa edad, la masturbación es un acto imperativo que puede vencer cualquier contrariedad, de modo que yo cumplía el mandato con éxito sobresaliente. Nunca comprendí cabalmente el encanto de una vagina —esos pliegues irregulares, esa oquedad acuosa—, pero a pesar de ello llegaba al orgasmo imaginando fabulosas noches de amor apasionado entre los brazos de aquellas mujeres.

Un día, en la consulta, el psicólogo me pidió que encendiera un cigarrillo y que me lo fumara gozosamente mientras le contaba los progresos que había hecho en mi apreciación del sexo femenino. Yo le describí la areola de unos pezones, la suavidad de una cabellera, la simetría de unos muslos abiertos. Él reforzaba mi narración con el relato —real o inventado para la ocasión— de sus propias vivencias sexuales, que eran casi celestiales.

Cuando acabé el cigarrillo me pidió que encendiera otro y que lo fumara sin pausa, compulsivamente, dando una calada antes de haber terminado de expulsar el humo de la anterior. Mientras lo hacía, debía pensar en chicos desnudos, en vergas erectas, en brazos musculosos abrazándome. En esta ocasión no tenía tiempo de hablar, el cigarrillo apenas podía separarse de los labios. El psicólogo, autoritario, me repetía las órdenes: «Chupa el cigarro. Vuelve a chupar. Piensa en los chicos que te gustan, en sus pollas. Chupa el cigarro.»

Antes de que se consumiera todo el tabaco, vomité. Me aparté de la mesa del despacho en el que estábamos y me incliné hacia adelante sin poder contener la arcada. El psicólogo, que había llevado el juego hasta un extremo que no deseaba, corrió asustado a auxiliarme y me pidió disculpas. Luego avisó a la secretaria del gabinete para que limpiara el desaguisado y continuamos la sesión en otro despacho. Yo, mientras me recobraba de aquel colapso, me acordé aliviado de las drogas que le inyectaban a Alex DeLarge en *La naranja mecánica*.

Mis padres, que me entregaban cada semana el importe de los honorarios del psicólogo sin saber a ciencia cierta cuál era el mal que debía ser curado, seguían preocupados por mi salud mental o por mi ánimo. Habían renunciado ya a las inquisiciones porque sabían que yo no hablaría con ellos de mis padecimientos. La relación doméstica era apacible, pero mi alma de erizo me apartaba de cualquier confidencia. Yo tenía la certidumbre de que mi secreto estaría mejor guardado detrás del silencio. Mi abuelo había muerto y yo había convertido mi habitación, desde entonces, en un reino cerrado que me mantenía separado de los demás.

Tenía un escritorio de trabajo con cuatro cajones, y en uno de ellos escondía los rastros oscuros de mi vida. El diario en el que había ido anotando todas mis peripecias sentimentales con Jesús tenía una llavecita que impedía su lectura. Yo me aseguraba siempre de cerrarlo bien, pero un día, al sacarlo del cajón para ir a hacer un apunte, lo encontré abierto. Tuve un escalofrío. Era posible que las prisas me hubieran hecho olvidar la precaución y lo hubiese dejado así la última vez, pero mi celo en esa cautela parecía descartar la imprudencia. El diario era un cuaderno barato fabricado para resguardar los misterios banales de los adolescentes, de modo que su cerradura era movediza y frágil y podía haber fallado, pero tampoco esa conjetura resultaba probable. Sólo quedaba, por lo tanto, una hipótesis: alguien lo había abierto para leer su contenido y encontrar en él la explicación de todas mis pesadumbres.

Jamás supe con certeza si mi madre –movida por la preocupación y no por el fisgoneo– había descerrajado mi diario para aliviar sus dudas. Si lo hizo, no dijo nunca nada, no cambió su actitud hacia mí ni dio señales de complicidad o de censura. Mi familia, de la que tan orgulloso he llegado a sentirme con el paso del tiempo, estaba levantada sobre las ciénagas morales de aquellos años. Mis padres habían sido educados para el trabajo y para las bienaventuranzas del valle de lágrimas terrenal. Su tarea era la de vivir con honestidad y tratar de dejarles a sus hijos –a mí y a mis hermanas– un porvenir sosegado y azulino. No estaban preparados para comprender la turbiedad. La ley de Dios dice que las hierbas venenosas crecen en campos de azufre o en tierras mal regadas. ¿Cómo era posible, pues, que en su propia casa, cultivada siempre con esmero y con paciencia, labrada amorosamente con manos encallecidas, pudiera haber florecido la cicuta?

Mi madre –a través del diario o de las menudencias de la vida– descubrió mi secreto, pero no supo qué hacer con ese descubrimiento. Tal vez sintió amargura y culpa, tal vez buscó alguna causa en mi educación infantil, pero no dijo nada. Hasta 2005, cuando yo publiqué una novela en la que contaba mis correrías sexuales, nunca hablamos con franqueza de mis años de cucaracha. Yo había ido dejando que el tiempo pasara y que los hechos dibujaran la confesión –vivía con Axier, habíamos comprado una casa juntos, compartíamos la misma cama–, pero nunca me había atrevido a cumplir el trance doloroso de la confidencia. Aquella vida negra me había alejado de todos, me había obligado a callar lo que era imposible seguir callando.

Enseguida comencé a volverme heterosexual y se lo hice saber al psicólogo, que celebró el éxito de su terapia. También lo escribí en el diario: «Mi componente heterosexual es ya muy fuerte. He tenido posibilidad de comprobarlo hoy mismo. En una cena con unos amigos me puse un poco borracho y me hubiera dado igual un hombre que una mujer. Soy capaz de acostarme con una chica. Creo que todo va a ir bien, muy bien, y sería un sueño si dentro de un año, a finales de 1983, pudiera escribir en otro diario que por fin soy feliz.» A continuación hablaba de Paqui, una amiga que formaba parte del grupo catequista y que unos meses antes me había confesado su amor: «Paqui está a punto de declarárseme otra vez. Durante todo este tiempo me he mostrado amable con ella y ha creído tal vez que era una señal. Al parecer va a dejar a Nacho por mí. Esta tarde se me ha insinuado y lo he pasado muy mal. Si fuera guapa y respondiera al perfil de mi mujer ideal, yo tendría una oportunidad perfecta, pero no es así ni mucho menos.»

Necesito ser inmodesto durante un instante para delinear mi razonamiento argumentativo, y pido disculpas anticipadas por ello. Soy una persona culta. Leo alrededor de un centenar de libros al año y sigo con atención la actuali-

110

dad informativa nacional e internacional. He educado durante mucho tiempo, con empeño, mi sensibilidad estética y mi capacidad de raciocinio. Escribo regularmente en algunos de los mejores periódicos del país y tengo una inclinación casi enfermiza por el debate dialéctico, que cultivo con amigos o con antagonistas –demasiado encendidamente– siempre que puedo. He publicado una decena de libros en editoriales prestigiosas y he recibido críticas casi siempre satisfactorias por ellos. He viajado por todo el mundo: alrededor de cuarenta países en cuatro continentes. He desempeñado laboralmente tareas de responsabilidad que requerían algunas de las mejores virtudes profesionales. He trabajado para grandes ejecutivos de empresas, para ministros y para presidentes del Gobierno. He conocido y tratado a personalidades de ámbitos sociales dispares y soy capaz, en fin, de desenvolverme en todo tipo de entornos, desde la reunión bohemia hasta la ceremonia palaciega.

Por supuesto, nada de todo esto avala obligadamente mi inteligencia ni mi sensibilidad humana. Nada de todo esto garantiza mi virtud moral –quizás al contrario– ni da prueba de mis capacidades. Pero permite certificar, al menos, que no soy un chiflado ni un ganapán mediocre.

Hago toda esta digresión de vanagloria porque me cuesta reconocer en mí a ese muchacho descabezado y vesánico que en 1982 escribía en su diario aquellos disparates. «Ahora sueño constantemente con un futuro de felicidad heterosexual. Sueño con una chica a quien querer y a quien darle todo. Una chica a quien poder abrazar y besar con deseo. Ahora sí tengo la seguridad de que no voy a estar solo el día de mañana. Si algún día llego a ser heterosexual seré también la persona más feliz del mundo. Quizás he encontrado por fin la meta, la Ítaca que siempre he

111

buscado. He estado toda mi vida dando tumbos y creo que ahora se han acabado.» Después, sin transición, añadía: «Queda una única contradicción: desear la heterosexualidad y estar enamorado de Jesús. No sé cuánto va a durar esto. Y no sé en qué medida los nuevos acontecimientos influirán en la perdurabilidad de ese amor. Me gustaría poder abrazar un día a Jesús, cuando los dos nos presentáramos a nuestras novias, y pasear los cuatro juntos hablando de cualquier cosa. De noche.»

Conviene citar una vez más a Oscar Wilde: «No hay libros morales o inmorales. Hay libros bien escritos o mal escritos.» Mi diario de aquellos tiempos es expresivamente deleznable. No tiene ninguna virtud literaria y retrata a un joven provinciano, crédulo, lechuguino y –para mayor escarnio– engreído. Un joven que, a los veinte años, era capaz de creer sin asomo de vacilación que su sexualidad había cambiado en pocos meses gracias a la poción mágica del conductismo. Un joven supersticioso que se extraviaba en delirios de fanático.

¿Cómo fue posible que alguien con una estructura mental sin patologías y con unas facultades intelectuales equilibradas y vivas llegara hasta ese fangal oscuro y tratase de atravesarlo? ¿De qué tamaño habían de ser el sufrimiento o el miedo para convertir tan rápidamente una cabeza en una testuz, un cerebro entrenado para el racionalismo en una masa de sesos descompuestos? ¿Cuál es la temperatura a la que hierven la ignorancia y la imbecilidad o a la que, en el rango contrario, se hielan las ideas lógicas?

La pregunta cardinal, sin embargo, es la que se refiere a mi destino: ¿qué habría sido de aquel muchacho pisaverde y pánfilo si su sexualidad hubiera estado bendecida por la normalidad? ¿Qué tipo de vida habría llevado en aquel tiempo y en los años sucesivos? ¿Se habría convertido en un pequeñoburgués obeso y anodino, en uno de esos seres cenicientos que veranean en la costa de Levante, son hinchas encendidos de un equipo de fútbol, viajan a *resorts* de lujo, van al cine a ver los éxitos de Hollywood y tienen un empleo de gestión ejecutiva en una multinacional? ¿Se habría casado antes de los treinta años y habría tenido dos hijos? ¿Leería las novelas de Ken Follett y de Michael Crichton? ¿Habría abandonado por completo todas sus vocaciones artísticas y gastaría su tiempo libre en hacer filatelia y maquetismo o en coleccionar soldados de plomo? «A veces el verdadero dolor, el que nos hace sufrir profundamente, convierte al hombre irreflexivo en prudente y constante; incluso los pobres de espíritu se vuelven más inteligentes después de un gran dolor», dice Dostoievski, el maestro de todos los padecimientos.

Es evidente, en todo caso, que, al margen de otro tipo de consideraciones metafísicas, los dragones que yo veía frente a mí me torcieron el juicio. Llegué a creer de verdad que algunas de las mujeres que me cruzaba por la calle, a las que admiraba con la misma frialdad con la que podía admirar una fórmula científica o una ecuación matemática perfecta, me despertaban pasiones intensas. Estaba seguro de que con el adiestramiento erótico adecuado, con el hábito, aprendería a amarlas. Estaba seguro de que encontraría a una chica especial, distinta, que convertiría mis instintos todavía tibios en un ímpetu ardoroso.

Mis fantasías de aquellas semanas eran sin embargo reveladoras: no me imaginaba a mí mismo paseando con mi novia por una calle de París o haciendo el amor con ella, sino llevándola a comer a casa de mis padres, presentándosela a mis amigos y dejándome ver a su lado en público. Lo que me obsesionaba, más que la soledad íntima, era la reprobación social, el apartamiento de todos. Quería ser una persona digna y respetable, cumplir los ritos que cumplían los demás, ser invisible y silencioso.

Hace algunos años, preparando una conferencia sobre la cuestión de la identidad, se me ocurrió pensar que había una relación peregrina entre la idea de la reencarnación, las enfermedades de la memoria y aquella época de mi vida. Cuando dejé de creer en Dios y en la vida celestial, busqué consuelo incierto en las religiones orientales que predicaban la metempsicosis y la transmigración de las almas, pero enseguida me di cuenta de que estar reencarnado era lo mismo que estar muerto: si yo, antes de ser yo, había sido soldado en la batalla de Verdún, aprendiz de pintura en el taller de Rembrandt, prostituta de la corte de Luis XIV, samurái en el periodo Edo, maestro cantero en Machu Picchu, campesino chino en los tiempos de Gengis Kan, mártir cristiano en Constantinopla, caballero de la Tabla Redonda, amante de Calígula y marinero de Ulises, ¿de qué me había servido toda esa experiencia, qué quedaba en mí de todo aquello? El Alzheimer era una mudanza semejante: perduraba un cuerpo en el que no había ya conciencia, en el que lo que nos aterra perder –los recuerdos de lo que fuimos– estaba ya perdido.

Aquel propósito de convertirme en un hombre que amara a las mujeres tenía la misma sustancia que la reencarnación y que el olvido. Las mismas trazas que la muerte.

El psicólogo, inducido por el testimonio que yo ofrecía de mi curación, dio por terminada la terapia de reeducación sexual y me derivó a una de sus compañeras del gabinete para que me amaestrara en el dominio de las habilidades de seducción, que a su juicio era lo que necesitaba ahora para completar mi renacimiento personal. La consumación del tratamiento exigía que yo tuviera relaciones sexuales plenas, primero, y que llegara a enamorarme luego de una chica, y para ello debía aprender a desenvolverme en situaciones de galanteo. Mi timidez y mi confinamiento de tantos años me habían vuelto inútil en esos menesteres. No sabía dar señales de cortejo ni entender las de los demás, no era capaz de mantener una conversación liviana de aproximación, no conocía ninguno de los protocolos del apareamiento sexual. (Esas incapacidades, que nunca resolví, fueron determinantes siempre en mi vida sentimental, y alcanzaron su esplendor, con dimensiones bíblicas, en mi último gran amor prematrimonial, muchos años después.)

Carmen, la nueva psicóloga, me aleccionó en estas materias con paciencia y me impuso una tarea principal, de la que debía rendirle cuentas: elegir a una chica y seducirla. Para que el trabajo fuera menos espinoso y tuviera alguna posibilidad de éxito, resultaba conveniente que la chica formara parte de mi entorno, que perteneciese a alguno de los grupos que yo frecuentaba. De ese modo podría realizar la acometida progresivamente, sin la ansiedad de la prisa. Debía ser guapa —según mi juicio subjetivo— y poseer cualidades que me cautivaran o que despertasen al menos mi interés.

Jesús, después de que Ana hubiera rechazado su ruego para ejercer de sanadora sexual, había elegido a Consuelo, otra de las compañeras del grupo de catequistas, que no sabía, por supuesto, que estaba sirviendo de conejillo de Indias en un trato amoroso terapéutico. Un día llegaron cogidos de la mano al bar en el que nos reuníamos todos. Se sentaron juntos y comenzaron a besarse ritualmente y a hacerse las carantoñas convencionales que corresponden a los novios. En un aparte, cuando la reunión se estaba ya disolviendo, Jesús me contó sus buenas nuevas: su metamorfosis progresaba aceleradamente y podría decirse sin exageración que no quedaba en su cuerpo ni un rastro de homosexualidad. Consuelo le gustaba mucho y había llegado a tener una erección mientras se besaba con ella. Era una prueba irrefutable.

Yo, cumpliendo el mandamiento de la psicóloga, tuve en los siguientes meses tres víctimas propiciatorias, aunque dos de ellas nunca llegaron ni siquiera a saber cuáles eran mis propósitos. La primera se llamaba Pepa y era una compañera de la facultad. La elegí porque representaba a la perfección el estado intermedio de las mujeres guapas: no era explosiva ni deslumbrante, pero tenía un cuerpo bien formado, claramente femenino, y poseía una viveza en el rostro y una simpatía de ánimo que la distinguían. Mi acercamiento fue casi metafísico, pues nunca hice nada que pudiera ser interpretado como un coqueteo. Poco después de que yo la fijara como objetivo, además, inició un romance con el chico de la clase que más me gustaba, lo que me llevó a desconfiar de mi curación: los veía a los dos juntos y no encontraba en mis pensamientos ninguna duda –salvo que me mintiera– de cuáles eran mis deseos reales.

La segunda chica se llamaba Inés y era la hermana de la novia de uno de mis mejores amigos. Tenía una belleza llamativa y un carácter arrollador. Había abierto una librería infantil en Argüelles, y muchos días, al terminar las clases de la universidad, nos pasábamos por allí a hacer tertulia. Cuando puse a Inés en mi punto de mira terapéutico, comencé a visitar la librería yo solo y a tratarla con mayor intimidad, pero nunca me propuse realmente seducirla. En primer lugar porque la rondaban muchos hombres, y eso, para alguien inseguro como yo, resultaba intimidante. En segundo lugar porque me unía a ella una cierta amistad y, teniéndole afecto verdadero, me parecía ruin aprovecharme de su confianza. Y en tercer lugar porque, según mi creencia, me bastaba con cultivar su compañía –modélicamente femenina– para avanzar en mi mejoría sexual.

A la tercera chica la conocí cuando las esperanzas de mi reeducación ya flaqueaban. En aquella época yo soñaba con llegar a ser director de cine y filmaba películas trascendentes e incomprensibles con la cámara de súper 8 de mis padres. Una de ellas, que rodamos en El Escorial, en una casa decadente que alguien nos prestó, la protagonizó Ángeles, una chica de rostro redondo y de cuerpo provocador. No recuerdo cómo llegó hasta nosotros, quién le habló de la película, pero viajó con el equipo hasta El Escorial y representó el único papel femenino del guión que estábamos filmando. Yo, como en los casos anteriores, no me guié por mi propio sentido, sino por la opinión de los demás: mis amigos dijeron que era guapa y atrayente, y a mí, en consecuencia, me lo pareció.

A Ángeles la vi en los ensayos –dos o tres días que nos reunimos para preparar las interpretaciones actorales– y en el rodaje, que duró un fin de semana. Luego, armándome de valor, la telefoneé para invitarla a salir un día. Ella aceptó. Vivía en alguna de las ciudades de la periferia madrileña y nos citamos en la glorieta de Atocha, donde tenía la parada el autobús que la traía. Yo, siguiendo las enseñanzas que me había dado la psicóloga, busqué un regalo con que obsequiarla. Debía ser algo sin valor, que no la comprometiera ni la apocase, pero que al mismo tiempo tuviese un significado simbólico claro. Con mi falta de pericia –y de ponderación–, compré una botellita minúscula de vidrio que guardaba dentro dos corazones.

Fuimos a pasear por el Barrio de las Letras y nos sentamos en alguna plaza a beber algo. La conversación no fue ligera ni dinámica. Había muchos silencios, durante los cuales buscábamos con ansiedad algún tema interesante que nos sacara del apuro. Hablamos mucho de cine, de su ilusión por llegar a ser una gran actriz, de películas recientes que habíamos visto. Era yo quien dirigía la conversación, el que hacía preguntas interesándome por la vida de ella o por su familia. El tiempo iba pasando, sin embargo, y no me había atrevido a hablarle de mis pretensiones. Me había preparado algunas frases ingeniosas para hacerlo con agudeza y aliviar así el dramatismo de la situación, pero al tenerlas en el filo de los labios me entraban escalofríos y me quedaba en silencio, enrojecido seguramente por el esfuerzo y por la vergüenza.

A media tarde, cuando comenzaba ya a anochecer, regresamos caminando a la glorieta de Atocha. Yo era consciente de que se estaba agotando el tiempo de que disponía para cumplir mi objetivo, pero el miedo me paralizaba. No era capaz de alargar la mano para coger la suya ni de pronunciar alguna de esas frases románticas que había preparado. Me ha ocurrido muchas otras veces a lo largo de la vida: la voluntad no se convierte en acto, el mecanismo neuronal y muscular del cuerpo no responde a mis órdenes.

En la puerta del autobús, que estaba listo para arrancar, nos despedimos sin grandes palabras. Nos besamos en las mejillas, con castidad, y cuando ella puso el primero de sus pies en el escalón del vehículo, yo saqué la botellita de los corazones, envuelta en una bolsa de papel, y se la entregué con una sonrisa triste. «¿Qué es esto?», preguntó. Yo me encogí de hombros. Luego Ángeles terminó de subir, apremiada por el conductor, y el autobús se fue. Nunca más volví a hablar con ella ni a saber cuál había sido el rumbo de su vida.

Aquél fue mi último instante de heterosexualidad. No recuerdo lo que hice después de mirar cómo el autobús de Ángeles se alejaba, pesaroso por mi ineptitud, pero habría sido un acto de justicia poética que hubiera atravesado la plaza y hubiese entrado en los urinarios de la estación para reiniciar sin otra demora mi camino verdadero. Sé, sin embargo, que no ocurrió así. Tardé todavía varios meses en aceptar el fracaso.

1982 y 1983 fueron los años del espanto. Mi amor por Jesús y los afanes de la reeducación sexual me envenenaron. Viví en un mundo de espectros, de delirios, y todos mis empeños se volvieron frágiles o alucinatorios.

Mi disciplinamiento académico, que había sido siempre ejemplar, se convirtió en desorden. Suspendí la mitad de las asignaturas del curso y aprobé las otras por caridad. Los estudios musicales, en los que por fin me matriculé, fueron aún más aciagos. Mis facultades melódicas estaban tan desafinadas que cuando en la clase me tocaba hacer escalas de voz, mis compañeros se volvían, atónitos, para mirarme. Obtuve unas calificaciones tan deshonrosas que comprendí por fin que el único trato que podía tener con la música sería el de diletante, y abandoné el conservatorio.

En el diario escribí: «Ahora voy a empezar un proyecto absolutamente insólito en mí, con esas ganas furiosas que tengo de cultivar todas las facetas de la creación. Voy a escribir un libro de poesía que se titulará *Ego sum* y que será una colosal reflexión sobre mí mismo, como señala el título.» Conservo poemas de la época que me avergüenzan menos que las páginas del diario y que muestran un sentido del humor –quizás a imitación de alguien– inusual en todo lo que escribía entonces. En uno de esos poemas, titulado «El amor de Arquímedes», el poeta le ruega a su amante ayuda para seguir vivo:

> Dame un punto de apoyo
> y moveré el mundo sin esfuerzo.

En «El amor de Zenón de Elea», el poeta explica la imposibilidad de que su mano acaricie la piel del amante, dado que para ello debería recorrer primero la mitad de la distancia que los separa y luego, sucesivamente, mitades infinitas, como Aquiles para alcanzar a la tortuga.

> La ternura, ya ves, es solamente
> una ilusión de los sentidos.

Estos poemas, sin embargo, no forman parte de *Ego sum*, que probablemente nunca fue escrito, sino de otro poemario titulado, por inspiración pavesiana, *Y tendrá tus ojos*.

El diario retrata a un individuo manipulador, egoísta y desequilibrado que a veces, fugazmente, comprende lo que está ocurriendo: «Me he convertido en un paranoico que se cree perseguido y despreciado por todos y que utiliza a favor de esa paranoia una serie de hechos que tienen cien mil interpretaciones. En el fondo sigo siendo un egocéntrico –y en estas circunstancias aún más– que piensa que en cuanto extiende la mano tienen que acudir todos a su alrededor como si les fuera en ello la vida. Cada persona –a veces lo olvido– tiene sus asuntos, sus gentes y sus propios problemas. No puedo pretender construir amistades perfectas en unos pocos días y con unos pincelazos mal dados.»

Hice mis primeras confesiones: después de saber que mi secreto estaba perdido, que ya no moriría con él, sentí la necesidad premiosa de desnudarme delante de las personas que tenía cerca. Le conté a Alberto que era homosexual. Algunas semanas después se lo conté a Covadonga con una ceremoniosidad estrafalaria: después de una mañana de domingo que habíamos pasado juntos, la cité para la tarde con el anuncio de una revelación. Nos vimos en casa de su hermano mayor, que estaba ausente. Le expliqué cuál era la médula de mi angustia y luego me puse a llorar inconsolablemente durante dos horas.

Le hablé también de la enfermedad de la cucaracha a Manuel, un compañero de la facultad de espíritu revolucionario que predicaba el comunismo y el amor libre. Formaba parte de nuestro grupo de amigos y yo había llegado a sentir hacia él una afinidad especial en la que no había ninguna distracción erótica. Cuando tomé la decisión de contarle mi secreto, con esa urgencia intemperante que sólo da la desesperación, no admití ninguna espera. Le pedí una cita inmediata y él me llevó a la plaza de Santa Ana, donde se celebraba un concierto de Maria del Mar Bonet –su gran divinidad musical– para el que tenía entradas. Después de explicarle con atragantamiento que era homosexual, él me miró indiferente y aseguró que le parecía muy bien. Yo, que me había pasado toda mi vida temiendo el rechazo de los demás por mi extravío, no era capaz de aceptar ahora con naturalidad la aprobación despreocupada. Manuel quería zanjar mi confesión e irse al concierto. Yo, en cambio, necesitaba que me compadeciera y que hilara consejos o maldiciones acerca de mi problema. Le afeé su indolencia con tanta cólera que acabó renunciando a Maria del Mar Bonet para escuchar mis lamentos durante toda la tarde. A pesar de ello, yo dejé escrito en mi diario el resentimiento que me había provocado su actitud comprensiva. «Manuel me da ahora asco y le desprecio como creo que no he despreciado nunca a nadie, ni siquiera a Jesús. Hoy he comprendido nítidamente que muchas personas no son buenas personas.» Ese berrinche infantil y bufonesco resume bien mi vesania de aquella época. Tenía pesadillas en las que caía al vacío desde una altura inacabable: no tenía miedo de chocar contra el suelo, sino de seguir cayendo hasta el final de los tiempos.

V. EL CABALLERO DE LA TABLA REDONDA

En el gabinete de psicólogos me dieron de alta pocos meses después. Aseguraron, aprovechando mis propios testimonios, que ya habían hecho por mí todo lo que podían hacer: me atraían las chicas y había adquirido unas habilidades sociales suficientes para conseguir que mi sexualidad cristalizara. Ni una cosa ni otra eran ciertas, pero yo, aguijado por mis urgencias, me había hecho creer a mí mismo que la transformación estaba consumada y que su cumplimiento real sería una cuestión de tiempo.

Tardé más de un año en reconocer el fracaso, en aceptar definitivamente que en mi futuro, venturoso o desconsolado, no habría ninguna mujer. Aquella fantasía sólo se mantuvo mientras la intensidad del tratamiento la avivaba. Las llagas del amor de Jesús, además, me forzaban a buscar un remedio, y en aquellos tiempos me resultaba más fácil imaginar una curación clínica que un amor homosexual distinto a aquél.

No recuerdo con demasiada precisión qué ocurrió en aquellos meses. En diciembre de 1983 escribí la última anotación de mi diario, en la que repasaba las ilusiones y los desengaños y en la que hacía un recuento pesimista del por-

123

venir: «Pienso cada vez con más fuerza que la vida es una mierda y que no merece la pena vivirla. Estoy perdiendo casi todo, y lo que he ganado –poco– está como siempre incompleto. Creo que no volveré a enamorarme nunca, y tal vez deba alegrarme de ello, porque de ese modo no habrá más heridas. Llegará tarde o temprano la muerte y moriré solo, sin nadie que apriete mi mano en el último momento.»

Esa modulación melodramática y redicha se completaba con un lirismo romántico de mala ralea. Citaba los versos célebres de William Wordsworth y hacía con ellos elaboraciones existencialistas:

Pues aun cuando el resplandor tan encendido antaño
se aparte definitivamente de mis ojos,
aunque nada pueda devolverme las horas
del esplendor en la hierba, de la gloria en las flores,
la belleza permanecerá en el recuerdo.

¿Cuáles eran las horas del esplendor en la hierba y de la gloria en las flores? ¿Dónde estaba el resplandor tan encendido antaño? ¿Qué belleza habría de permanecer en mi recuerdo?

Me sentía tan desheredado y tan menesteroso que soñaba con esas paradojas: perder sin haber tenido, añorar lo que nunca existió. Una de las canciones que escuchaba obsesivamente en aquellos tiempos era «Ne me quitte pas», de Jacques Brel, y lo hacía encarnándola en mí, poniendo a su servicio la biografía de mi propio corazón. El deseo de vivir una historia de amor real era tan grande que estaba dispuesto a aceptar simplemente sus cenizas: ser abandonado, suplicar a mi amante que me dejara ser la sombra de su sombra: *«l'ombre de ton ombre, l'ombre de ta main, l'ombre de ton chien»*.

Ese amante fantasmal siguió siendo durante mucho tiempo Jesús. Mantuvimos una relación fría, desafiante, que a mí me irritaba cada vez más pero que no me atrevía a romper. Nunca hablábamos cara a cara, pero en algunas ocasiones nos escribíamos cartas grandilocuentes y llenas de mentiras. Él tuvo varias novias, con las que no llegó a acostarse jamás, y yo, que seguía enamorado de él, confiaba todavía en que al olvidarle podría encontrar ya sin rémoras una chica con la que compartir mi vida.

El luto sentimental fue largo y zigzagueante. Yo seguía haciendo con desgana mis ejercicios conductistas y me masturbaba pensando en figuras parecidas a Frankenstein: senos, muslos y pies de mujer; ojos y manos de hombre, vergas. Pero los grandes esfuerzos de la voluntad pueden sostenerse sólo durante un periodo de tiempo exiguo. Comencé poco a poco a flaquear. El onanismo es el único placer que, por solitario, no puede admitir reglas ni condiciones. No puede transigir con conveniencias. Su único sentido es la delicia, el encantamiento, y yo, con esas ordenanzas taxativas, lo practicaba contra natura, afilando más el cilicio que la complacencia. La disciplina, de ese modo, fue templándose: los senos se hicieron cada vez más pequeños y musculosos, los muslos se volvieron velludos y los pies se agrandaron. Las costuras del *frankenstein* desaparecieron.

Durante ese periodo de penitencia –que duró muchos meses– no volví a los urinarios ni hice nada que comprometiera mi pureza. Seguí comprando revistas pornográficas sodomitas para poder mirarlas mientras escuchaba músicas estridentes y me provocaba tormentos en el cuerpo. No conocí a ningún homosexual. Llevé una vida cartujana, llena de espiritualidad sublime. Leía libros eminentes, educaba mi pensamiento filosófico y acudía a todas las ramas del saber en busca de la prudencia y la armonía que necesitaba.

Fue en aquellos meses cuando comprendí que no estaba enfermo, que la homosexualidad era tal vez una carga de Dios, como las que llevaron Noé o Job, pero no una peste. Aprendí, con cierta beatería, a darme cuenta de que la mayoría de mis sentimientos eran bondadosos y de que si había una salvación, por lo tanto, yo la tendría.

La sabiduría nunca enmienda las pasiones. La inteligencia no remedia la idolatría o el fanatismo. Lo que se ha cultivado durante los años de formación –las ideas irracionales, las angustias subconscientes, los temores a las cosas que no existen– no se borra ya jamás del temperamento. La religión, por ejemplo, perdura siempre: los que se criaron como católicos sienten culpa e irresponsabilidad durante toda su vida, aunque apostaten o se conviertan al budismo; los que fueron educados en el protestantismo guardan el sentido del deber y la severidad del alma sean cuales sean las mudanzas de su fe. Los sentimientos de la infancia –igual que la religión, las supersticiones o la ideología familiar– se adhieren a alguna víscera oscura y quedan guiando el pulso del pensamiento incluso cuando creemos que fueron olvidados o refutados por otros más razonables. La infancia es la verdadera patria del hombre, como decía Rilke, pero es también su cárcel.

Hoy, cuarenta años después de descubrir en mí esa naturaleza de insecto, sigo teniendo en alguna parte de mi esqueleto, en las junturas de los huesos, en el espinazo o en el tejido de la médula, las manchas de la vergüenza. Ya no guardo el secreto, sino que, al contrario, hago alarde de él –me muestro casi con exhibicionismo en cualquier ámbito, escribo artículos en los periódicos hablando de la discriminación, compongo estas memorias sodomitas–, pero en el fondo de mi conciencia pervive sin duda algún rastro de aquellos años: los prejuicios, el sentimiento de inferioridad, el peso inofensivo del fracaso.

En aquellos meses, por lo tanto, comprendí que no estaba enfermo, pero no dejé nunca de sentir que lo estaba.

Hay un episodio excepcional, absurdo, que revela el comportamiento descomedido que me guiaba en esos años. En la facultad había conocido, durante el segundo curso, a Carlos, que tenía una visión del mundo muy parecida a la mía y que acabaría siendo uno de los grandes amigos de mi vida. Compartíamos unos orígenes familiares humildes e intentábamos desclasarnos a través de la cultura. Hablábamos de libros –que intercambiábamos–, de movimientos artísticos y de metafísica. En el verano del tercer curso hicimos juntos un viaje a la costa cantábrica, desde San Sebastián hasta el occidente de Asturias (el mismo viaje que yo había planeado hacer con Jesús un año antes), lo que nos permitió confirmar que la fraternidad que sentíamos el uno hacia el otro no era pasajera. Durante ese viaje no le conté la historia de mi vida, pero tomé la decisión de hacerlo en cuanto reuniera el valor suficiente.

Íbamos juntos al cine muchas veces, y ese verano de 1983, al regreso del Cantábrico, la Filmoteca había programado un ciclo monumental que se llamaba «Las 100 mejores películas de la Historia del Cine». Una tarde quedamos para ver *Los cuatrocientos golpes* o *Jules et Jim* (una de Truffaut, en todo caso). Yo no había elegido ese día para mi confesión, pero el debate suscitado por la película o la intimidad que se creó entre nosotros mientras caminábamos conversando a la salida, me decidieron de improviso a dar el paso. Entramos en una hamburguesería de la Puerta del Sol, nos sentamos en una mesa de la planta de arriba y, al hilo de lo que veníamos hablando –sobre el abandono de la infancia de Antoine Doinel o sobre la fría pasión amorosa de Jules y de Jim–, le anuncié que tenía que hacerle una revelación muy importante.

–Soy homosexual –dije con las manos temblorosas. Y añadí cómicamente–. Ahora hazme todas las preguntas que necesites hacerme.

Carlos, a diferencia de Manuel, reaccionó como yo deseaba: comprendió mi angustia y trató de actuar conforme a ella. Recuerdo bien su rostro cabizbajo y afligido, empeñado además en encontrar preguntas que no fueran banales o inconvenientes. Yo permanecí, como acostumbraba, mostrando sin disimulo mi hiperestesia, rasgándome figuradamente todas las vestiduras y derramando –en este caso sin simbolismo– las lágrimas que la ocasión merecía.

Al cabo de un rato nos quedamos callados. Yo, con los ojos enrojecidos; él, con la mirada perdida, sin acertar ya a decirme nada que me sacara de mi ensimismamiento. Habíamos terminado la hamburguesa, sólo quedaban restos de comida, y probablemente yo fumaba un cigarrillo tras otro. Entonces, de repente, con esa extraña naturalidad que otorga el sufrimiento a los gestos extravagantes, me levanté de la mesa y le pedí que me esperara. Salí del restaurante y comencé a caminar por Madrid exagerando mi desconsuelo. En esas ocasiones sólo me salvaban el exceso, el fingimiento romántico, los aspavientos.

Recorrí la calle Preciados, llena de gente, y entré en la cafetería Zahara de la Gran Vía, que en su primer piso tenía varias cabinas telefónicas discretas e insonorizadas. Me metí en una de ellas y llamé a Ángeles. Era en aquellas semanas cuando la había conocido y cuando estaba reuniendo coraje para quedar con ella a solas y declararle mi amor. Probablemente la exposición radiactiva a la homosexualidad que había sufrido durante mi confesión a Carlos me había empujado de nuevo, reactivamente, a buscar el paraíso de la normalidad, a soñar con un matrimonio feliz y sereno.

No recuerdo de qué hablé con Ángeles. Fue una conversación breve e insignificante, seguramente llena de silencios. Quizá le hablé de Truffaut para intentar impresionarla. Quizás hablamos del calor del verano en Madrid, de los días que faltaban para regresar a la vida corriente. Luego colgué, reconfortado, y volví despacio, por el mismo camino, a la hamburguesería. Habían pasado treinta minutos, tal vez algo más. Carlos estaba allí, inmóvil, esperándome con mansedumbre. Le dije que me encontraba mejor, que la angustia me había desaparecido. Salimos de allí y nos fuimos a casa.

La palabra «angustia» tiene su origen en el término latino *angustiae,* que significa «estrechez, angostura». Según la definición clínica es un estado afectivo, pero en realidad, como indica su etimología, describe una circunstancia física: el estrechamiento de los órganos internos del cuerpo, la compresión de las entrañas hasta que se produce el dolor. Los que se enferman no son los afectos –esos humores gaseosos–, sino el esternón, la clavícula, las costillas que protegen al corazón. Incluso las vértebras. Hay un quebranto corporal orgánico, de las células, de las moléculas. Hay una afección que podría verse en el microscopio o en el análisis sanguíneo.

El alcoholismo o la adicción a las drogas me han parecido, en algunos momentos de mi vida, hábitos curativos, medicinales. Nunca he consumido estupefacientes de ningún tipo –por miedo, no por puritanismo– ni he corrido el riesgo real de la dipsomanía, pues la parte digestiva de mi organismo se indisponía antes de que el alcohol se apoderara totalmente de la sangre. Durante una época, sin embargo, sí bebía lo suficiente como para curar esa angustia que me había ido creciendo en alguna membrana, en los alveolos pulmonares, en las terminaciones nerviosas. Bebía dos gin-tónics y comenzaba a respirar con mayor fluidez. El tercero me permitía recobrar un cierto dominio de mi pensamiento, separarme de las obsesiones y concebir el futuro animosamente. A veces me llevaba a la euforia, sobre todo si estaba en alguna discoteca con música de mi gusto, y me ponía entonces a bailar o a tener de nuevo sueños prodigiosos. Era un estado muy fugaz –si seguía bebiendo mucho, lo destruía el malestar; si no volvía a beber, se evaporaba en la nada–, pero mientras permanecía en él no había dolor ni tribulaciones.

Durante la mayor parte de mi vida he creído que lo único sensato que se puede hacer es huir de ella, de la propia vida: enajenarse. No por nihilismo, sino por mero cálculo biológico. Siempre he tenido el convencimiento de que vivir es, incluso para los seres felices, un error formidable. Una enfermedad crónica que debe ser medicada con sustancias químicas en sus fases más agudas. La ginebra, la marihuana y la penicilina son fármacos.

En algún momento que no recuerdo con precisión –o en el que no hubo precisión que pudiera recordarse– comencé a abandonar los sueños de cambio y me resigné a seguir siendo Cenicienta, a llevar una vida triste entre escarnios y urinarios. Dejé de comprar revistas eróticas en las que aparecieran mujeres y de mirar las fotografías pornográficas masculinas escuchando ruidos desagradables o música estrepitosa. Me masturbaba mirando pechos musculosos y vergas en erección. Sentía una culpa que no podía ser expiada de ninguna forma, pero poco a poco había llegado a comprender que tendría que cargar con ella durante el resto de mi vida.

Un día, en los primeros meses de 1984, a los veintidós años de edad, decidí responder a un anuncio por palabras de una de esas revistas homosexuales que compraba furtivamente en quioscos solitarios y apartados. No recuerdo tampoco cuál era el anuncio ni si obtuve respuesta a mi carta. El sistema de comunicación, como he explicado, era aparatoso. Yo mandaba una carta a la redacción de la revista: un sobre en blanco –franqueado– metido dentro de otro sobre. En la redacción rellenaban la dirección del anunciante y le enviaban mi carta. Él la leía y decidía si le interesaba conocerme. Yo no facilitaba nunca el número de teléfono, sino la dirección postal de mi casa. Tenía una llave del buzón y lo abría maniáticamente cada día a la hora de la comida, antes de que mi padre regresara del trabajo y lo abriera con su llave. Incluso si estaba enfermo, me levantaba de la cama y bajaba al portal a recoger el correo. Toda la correspondencia, por lo tanto, pasaba por mis manos, de modo que podía evitar que alguna carta indiscreta se extraviara. Si había conseguido seducir al anunciante, éste me respondía contándome cosas de su vida e indicándome un método de contacto. Muchas veces el anunciante era, como yo, temeroso, y si vivía con su familia no se atrevía a dar un número de teléfono. En ese caso, proponía una cita en algún lugar público y en una fecha lejana para prevenir los retrasos del correo y las premuras de agenda. «El mejor día para mí es el jueves siete de febrero», dice Ricardo en una de las pocas cartas que guardo de aquellas correspondencias, «y el lugar, ya que también eres universitario, podría ser Moncloa, en los soportales en los que hay un monumento al ejército. Allí para el autobús A, que viene de Somosaguas. Podemos vernos en esa parada el jueves siete a las siete de la tarde. Si tienes algún problema con la fecha y no puedes acudir, no pierdas el contacto y contéstame.» La carta estaba fechada el dos de enero, y en una posdata precisaba el lugar para que no hubiera malentendidos: «Jueves día siete a las siete de la tarde en la parada del A que llega de Somosaguas, no en la parada desde la que sale. Son distintas.» En la cita de Ricardo faltaba uno de los elementos característicos de este tipo de encuentros: la señal de identificación, las marcas con las que los dos desconocidos deberían reconocerse. En ocasiones se describía la ropa: una camisa verde, una bufanda de cuadros escoceses, un abrigo largo. Otras veces se optaba por un objeto visible: una cartera en bandolera, un libro sujeto en la mano e incluso una flor prendida a la solapa.

No sé quién es Ricardo. Tal vez ni siquiera llegué a encontrarme con él en aquella parada de autobús, aunque si guardé la carta debió de haber alguna razón singular para hacerlo. En los siguientes quince años conocí a través de contactos por palabras a doscientos o trescientos chicos –quizá más–, y sólo de algunos guardo recuerdos. El primero de ellos es Agustín.

A Agustín lo conocí a principios de 1985. Él puso un anuncio y yo le respondí dándole mi dirección. En la carta que me mandó entonces explicaba: «Quiero decirte que tengo 16 años. No me importa tu edad. ¿Y a ti?» Debajo del número seis, repasado con el bolígrafo, se adivina un cinco. «Me llamo Agustín, pero imaginemos una contraseña. Si me llamas, pregunta por Farida. Si soy yo, te contestaré. Si no, te dirán que te has equivocado y cuelgas, intentándolo de nuevo otro día.»

Guardo un poemario que se titula *Versos para Farida* y que fue escrito para Agustín. Nos vimos tres o cuatro veces. A mí me fascinó su belleza adolescente y su dulzura. Treinta años después, puedo recordar aún su rostro imberbe, de ojos grandes y piel muy pulida.

Agustín era, como yo, tímido y retraído, de modo que durante las tardes que pasábamos juntos apenas hablábamos. La diferencia de años, en ese intervalo de edad tan decisivo para la formación del carácter y para el desarrollo intelectual, era además un obstáculo casi infranqueable. Yo estaba en los últimos cursos universitarios y él aún no había abandonado el colegio. Yo era ya un hombre –biológica y socialmente– y él todavía era un niño.

En nuestra última cita –la única que recuerdo con alguna exactitud– fuimos caminando por la Gran Vía hasta la plaza de España y entramos allí en una cafetería en la que no había nadie. Nos sentamos en un rincón y pasamos más de una hora intentando encontrar un tema de conversación que nos uniera. Le regalé la novela de Scott Fitzgerald *A este lado del paraíso*, que yo había leído en esos meses y me había impresionado mucho. Agustín la hojeó con gratitud y prometió darme su opinión en cuanto la leyera. Hablamos de nuestras familias, de las tareas cotidianas, de lo que nos había ocurrido desde la última vez que nos habíamos visto. Había muchos momentos de silencio. Yo entonces le miraba, encogido sobre sí mismo, ruborizado, y sentía felicidad. Habría querido besarle o ir con él a alguna habitación de hotel para verle desnudo, pero eso era impensable. Los dos vivíamos con nuestras familias y no conocíamos a nadie a quien poder pedirle un cuarto de fornicación en préstamo. Nunca llegamos a tocarnos. Quizá nos estrechamos las manos virilmente, nada más.

Nos despedimos con la promesa de volver a vernos pronto. Yo le llamé esa misma semana. Me descolgó el teléfono su madre y pregunté por Agustín, no por Farida. Su madre le avisó y enseguida escuché su voz al otro lado de la línea. «No quiero volver a verte», dijo con la misma dulzura con la que siempre hablaba. «No podemos volver a vernos.» Yo traté de replicar, de pedirle alguna explicación, pero no me dio oportunidad. Se despidió de mí y colgó.

Volví a intentarlo algunos días después, desolado. El resultado fue idéntico. Me repitió que no podríamos vernos nunca más y me colgó el teléfono con afabilidad. Yo sentí a mi alrededor las aguas del naufragio. No estaba enamorado de Agustín, pero –espabilado por el deseo sexual– había comenzado a imaginar que poco a poco iríamos conociéndonos, como los novios antiguos, y que llegaríamos a tener una camaradería propia. A mí, como siempre, me gustaba el papel de Pigmalión que podría corresponderme en ese trato y estaba dispuesto a afanarme en él. Por primera vez desde que había entrado en el laberinto de Jesús, veía un porvenir posible junto a alguien. Aquel fracaso, por lo tanto, fue devastador, y traté de curarlo, como tantas otras veces, con la literatura.

Algún tiempo después tuve un amigo con una cierta inclinación a la pederastia. Le gustaban los niños de catorce o quince años. Yo, que siempre he admirado la belleza juvenil ya formada, la virilidad sin rastros pubescentes, le hablé insistentemente de Agustín, que había sido el único chico de esa edad que yo había conocido con intenciones lascivas. Enardecido por el relato, mi amigo Mario –del que hablaré luego– me pidió su teléfono. Se lo di, como si fuera un juego, y Mario le llamó. Quedaron en el andén de una estación de metro, igual que los espías. Mario le explicó el origen de su curiosidad: le habló de mí, de nuestras citas, de la belleza que yo recordaba en él. Agustín, que conservaba la memoria de nuestros encuentros, a pesar del tiempo transcurrido, le contó entonces lo que había sucedido en aquellos días. Su madre, al parecer, había descubierto el cajón en el que guardaba todos sus secretos, la madriguera en la que estaban las revistas pornográficas y las cartas de contactos. Escandalizada, montó en cólera y le prohibió volver a verme. Quemó todos los papeles, estableció un control riguroso de llamadas y de salidas, y puso a Agustín en manos de un psicólogo que le extirpara del corazón todas las inmoralidades.

Cuando Mario le vio tendría veinte o veintiún años. Estaba saliendo con una chica para contentar a su madre, pero a escondidas mantenía encuentros sexuales con hombres. No sabía cuáles eran sus deseos verdaderos. Dijo que a su novia la amaba, pero enseguida enmendó las palabras: «Le tengo mucho cariño.» A veces, a pesar del tiempo que ha pasado, pienso en él y en el rumbo que habrá tomado su vida. Pienso también, inevitablemente, en el que habría tomado la mía si su madre no hubiese descubierto la madriguera o si, al descubrirla, hubiera actuado con más indulgencia.

Poco después de mi historia con Agustín inicié un proceso de industrialización del amor: tomé la decisión de contratar un apartado de correos para poder mantener correspondencia secreta sin limitaciones. El cambio fue sustantivo, pues a partir de ese momento comencé también yo a insertar anuncios en las revistas. En ellos pedía siempre relaciones formales. El sexo despojado de amor no me interesaba. Me gustaba cultivar ante mí mismo la imagen de hombre romántico y espiritual que aspira a grandes logros, pero había además un prejuicio catecumenal que yo había enmascarado con armazones paganos: el sexo seco y desnudo era un hábito de bestias, de criaturas sin raciocinio y sin cultura emocional. Esa cantilena la repetían en las iglesias, pero la repetían también algunos dandis del ateísmo en los cenáculos humanistas y contrarrevolucionarios. Durante muchos años, yo hice apología de su doctrina: el que sólo busca fornicar es una alimaña. Más tarde, cuando mi juventud estaba llena ya de oportunidades perdidas, comprendí que era exactamente al revés: el sexo animal es el de la procreación, el de la supervivencia de la especie, el de la continencia.

Algunas semanas recibía decenas de cartas en respuesta a mis anuncios. Las examinaba (atendiendo por deformación artística a la ortografía y a la capacidad de expresión) y seleccionaba luego las que a mi juicio eran más sugerentes. Por supuesto, tomaba en cuenta en la valoración la belleza del remitente, si adjuntaba una fotografía. En esta nueva fase industrial sólo respondía —salvo excepciones muy justificadas— a los que facilitaban un número de teléfono para contactar rápidamente. Les llamaba, conversábamos con brevedad y fijábamos una cita en un lugar céntrico de Madrid.

Cuando no había visto antes el rostro de la persona con la que iba a encontrarme, sentía pánico. La posibilidad de que fuera alguien conocido me aterraba, y por eso trataba de ganar alguna ventaja: llegaba tarde, espiaba desde lejos, mentía en mi vestimenta para que él no pudiera identificarme. El temor era infundado, pues si alguien conocido acudía a la cita tenía tanto que ocultar como yo. Sin embargo, a mí me parecía una amenaza terrible: quizá fuera uno de esos exhibicionistas orgullosos que iban chismeando en todas partes sin vergüenza su condición sexual y que, en consecuencia, pudiera comprometerme con mi familia o con mis amigos. Imaginaba indiscreciones, peligros y chantajes sin fin.

A la mayor parte de los chicos con los que me citaba les veía sólo durante un tiempo fugaz. Media hora, cuarenta y cinco minutos, una hora completa. Luego nos despedíamos y no volvíamos a encontrarnos nunca más. A veces el reconocimiento físico ya bastaba para constatar –por una u otra parte– que no había ninguna relación posible. Manteníamos no obstante la cortesía y entrábamos en algún bar a beber algo. La conversación deshacía la afinidad enseguida: la otra persona era inconciliable o extraña. Era casi imposible conocer a alguien que tuviera ambiciones semejantes o gustos parecidos a los míos, que hablara de las cosas de las que a mí me gustaba hablar o que compartiera un modo cercano de comprender el mundo. Yo tenía una exigencia inflexible y no hacía concesiones ni siquiera cuando el instinto sexual me aconsejaba hacerlas. Estaba convencido de que mi pareja –que es lo que buscaba– debía poseer una serie de intereses culturales y una actitud vital definida por determinados parámetros que se asemejaran a los míos. Rechazaba metódicamente a los que frecuentaban los bares gays, a los que sólo iban al cine para ver películas de Hollywood, a los de ideología conservadora, a los que nunca leían libros ni periódicos, a los que tenían aspiraciones mediocres y a los que referían una biografía promiscua o desequilibrada. Del resto, apartaba también a los pobres de espíritu o a los que, como yo, se confinaban en una introversión enfermiza. Después de esa sucesión de pruebas quedaban muy pocos seleccionados para el amor que yo buscaba, y casi todos ellos, por justicia divina, me rechazaban a mí.

Me queda la memoria desvaída de algunos rostros pintados en gris y de algunos episodios nebulosos. Un estudiante de provincias guapo y musculoso me citó en Moncloa y me explicó que él era esencialmente heterosexual, pero que en ocasiones había imaginado a hombres desnudos y quería saber cómo funcionaba el engranaje de ese mundo. Era aún más inexperto que yo –o eso fingía– y hablaba siempre en sentido figurado. Dimos vueltas retóricamente a las hipótesis que él planteaba (yo con la paciencia que me requería el deseo) y luego fuimos a su apartamento de estudiante, que estaba en la misma calle en la que yo vivo ahora. Fornicamos con impericia, pero yo regresé a casa satisfecho. Nunca volvimos a vernos.

También me acosté, en un coito desmañado, con un camarero de Valencia que tenía novia y soñaba con llegar a abrir su propia cafetería en el futuro. Un funcionario gordo y con el pelo grasiento me contó la génesis de sus empastes dentales y me propuso luego que fuéramos juntos al cine Carretas, el más célebre del ambiente homosexual madrileño. Y un muchacho atractivo y meloso, que se retorcía las manos mientras hablaba, intentó convertirme de nuevo al catolicismo con el argumento peregrino de que Dios era omnipotente y amaba a todas sus criaturas.

Me acuerdo bien de Tomi, un estudiante de ingeniería al que vi varias veces. Guardo su carta de presentación: «Soy alegre y de aspecto moderno, aunque interiormente soy bastante serio y responsable. También me gusta el cine, la música (en especial la actual), la gimnasia y viajar. Como tú, duermo más de lo que querría.» Nunca nos acostamos juntos, aunque un día me invitó a su casa, que compartía con otros dos estudiantes, y pasamos varias horas conversando encima de la cama, sin quitarnos la ropa. Es la primera persona a la que le oí hablar de la naturaleza biológica del amor, de la importancia determinante que tenían los olores y las impresiones sensoriales en el curso de los sentimientos. Estábamos en una de esas plazas escondidas de Madrid, sentados en el respaldo de un banco, y yo le escuchaba con irritación, pues mis teorías románticas e irracionalistas de la pasión amorosa no concordaban en absoluto con esos postulados cientificistas.

«Me llamo Juan, mido 1,70, peso 58 kilogramos y en líneas generales tengo un aspecto agradable y un carácter abierto», decía otra de las cartas que recibí en ese tiempo. «Soy universitario y estudio Psicología, aunque comencé la carrera de Derecho. No me gustan los traumas, las obsesiones y los prejuicios, que sólo conducen a la autodestrucción. En cuanto a lo relacionado con el tema sexual, tengo bastante poca experiencia con chicos porque siempre me he negado a meterme en un gueto y a participar en el juego de la gente de "ambiente", con la que prefiero no tratar. No tengo plumas ni cosas raras. Detesto a ese tipo de gente.»

Delvis Juan era un chico puertorriqueño con el que llegué a mantener una relación extraña. Tenía la mandíbula muy ancha, el pelo ralo y la piel lechosa, de modo que no respondía a mis ideales eróticos. Era además titular de la nacionalidad norteamericana y defendía con vehemencia el modelo social y político de los Estados Unidos, del que yo, en esa época de furioso antiamericanismo, era detractor exaltado. A pesar de esa disonancia erótica y de esa desavenencia intelectual, fui poco a poco fermentando un amor liviano, un sentimiento de dependencia que me ataba a él. Sólo había una razón: la indigencia. Yo seguía tan necesitado de afecto verdadero que bastaba con que se cumplieran las condiciones primarias –que el individuo fuera homosexual, que tuviera un aspecto saludable, que llevara una vida corriente y que me prestara su atención–

para que mi cerebro comenzara a trazar el mapa de la ternura. Él nunca llegó a corresponder a mis intenciones, aunque dejó que el malentendido se extendiera para aprovecharse de él. Un día descubrí una traición o una mentira —no tengo un recuerdo cierto— y le aparté de mi lado sin darle la oportunidad de replicarme. Me escribió una carta de disculpa que nunca contesté.

La amargura del fracaso de mi relación con Delvis Juan duró poco tiempo, pues en esos meses, el diecisiete de febrero de 1986, conocí al primer gran amor imaginario de mi vida y comenzó un nuevo viaje hacia el infierno. El viaje más hermoso que nunca hice.

Había terminado ya la carrera de Filología y estaba siguiendo los cursos de doctorado al mismo tiempo que preparaba mi tesina sobre la obra del autor peruano Manuel Scorza, que había muerto en el accidente aéreo de Barajas de 1983. Iba todos los días al Ateneo de Madrid, donde, además de estudiar y hacer investigaciones filológicas, tenía una actividad social desaforada. La biblioteca permanecía abierta de lunes a domingo hasta más allá de la medianoche, y en ella se reunían estudiantes de todos los pelajes.

Fue allí donde conocí a Arturo. Pablo de Tarso se cayó de su caballo, camino de Damasco, en el año 31. En el 385, Agustín de Hipona escuchó una voz que le invitaba a leer, y al abrir la Biblia por azar reconoció el mandamiento de Dios. A Teresa de Cepeda se le apareció Jesucristo en 1542. Yo he tenido varias veces en mi vida revelaciones parecidas. No es una manifestación retórica ni un juego expresivo, sino una apreciación exacta. Mi acercamiento a Dios, a esa enajenación mística que alza el cuerpo sobre el nivel del suelo y oscurece cualquier acto racional, se ha producido invariablemente a través de la belleza humana. Del cuerpo carnal de los varones. Mi fe ha sido siempre lascivia.

Mi interés teórico –o teológico– acerca de la hermosura es muy antiguo. ¿Por qué somos capaces de amar a alguien de quien no conocemos nada que no sea su cuerpo? ¿Existen, como decía Tomi y como aseguran ya la mayoría de los científicos, razones estrictamente químicas? ¿Son las feromonas las que inspiran los afectos? ¿Cómo se produce el apareamiento, la elección? ¿Hay un apriorismo kantiano en la atracción sexual? ¿Tiene el cerebro de cada criatura una horma en la que debe encajar la figura de su amante? ¿Interviene en estas decisiones la voluntad? ¿El libre albedrío permite oponerse al deseo, negarlo, extirparlo del corazón?

Desde mi adolescencia he sido un *voyeur* hipnotizado. En el colegio, en el campus universitario, en las aglomeraciones urbanas, en las discotecas, en las aulas, en los transportes públicos y en los estadios he buscado siempre la contemplación de la belleza masculina. Me he bajado de un autobús en una parada que no era la mía siguiendo a un chico que me gustaba. He cambiado el rumbo de un paseo o he entrado en un comercio en el que el dependiente me parecía guapo. Mirar y admirar el rostro de un hombre es, a mi juicio, un acto religioso. Inexplicable. Sobrehumano.

En la biblioteca del Ateneo se podía fumar, y un día –el diecisiete de febrero de 1986–, mientras yo estaba ensimismado en la lectura, alguien se inclinó sobre mi pupitre y me pidió que le encendiera el cigarrillo que tenía entre los dedos. Sonrió. Mientras prendía la brasa en el tabaco, le miré deslumbrado. Me dio las gracias y regresó a su pupitre. Yo no pude concentrarme de nuevo en mis papeles. Me quedé observándole desde lejos, aturdido, extrañado de estar vivo.

Arturo iba a la biblioteca a estudiar, y yo le veía día tras día con fascinación, dejándome llevar por esa costumbre ensimismada de observar a otros. Al principio fue un juego, una contemplación recreativa que me distraía de los males del mundo. Luego, antes de que tuviera conciencia real de lo que estaba ocurriendo, me enamoré de él extraviadamente.

La homosexualidad tiene una fatalidad estadística que no puede ser puesta en duda: la probabilidad de que el objeto amoroso –elegido al azar– pueda corresponder el amor es exigua. Es, al menos, veinte veces menor que en el correlato heterosexual. Un hombre que se enamora de una mujer no se cuestiona si puede alcanzar ese amor, si llegará a merecerlo. Incluso si es viejo y deforme, si tiene el rostro llagado y los dientes podridos por el paso del tiempo, si no posee ingenio ni hace alarde de virtudes de ningún tipo, puede confiar en la compasión, en la ternura o en la anomalía de los sentimientos humanos, que dan recompensas inesperadas a quien las persigue. La historia de la humanidad está llena de parejas disímiles y raras que justifican esa confianza. Un hombre que se enamora de otro hombre, en cambio, parte del punto cardinal contrario: incluso si es joven y guapo, si tiene el rostro bronceado por el sol y los dientes de marfil blanquísimo, si derrocha agudeza y muestra afabilidad y finura en los ambientes en los que se mueve, tendrá el riesgo cierto de no ser correspondido. La compasión, la ternura y la anomalía de los sentimientos podrán obrar otros milagros, pero no el del amor. Es un asunto ontológico.

Yo había aprendido inconscientemente a regular los grados del amor con los hombres heterosexuales. Me dejaba requebrar por la melancolía, construía fantasías eróticas vulgares y soñaba con paraísos mortecinos y lluviosos.

Luego, enseguida, mi organismo comenzaba a secretar algún contraveneno y el amor imposible iba extinguiéndose sin dolor verdadero, mansamente. Con Arturo –fue la única vez en mi vida– ese protocolo médico u homeopático no funcionó.

En aquellos tiempos yo habría llegado a jurar que Arturo era la encarnación de un arcángel, pero ahora, al ver la foto que guardo de él, mi juicio es más prudente. Vivía en Asturias, en Oviedo, y había ido a Madrid a estudiar Dirección y Administración de Empresas en una escuela de negocios. Compartía un piso con otros dos amigos asturianos en la calle Echegaray, a dos manzanas del Ateneo, de modo que la biblioteca se convertía para él en una prolongación de su casa.

Era de mediana estatura, tenía el pelo negro, las cejas anchas por un extremo y afiladas por el otro, el rostro ovalado y los labios dalinianos. Caminaba arrastrando los pies, con los hombros caídos, como si la gravedad de la Tierra le atrajese. Nunca le vi desnudo ni semidesnudo, pero su cuerpo, debajo de una ropa demasiado holgada, no tenía seguramente otro mérito que el de la juventud.

Acudía a la biblioteca casi todos los días –incluyendo los fines de semana– y se sentaba siempre en el mismo lugar: en la tercera hilera de pupitres, de espaldas a la puerta, junto al pasillo. Yo, que durante muchos años había ido a otra sala más silenciosa y recogida, donde no había casi tránsito, comencé a sentarme justo a la entrada de la gran sala, delante de las puertas batientes que atravesaban todos los estudiantes. Desde mi puesto podía ver, también de espaldas a mí, a Arturo, recostado en su sillón frente a los libros.

En el exergo de *Los oscuros*, el primer libro que publiqué, años más tarde, puse una frase de *Jules et Jim*, la película de Truffaut: «*J'ai toujours aimé ta nuque. Le seul morceau de toi que je pouvais regarder sans être vu.*» Probablemente no había ninguna afirmación que conviniera mejor a mi pasión de aquellos meses: «Siempre he amado tu nuca. El único trozo de ti que podía mirar sin ser visto.» El primer cuento que escribí de los trece que componen ese libro es el que se titula «Douglas F. Barney». Cuenta la historia de un vendedor que un día conoce por azar en una biblioteca a una mujer de la que se enamora perdidamente. «Douglas volvió a la biblioteca cada uno de los cuatrocientos sesenta días siguientes. Se sentaba siempre en el mismo pupitre, a la espalda de Nancy, y ocupaba las horas en contemplarle la nuca, el cuello y el nacimiento de los hombros, mientras fingía hacer anotaciones en un papel cuadriculado u hojeaba volúmenes cuyos títulos había seleccionado al azar.»

Yo había sido siempre un *oscuro*, uno de esos seres que miran sólo a escondidas, que espían sigilosamente, que conocen mejor el reverso de los cuerpos deseados –la nuca, la espalda, el dorso de las piernas– que el frente de los ojos. Pero en el Ateneo, con Arturo, hice de aquella pericia mi naturaleza más pura. Me convertí en una serpiente, en uno de esos reptiles que desaparecen entre las ranuras del aire.

En *Los oscuros*, que está dedicado a Arturo por justicia poética, hay otro exergo. Son unos versos de *Salvo el crepúsculo*, de Julio Cortázar:

No hay otro amor que el que de hueco se alimenta,
no hay más mirar que el que en la nada alza su imagen
                                                    [elegida.

Yo no había cruzado ni una sola palabra con él. No sabía nada de lo que llegué a saber luego (que en todo caso fueron sólo insignificancias). No conocía sus gustos ni su forma de ser, no tenía una idea formada acerca de su carácter o de su sensibilidad. En mi amor únicamente había hueco. Había nada.

¿Cómo es posible que una criatura racional pueda elaborar un sentimiento tan complejo a partir de la nada? ¿Cómo logra la belleza física –o la materialidad molecular de los olores invisibles, si ése es el caso– paralizar de tal modo los procesos cognitivos del cerebro y poner en marcha un ingenio gigantesco de invención? ¿Dónde están arraigados los humores del amor, en qué glándula pineal?

Perdí el dominio de mis actos y perdí la cordura. Como el personaje de mi cuento, pasaba las horas del día y los días de la semana sentado en mi pupitre esperando a que Arturo llegara y, cuando estaba, contemplándole bajo el disimulo del estudio. Si algún deber iba a retrasarme, advertía a Carlos o a Covadonga –que eran también compañeros de correrías en el Ateneo– para que reservaran mi pupitre poniendo sobre él algunos papeles o libros. Cuando algún día Arturo faltaba imprevistamente o cuando al final de la tarde le veía recoger sus cuadernos para marcharse, yo entraba en un estado de aflicción insensato. El aire se me iba del cuerpo, la sangre se me volvía negra.

Organicé enseguida, con la megalomanía sentimental que siempre tuve, una cuadrilla de agentes secretos a mi servicio. Covadonga, que era asturiana, se encargó de trabar amistad con algunos de sus amigos o incluso con él mismo para averiguar cualquier dato de su vida que pudiera servirme. Manuel entró un día en su portal –que yo había identificado siguiéndole una noche al salir del Ateneo– para descubrir en la placa de los buzones con quién vivía. Lola se preparó para hacerse pasar por encuestadora comercial y abordarle en la calle con preguntas sobre hábitos culturales y de consumo que yo había preparado. Y Antonio, que tenía un amigo policía en la central de documentos, trató de conseguir a través de él todos los datos de su ficha personal.

Abandoné los trabajos de la tesina sobre Manuel Scorza y me concentré en una única tarea: la amargura. El amor, cuando es desdichado, lo ensombrece todo. Carlos se fue a vivir a Italia y Covadonga se convirtió, allí en el Ateneo, en mi consejera paciente. Pasábamos muchas tardes en la cafetería de la planta baja hablando de las grandes pasiones y del sufrimiento que engendraban.

Covadonga y yo, junto con otros tres compañeros, formamos una candidatura irreverente para presentarnos a las elecciones de la institución, que desde hacía años estaba gobernada por la desidia gerontocrática y patricia. En la campaña electoral, que tuvo incluso un cierto eco en la prensa madrileña, organizamos actos desvergonzados que nos dieron celebridad entre los ateneístas. Concurrimos con biografías falsas disparatadas, inventamos méritos burlescos y sacudimos con espectáculos hilarantes el desinterés de los socios.

Hubo un episodio valleinclanesco que viene al hilo de los tiempos en que vivíamos. Nuestra campaña heterodoxa e impertinente sacó de quicio a los hidalgos vetustos que llenaban los salones del Ateneo, y uno de ellos, candidato al puesto de bibliotecario en una lista rival, publicó un comunicado en el que embestía contra nosotros. Tejía una serie de argumentos tan rancios y solemnes como el espíritu que denunciábamos, y luego añadía: «Además uno de ellos es maricón.»

Cuando leí el comunicado, que estaba expuesto en el panel electoral, a la vista de todos los socios, sentí por primera vez el espanto del reo. Mi temor de judío en la Alemania nazi, de comunista en el Chile de Pinochet o de burgués en la Camboya polpotiana se manifestó con signos de brutalidad. Se me abrió el vientre en el centro y comencé a resudar por todo el cuerpo. A pesar de mi cautela y de mi silencio, el enigma se había desvelado: todo el mundo conocía mi infamia. Era imposible saber la identidad de Pandora, descubrir quién había abierto la caja de las tempestades, pero la inclemencia era innegable.

Dos horas después, sin embargo, me llegó la calma. Ángel, uno de mis compañeros de candidatura, que era actor y tenía mal vivir, confesó que la mención se refería a él. No dio explicaciones ni reconoció su veracidad, pero dejó claro que la sospecha tenía algún fundamento. Yo me comporté con la misma cobardía con la que me había comportado años antes con Jesús: no dije nada.

En aquellos días electorales, aprovechando quizá mi fama efímera, hablé con Arturo por primera vez, y desde entonces comenzamos a saludarnos cuando nos cruzábamos en los pasillos o en la sala de estudio. Yo buscaba refugio de sus ojos y de la forma de su sonrisa en la música doliente y en la poesía de Garcilaso:

> Yo no nací sino para quereros;
> mi alma os ha cortado a su medida;
> por hábito del alma mismo os quiero.
>
> Cuanto tengo confieso yo deberos;
> por vos nací, por vos tengo la vida,
> por vos he de morir, y por vos muero.

Esperaba en el pupitre hasta que él se marchaba y luego, taciturno, vencido, recogía mis cosas y me iba de allí. Caminaba buscando la puerta de salida del laberinto, pero no la encontraba por ninguna parte. Muchos días se me llenaban los ojos de lágrimas en la calle y tenía que esconderme en un portal, pero una de esas noches, en el autobús que me llevaba de vuelta a casa, me puse a llorar sin que hubiera posibilidad de disimulo y sin que los viajeros que iban junto a mí pudiesen desentenderse sin vergüenza. Una mujer se acercó a ofrecerme su auxilio. Yo ahogué el llanto abochornado y me di cuenta de que había atravesado ya la laguna de los muertos.

En el mes de junio de 1986, cuando estaba a punto de terminar el curso académico, bajé a la cafetería del Ateneo y me di de bruces con Arturo, que estaba en la barra tomando algo con un amigo. Yo pedí mi consumición, desasosegado, con las manos sudorientas, y me puse a hablar con ellos. Le pregunté a Arturo por el fin de curso y él me contó que una o dos semanas más tarde acabarían los exámenes y regresaría a Asturias. Conversamos sobre las vacaciones y yo le expliqué que no había hecho ningún plan: tenía que acabar la tesina de licenciatura durante el verano y no podría apartarme de Madrid mucho tiempo. Quizás una semana, pocos días. «Vente a Llanes», dijo entonces él. «Es un lugar maravilloso, tiene unas playas magníficas. Estoy deseando acabar las clases para irme allí.» Yo bebí el café o la cerveza y, tratando de ocultar el sobresalto, le respondí con una sonrisa: «Tal vez. Lo pensaré.»

Seguimos hablando aún unos minutos, y Arturo, en una réplica sin sentido, dijo algo que no puedo olvidar: «Yo tengo muchos problemas con las mujeres.» Aquel día, al salir del Ateneo, hice cábalas de que mi amor era posible. Siempre había tenido la duda presente, pues la fatalidad estadística no excluye el azar, y aunque Arturo no tenía ningún amaneramiento ni mostraba signos de la enfermedad, era racionalmente posible que sus gustos venéreos fueran semejantes a los míos. A esas alturas yo ya sabía que ahí fuera, en el mundo exterior, en los pasadizos oscuros de las ciudades, había una multitud de cucarachas disfrazadas de unicornios.

Pocos días después dejé de ver a Arturo. El Ateneo, con el fin del curso, se vació. Muchos de mis amigos se marcharon de Madrid de vacaciones, y yo, atormentado como siempre, conseguí un poco de dinero de mis padres, metí algo de ropa en una maleta y me fui a Llanes en un autobús nocturno.

Tuve que hacer escala en Oviedo y aproveché para ir hasta la casa de Arturo, cuya dirección había averiguado –su apellido familiar era infrecuente y, por lo tanto, fácil de localizar– en las páginas de la guía telefónica. Acababa de amanecer y estaban regando las calles. Me quedé durante un rato delante de su edificio, mirando una a una las ventanas en las que podía vivir y haciendo recuento de mis ilusiones. Me asomé al portal y paseé por la avenida arriba y abajo para registrar en la memoria con el mayor detalle el escenario en el que Arturo había pasado los últimos años y en el que seguiría viviendo cuando regresara de Madrid.

En Llanes busqué un alojamiento barato y acabé hospedándome en el bar Colón, situado en el muelle del puerto. La habitación, en el primer piso, era muy grande y parecía compuesta por Baroja para algún Zalacaín. Desde su balcón, desvencijado, se veía el cruce de la ría con la calle principal, que era la que enlazaba con la carretera, y el núcleo de bares que a media tarde se llenaba de veraneantes.

Había viajado a Llanes sin ningún plan, confiando en encontrar a Arturo por fortuna y en compartir luego con él confidencias cada vez más íntimas. No tenía billete de vuelta. Podía quedarme en Llanes tres días o toda la vida.

149

Dejé la maleta en la habitación, comí algo en el bar y me lancé a la calle en busca de Arturo. Pasé horas recorriendo el pueblo y paseando cerca del mar. La excitación de saber que estaba al lado de él, que en cualquier momento podríamos cruzarnos, me mantenía feliz. No recuerdo bien mis pensamientos, pero estoy seguro de que imaginaba escenas candorosas y de que soñaba con un porvenir dichoso. Arturo me confesaría que tenía problemas con las mujeres porque no estaba seguro de sus gustos sexuales y yo le confesaría que había viajado hasta allí para buscarle. Él me besaría y ya no volveríamos a separarnos nunca.

El primer día no le encontré. Me senté en el pretil del puente, por el que pasaban todas las cuadrillas de jóvenes en el tránsito de la fiesta, y aguardé hasta que el bullicio de la gente se apagó. Cené un bocadillo en el mismo bar, debajo de mi habitación, y subí luego a acostarme. Antes de ello, comencé a escribirle a Arturo una larga carta que nunca le envié y que aún conservo. En ella había sólo desgarro, carne rota, ojos arrancados.

El segundo día, a primera hora, llamé desde una cabina a su casa de Oviedo. Me atendió un hombre que me explicó que Arturo estaba en Celorio de vacaciones y que allí no tenía ningún teléfono al que pudiera llamarle. Aquella noticia me desalentó. Celorio es una de las parroquias que pertenecen al concejo de Llanes. No tiene independencia administrativa, pero está a más de cuatro kilómetros de distancia. Nominalmente es Llanes, pero en la realidad es otro pueblo. Si Arturo vivía allí, probablemente nunca le encontrara.

Enfilé la carretera y caminé hasta Celorio, abrasado por el sol. Iba llorando, cantando canciones de Lluís Llach y repitiendo maniáticamente un verso de Juan Gil-Albert que cité luego –por eso lo recuerdo– en una carta escrita muchos meses después en la que reconstruía el episodio: «Y yo sin ti y sabiéndote en el mundo».

Llegué a Celorio a las doce, cuando el sol caía a plomo. No llevaba sombrero ni crema solar. Recorrí todas las playas metódicamente tratando de distinguir a Arturo, pero el trabajo era fatigoso. Cuando veía algún rostro que desde lejos se le asemejaba o algún cuerpo que tenía una complexión parecida a la suya, me acercaba decidido, casi corriendo, pero siempre se trataba de un error. Después de estar seguro de que en aquel pajar interminable no encontraría jamás la aguja que buscaba, regresé a Llanes. Todas mis expectativas se desbarataban con esa geografía. Ya no sabía dónde estaba Arturo, en qué calles debía buscarle.

Durante la segunda tarde repetí los movimientos de la primera. Entré en los bares más concurridos y me senté en los cruces y en las plazas por los que atravesaban los grupos de jaraneros. Fue atardeciendo y luego anocheció. Desapareció poco a poco el ruido, se vació de nuevo el pueblo. Yo subí entonces a mi habitación, sin haber cenado, y continué escribiendo la carta. No encontraba palabras que sirvieran, pero aun así puse palabras. Lamentos desgarrados, descripciones ardorosas.

El tercer día dormí hasta tarde. Después de desayunar subí hasta la ermita y fui luego a la playa para hacer la ronda rutinaria. Me senté en la balconada de un hotel desde la que se veía a los bañistas y estuve allí hasta la hora de la comida, reflexionando sobre el modo de encontrar a Arturo.

En mi segunda novela, *La muerte de Tadzio*, el anciano protagonista se enamora de un muchacho llamado Gabriele y va en su busca a Caorle, el pueblo en el que sabe que está viviendo. Tadeusz Andresen, el anciano, recuerda en la novela su pesquisa: «Durante la mañana visité la playa y recorrí algunas calles. Fui hasta el puerto, donde las barcas de los pescadores comenzaban a regresar. Había ese bullicio revolero de mercados y lonjas. Cruzando una colina boscosa, llegué al centro balneario. En ningún sitio encontré a Gabriele. De vuelta en el pueblo, almorcé en la terraza de un restaurante desde la que se dominaba el cruce de las dos avenidas principales. Después de la sobremesa reemprendí la ronda, pero ahora con un plan muy preciso. Sobre un plano de la ciudad que había comprado en un bazar de turistas, dibujé una ruta que atravesaba todas las calles desde el principio hasta el final del modo más corto, sin duplicar pasos ni trayectos. La recorrí una primera vez, asomándome a escaparates y entrando en bares y cafés para inspeccionarlos, y comprobé que tardaba dieciocho minutos. Eran las cinco y cuarto de la tarde. Hasta medianoche –plazo máximo de la búsqueda– faltaban aún cuatrocientos cinco minutos, lo que suponía que, manteniendo el ritmo del primer paseo, podía recorrer ese mismo itinerario más de veintidós veces sucesivas.»

Y continúa Andresen: «Yo imaginaba que en algún momento de la tarde Gabriele saldría del lugar donde estaba oculto –su casa, la casa de familiares o amigos– para acudir a una cita, hacer algunas compras o simplemente caminar por la ciudad. Mi paseo, ordenado y riguroso, no aseguraba que fuera a cruzarme con él, pero lo propiciaba. Si se detenía en un café, por ejemplo, durante más de dieciocho minutos –tiempo que separaba dos de mis visitas consecutivas–, lo encontraría allí con certeza matemática. Si merodeaba durante horas por las calles o se sentaba en uno de los bancos de la via Garibaldi, por la que desfilaban los mozos con sus novias, existiría una gran probabilidad de que también lo hallara.»

Tadeusz Andresen, Tadzio, hace lo que yo hice. Busca a Gabriele como yo busqué a Arturo. Probablemente incluso la medición del trayecto y de los tiempos sea la que calculé yo en Llanes. Compré un plano de la ciudad y, con un bolígrafo rojo, marqué una ruta que pasaba por todas las calles del núcleo urbano. Comencé el rastreo a primera hora de la tarde. Recorrí el periplo completo una vez: dieciocho minutos. Lo recorrí por segunda vez, por tercera, por cuarta. Vi cómo en cada vuelta las calles iban llenándose de gente, cómo la bandada de veraneantes se aposentaba en los bares y ocupaba las plazas.

Encontré a Arturo a media tarde en un callejón estrecho que no aparecía en el plano y que yo no había marcado por lo tanto con el trazo rojo. Estaba sentado en la calle, en la puerta de una taberna, bebiendo algo con dos amigos. Cuando le vi tuve una somatización inmediata del miedo: sentí ganas de vomitar, como si una granada me hubiera estallado en el interior del estómago. Él sonrió. «Al final te decidiste a venir», dijo. Yo también sonreí, me encogí de hombros. Pensé —o debí haber pensado— que en ese momento aceptaba jugar a la ruleta rusa, que tenía ya en la sien apoyado el cañón de una pistola y que no podía hacer otra cosa que apretar el gatillo hasta que percutiera la bala.

No tengo una memoria tan precisa como querría de lo que ocurrió aquella tarde —una hora, noventa minutos—, pero recuerdo con exactitud minuciosa algunas cosas. Arturo tenía las piernas desnudas y llevaba unas alpargatas descosidas que se quitaba cuando estaba sentado. Después de beber algo en la taberna en la que le encontré, fuimos caminando hasta el espigón, a la hora en la que estaba cayendo la luz, y en el extremo, mientras sus amigos desandaban ya el camino, me dijo: «Aquí es donde me di cuenta de que el horizonte es circular.» Señaló al final del mar y yo me quedé mirando, conmovido por esa frase que en aquel instante me pareció honda y sentenciosa.

Fuimos a otro bar, quizás a otro más. Hablamos de banalidades: de las vacaciones, de la indolencia que inspira el verano, del Ateneo, de mi tesina de licenciatura, de las playas de Celorio (que yo no le confesé haber visitado), de mi regreso a Madrid. No volvió a decirme que tenía problemas con las mujeres, no me hizo ninguna confidencia. Yo tampoco me atreví a ninguna audacia. Le escuché, reí sus bromas, hice preguntas, bebí lo que él bebía.

A la hora de marcharse se despidió sin invitarme a volver a vernos en los siguientes días. No me dio un teléfono ni me propuso una cita. «Tal vez nos veamos por aquí antes de que te vayas», dijo fiándolo todo de nuevo al azar. Y sonrió otra vez para que yo apretara de nuevo el gatillo.

Yo, como casi todo el mundo, he pensado muchas veces en el suicidio durante algunas épocas de mi vida. No como problema filosófico, según la proposición de Albert Camus, sino como curación de la pena. Cuando el dolor se volvía gangrena, el pensamiento de la muerte lo aliviaba. Sin embargo, siempre se trataba de una fantasía frívola, de una idea maquinal que la conciencia ni siquiera tomaba en consideración. Pensaba en el suicidio para dar énfasis a mis sentimientos, para engrandecer mi heroísmo o para llamar la atención de los otros. Un gesto romántico que me volvía cautivador: un poeta que aspire a las glorias del Parnaso ha debido pasar antes por los trances más feroces.

Sólo una vez, a lo largo de toda mi vida, el suicidio fue una tentación verdadera. Sesenta secuencias: después de separarme de Arturo aquella noche, voy corriendo hasta el malecón para poder llorar a solas, sin que me vea nadie. Me subo a los grandes cubos de cemento sobre los que rompe el mar –que muchos años después pintó Agustín Ibarrola– y camino en equilibrio sobre ellos. No hay ninguna persona a la vista. Lloro a gritos porque el cuerpo necesita sacar de sí la piedra que tiene dentro. No hay histrionismo, sino fisiología. En ese momento se me ocurre pensar que me estoy muriendo o que tal vez ya esté muerto. Se me ocurre pensar que nunca dejaré de amar a Arturo y que, al mismo tiempo, jamás querré hacerlo. Se me ocurre pensar, en fin, que soy un individuo frágil y que tendré una vida llena de laceraciones: aire que parece plomo, piel que nadie toca, mercurio en las arterias y en las venas. El llanto no se acaba. Miro al mar, aunque ya no puedo ver el horizonte circular porque el cielo está negro. Me desabrocho la camisa, me la quito: arrojarme allí, golpearme contra alguna roca, morir ahogado. Un minuto, diez minutos, una hora: luego todo habrá acabado. Las laceraciones, la piedra, los ojos de mercurio.

Ser o no ser, ésa es la opción. ¿Es más noble sufrir la vida o cancelarla? Morir, dormir. Nada más. ¿Quién soportaría el dolor penetrante de un amor despreciado si él mismo pudiera desquitarse con un puñal? El temor a lo que hay después de la muerte –ese país sin descubrir del que ningún viajero vuelve– aturde la voluntad y nos hace soportar los males que sentimos.

Yo fui aquella noche Hamlet. Volví a ponerme la camisa, me sequé las lágrimas de mercurio y salí de los farallones. Era muy tarde, pero busqué una cabina telefónica y llamé a Covadonga. No le conté lo que había ocurrido –o no se lo conté, al menos, con pormenor–; pero le pedí que me hablara, que respirara al otro lado de la línea. Estuvimos así hasta que se me acabaron las monedas. Luego regresé a mi habitación y me tumbé en la cama sin continuar la carta. Al día siguiente regresé a Madrid.

155

La propensión al exceso y a la prestidigitación que hay en todos mis libros tiene que ver, sin duda, con mi propio carácter. En la carta que le escribí a Arturo algunos meses después para contarle todo, le explicaba mis recuerdos de aquella noche:

> Me salvó el mar. Y una idea que llegó en mi ayuda.
> La idea era contarte todo en París. Me habías dicho que una de las cosas que tenías que hacer alguna vez era ir a cenar a París y volver después a dormir a casa. Mi plan era secuestrarte y llevarte allí; contártelo y volver. Supongo que no eran ésos los proyectos que tú habías hecho para una cena en París, pero la insensatez a la que había llegado la historia exigía un final a la altura de la trama. Pensé –estúpidamente– que la violencia de la situación y la incomodidad a la que iba a obligarte contándotelo todo quedarían en segundo término dentro de una locura de ese tipo. Pero estaba sobre todo el placer mismo de la locura. A riesgo de parecer definitivamente imbécil, te diré que creí que contarte todo esto en cualquier otro lugar o de cualquier otra forma era una vulgaridad vergonzante, una degradación inconsecuente.

Nunca secuestré a Arturo para llevarle a París. Traté de olvidarle concentrando todos mis empeños en acabar a tiempo la tesina de Manuel Scorza que tenía que entregar al final del verano. Me pasaba todo el día encerrado en el Ateneo leyendo la bibliografía y redactando atolondradamente los capítulos que me faltaban. Mi amiga Lola, que estaba en Madrid y que ya había acabado su tesina, recogía cada día los fragmentos escritos y los mecanografiaba mientras yo seguía con la tarea. De ese modo pude entregarla antes de que finalizara el plazo y obtuve la licenciatura con grado.

156

A finales del mes de septiembre, entrando o saliendo del Ateneo, vi el coche de Arturo aparcado y la piel se me convirtió de nuevo en piedra. No había dejado de pensar en él ni un solo instante, no había concebido cándidamente la salvación o el olvido, pero vivía con una cierta paz de espíritu, administrando los males de mi tristeza y tratando de entretener el tiempo en algunos asuntos de provecho. Saber que estaba de nuevo allí cerca me devolvió enseguida a los límites de la vesania. Desde ese momento recobré los hábitos enfermos: le busqué, esperé en mi pupitre a que llegara, soñé con cosas que nunca ocurrirían.

No había cambiado nada. El desengaño de Llanes no me había purgado de los desvaríos. Volví a ver a Arturo en los pasillos del Ateneo, en la sala de estudio, en la calle. Me trató como si fuera un compañero más de biblioteca, como si nunca hubiéramos tenido otra cercanía que aquélla. Yo seguía obstinado en hacer de él el centro de todos mis afanes: después de leer ante el tribunal la tesina de licenciatura, había tomado la decisión de realizar la tesis doctoral sobre la literatura artúrica medieval y estaba ya recopilando textos que cantaban las hazañas de Lanzarote del Lago, Galahad, Perceval, Tristán de Leonís y el propio rey Arturo. A mi existencia le convenía ese mundo de caballeros galantes y de romances desbocados. Ese mundo emponzoñado de amor.

Todo comenzó a repetirse: me quedaba en mi pupitre hasta que él se marchaba, regresaba a casa desolado, me ponía a llorar en la calle. Robé de los archivos del Ateneo su ficha de registro, que tenía una fotografía de carnet con la que hice un negativo y varias ampliaciones que aún conservo. Me compré ropa parecida a la que él usaba. Y leí libros mediocres porque sus protagonistas se llamaban Arturo. Continué alimentando al monstruo que me devoraba hasta que comprendí que sólo había una forma de acabar con él: confesándolo todo. Diciéndole a Arturo que le amaba. Y si no podía llevarle a París, debería hacerlo en Madrid.

Tardé casi un mes en disponer esa confesión. Le escribí una carta –la única que él llegó a leer– en la que le contaba la perfidia de mi corazón. Hice cien borradores. Durante dos semanas fue mi única tarea: escribir y reescribir aquellas palabras. Quería que no hubiera patetismo; que él sintiera ternura hacia mi desamparo, pero no lástima.

Busqué un regalo para acompañar la carta. Un objeto especial que tuviera un valor simbólico. Al cabo, en la indecisión, elegí dos: un reloj de leontina y un exlibris. El exlibris, con su nombre completo, lo diseñé yo: copié un grabado medieval en el que se ve al rey Arturo sentado en su trono mientras es coronado, y en los laterales, sobre las columnas que enmarcan la escena, reproduje la inscripción que supuestamente figuraba en la tumba del monarca: «Rex quondam, rexque futurus». El rey que fue y que volverá a ser. Con esa composición, elaborada con una precisión de miniaturista, encargué un sello de caucho en una imprenta.

Hay una circunstancia de la confesión que prueba la fiereza con la que el miedo seguía perdurando. Yo les había contado ya a muchas personas que era homosexual, pero nunca lo había escrito. O lo había escrito únicamente en las cartas plañideras que le enviaba a Carlos a Italia. Me asustaba dejar un testimonio caligrafiado de mi puño y letra en manos de un desconocido. El terror era más grande que la pasión que sentía. Por eso concebí una entrega postal bufonesca: Covadonga debía llevarle la carta al Ateneo, junto con los dos regalos, y pedirle que la leyera; luego, cuando lo hubiera hecho, tenía que recogerla y entregármela a mí de vuelta.

Así fue hecho. Elegimos un día. Yo me quedé en una cafetería con Lola, esperando. Covadonga se fue al Ateneo y le entregó a Arturo la carta y los dos paquetes. Él leyó las nueve páginas escritas y se las devolvió. Le dijo que no había imaginado nada, que nunca se le había pasado por la cabeza ese enredo de amores. Le dijo también que al principio había pensado en rechazar el reloj, abrumado, pero que al leer algunos pasajes de la carta se había convencido de que yo me sentiría mejor si se lo quedaba. Le pidió a Covadonga que me diera las gracias por todo.

Tal vez hasta ese instante yo había creído aún que el amor de Arturo era posible. A partir de entonces dejé de creerlo, y eso, como había previsto, sirvió para aliviarme. El dolor no se calmó –probablemente se volvió más áspero–, pero mi cabeza comenzó a recobrar el juicio.

Arturo es la persona a la que más he querido en todos los años de mi vida. La persona por la que me habría dejado matar o por la que habría matado. No hay agravio hacia otros en admitirlo, pues nada de lo que ocurrió tuvo que ver con sus merecimientos. Fue un amor que, como Cortázar decía, se alimentó sólo de hueco y se alzó en la nada. Arturo era quien yo deseaba que fuera. Los amores inventados tienen esa superioridad que los hace invulnerables: la criatura amada siempre posee las virtudes que el amante espera.

Durante mucho tiempo creí que aquella devoción nunca acabaría. Como los caballeros de la Tabla Redonda, que penaban por sus damas toda la eternidad, tenía el convencimiento de que la suerte de mi espíritu ya estaba echada para siempre. La concepción romántica del amor obliga a esa fidelidad: uno ama sólo a una persona; el resto de los amores son únicamente simulacros o ilusiones.

En junio de 1987, ocho meses después de confesarle todo, le escribí otra carta, que, aunque mantiene aún las contorsiones retóricas del sentimentalismo dramático más glorioso –incluso con ritmo endecasílabo–, me asombra y me enternece por aquel que fui. Está manuscrita en las hojas de un cuaderno, llena de tachaduras y enmiendas. Tiene un estilo más pulido y una afectación que no me avergüenza. Había olvidado su existencia y no recuerdo las circunstancias en las que fue escrita, pero explica muy bien la aberración de aquel amor:

Querido Arturo:

No sé cuándo leerás esta carta, pero cuando lo hagas probablemente no me recuerdes ya. Debo comenzar, por tanto, por la difícil tarea de devolver ahora a tu memoria un episodio que seguramente hace mucho tiempo salió de ella, si es que alguna vez llegó a estar asentado. Para identificarme sólo puedo invocar el nombre que firma la carta y los lugares en los que en algún tiempo nos cruzamos: el Ateneo de Madrid y una tarde de un verano en Llanes. No hubo apenas nada más: en los dieciséis meses que hace ahora que te conozco sólo he tenido tres o cuatro ocasiones apresuradas de hablar contigo y una ocasión de enviarte (a través de un mensajero que llevó y trajo de vuelta mi pecado) una carta que tal vez era de amor.

Te prometí en aquella carta que nunca más volvería a pasearme por tu vida sin permiso. Durante los últimos ocho meses he estado esperando ese permiso, pero no ha llegado ni va a llegar ya nunca. Confié en que la confesión me sirviera para ir escapándome poco a poco de ti, para ir olvidándote despacio. Pero me equivoqué otra vez. Lejos de ceder, la quemadura ha ido agrandándose. He seguido yendo día tras día al Ateneo con la misma

160

voluntad de poder mirarte desde el silencio de otro pupitre. Día tras día he aguardado una nueva oportunidad de hablar contigo para decirte ya no sé muy bien qué. Día tras día, en fin, he seguido gastando todas mis fuerzas en esperarte. Creí que el tiempo me enseñaría a olvidarte, pero sólo me ha enseñado a quererte más. Y tengo la certeza ahora de que ya nunca y de ninguna forma voy a ser capaz de sacarte de mi vida.

Con todo este preámbulo extenso trato sólo de justificar esta carta. La necesidad de hablarte es cada vez mayor porque mayor es cada vez el amor que me destruye. Pero también es cada vez más imperativa la promesa que te hice. He sentido a ratos la tentación de romper este dolor acercándome para hablarte con cualquier pretexto. Por fortuna he tenido siempre, en el último momento, la fortaleza o la vergüenza suficientes para no hacerlo.

Pronto abandonarás el Ateneo y volverás a Oviedo definitivamente. Pronto, por tanto, tendré que dejar de esperar que alguna tarde te acuerdes de mí y me hables. No nos cruzaremos más por los pasillos del Ateneo ni podremos encontrarnos ya por casualidad en la calle o en algún cine de Madrid. Te habrás ido callado, dejándome con la ignorancia de tantas cosas y con la necesidad de contarte tantas otras.

No puedo luchar con tu silencio, pero puedo tratar de que algún día –tarde ya– sepas cuánto te he querido y sepas cómo desde aquel diecisiete de febrero en que te conocí he estado viviendo sin más razón que la que tú me dabas.

Esta carta –y seguramente las que seguirán en años sucesivos– te la hará llegar alguien de mi confianza cuando yo muera. Será una nueva intromisión en tu vida, pero esta vez ya sí será definitivamente la última. Probablemente todo lo que sepa contarte te moverá más a compasión que a simpatía, pero no creo que haya otra forma mejor de hacerlo. Es difícil también decidir cuál debe ser el comienzo de una historia que no tiene episodios ni accidentes, sino únicamente un sentimiento prolongado, obsesivo y absurdo que se enrosca una y otra vez sobre sí mismo.

Casi todos mis amigos –los mejores, en cualquier caso– se marcharon de Madrid en busca de un trabajo al terminar los estudios. Algunos andan por Europa dando clases de literatura; otros andan perdidos por universidades españolas investigando libros extraños. A ellos les he ido enviando en estos meses las cartas de amor que no podía escribirte a ti. Cualquier carta que escribiera –como cualquier cosa que hiciese– se iba volviendo poco a poco una forma más de quererte y de hablarte. En esas colecciones de cartas larguísimas que ahora andan repartidas por el mundo está escrita, probablemente mejor de lo que lo estará aquí, la crónica de un dolor satisfecho de serlo por la causa que tenía.

Vivo permanentemente con el sentimiento de tener mi vida en usufructo, como si no me perteneciese realmente a mí. Todo cuanto he hecho en estos meses y todo cuanto planeo hacer te tiene como razón única. Es como si estuvieras viviendo –muy a tu pesar– un tiempo doble: el que vives tú y el que a mí me quitas.

En estos meses me han dicho cientos de veces: «Abandona a Arturo y abandonarás el sufrimiento.» Nadie se ha dado cuenta de que, abandonándote, abandonaba también algo más que el sufrimiento: la quimera. La razón está en otra parte, no en el dolor. En los ojos, probablemente, o en la sonrisa, pero no en el dolor. El dolor es la única muestra que me permites tener de que te quiero, pero no es el amor mismo. Quien renuncia a alguien sólo porque nunca podrá tenerlo no está haciendo otra cosa que reconocer la debilidad y la flaqueza de sus propios sentimientos.

Las circunstancias, en cualquier caso, son diferentes hoy de lo que fueron unos meses o un año atrás. El viaje que hice a Llanes para verte fue a la vez el tiempo más hermoso y más amargo que he vivido. Los días que siguieron a la vuelta fueron de una desesperanza enfermiza.

No soy capaz de comprender –estoy hecho de materia humana– cómo pude soportar aquello. Vivir exigía algo más que una mera decisión de hacerlo. Despacio, fui acostumbrándome a tu ausencia –como si hiciera falta acostumbrarse a algo que nunca fue diferente– y al sufrimiento que estaba escrito en ella. El dolor no fue distinto ni fue menor, pero aprendí a tenerlo. A fuerza de acostarme con él y levantarme con él, perdí la memoria de los días en que no estuvo. Aprendí a vivir contigo como se aprende a vivir con la muerte: su sombra nos oscurece, pero nunca nos detiene.

Incluso he llegado a admitir que, de alguna forma extraña y sucia, levantaré de nuevo mi vida. No todo lo cura el tiempo. Algunas cosas, y sobre todo algunas personas, permanecen mientras la memoria permanezca. Pero uno debe aprender a reemplazarlas si quiere seguir viviendo. Probablemente algún día yo también tenga que aceptar que alguien está donde quise que tú estuvieras. Sin embargo, será sólo una ficción que la vida me exige, un renunciamiento más. Tendré que seguir gastando el tiempo entre gentes mientras llega el día en que puedas leer esta carta; el único día que desde hoy me importa. Y en ese tránsito tendré que inventar amores y sufrimientos. Y dejaré parte de mis actos y de mis palabras repartidos en otras vidas. Tendré que seguir, en fin, administrando esto que te pertenece y que yo usufructo.

Todo cuanto pudiera hacer en beneficio tuyo sería hecho. Todo menos una cosa: dejar de quererte. Es seguramente lo único que esperaste de mí, pero es lo único que no estoy en disposición de ofrecerte. Como alguien dijo ya mejor de lo que yo sabría hacerlo, «entre la pena y la nada, elijo la pena».

La tristeza, como siempre, tiene muchas dimensiones. Una de ellas, la de tu silencio, es la que hoy se me parece más al espanto. Cuando dije que no esperaba nada de ti, en realidad lo esperaba todo. Jamás renuncié –aunque yo creyera hacerlo– a saber de ti y a escucharte una respuesta. Ahora, durante todos estos meses que he estado viéndote en el Ateneo y que he estado cruzando contigo saludos de compromiso, se añadió al dolor antiguo el dolor de la incertidumbre. No he sabido leer en tus ojos ni interpretar tu distancia. No he sabido discernir, entre las mil razones posibles, cuál era la que te separaba de mí definitivamente, la que te prohibía incluso la generosidad de una conversación. No sé si es el desprecio, la burla, la impotencia, el pudor, el resentimiento o simplemente la indiferencia. No sé si no lo hiciste por creer que yo no lo deseaba. No tengo, en fin, ningún gesto tuyo en el que fijar la tristeza.

Nunca supe nada de ti. El amor fue mucho más deprisa que el conocimiento. Ya antes de conocer tu nombre, todo estaba apostado y perdido. No fui queriéndote más a medida que iba sabiendo de ti, como ocurre en los amores razonables, sino que fui sabiendo de ti –poco, casi nada– arrastrado por el amor que me obligaba. Pero nada de todo esto conduce a sitio alguno. Nos empeñamos aún en que el amor lo mueve la bondad, y no es cierto.

164

Hay un verso exageradamente triste que he acostumbrado a repetirme en los momentos en que estabas lejos y la ausencia se volvía inconsolable: «Y yo sin ti y sabiéndote en el mundo». Recuerdo haberlo repetido decenas de veces en el trayecto de carretera que separa Celorio de Llanes cuando fui a buscarte el verano pasado. A partir de ahora tendré que repetirlo constantemente. Tendré que recordarme que en algún lugar del mundo, en el mismo instante en que pienso en ti, estarás emborrachándote en un bar o trabajando en una oficina o durmiendo o riendo con alguien o mirando el mar. «Y yo sin ti y sabiéndote en el mundo». Irás construyendo poco a poco tu vida, encontrando un trabajo, casándote, cruzándote con gentes nuevas, manteniendo rutinas que ahora no imaginas, educando a tus hijos. Te comprarás, probablemente, esa casa de Llanes con la que soñabas. Y saldrás a pasear por las tardes hasta el espigón. Y amarás a alguien. Y habrá amigos que te esperen a una hora fija para beber un vino y conversar. Y tendrás proyectos, y júbilos, y tristezas. E irás envejeciendo. Seguirás existiendo aunque yo no pueda verte. Estaré pensando en ti mientras tú vives, y, cerrando los ojos, trataré de inventar lo que haces y de escuchar lo que dices. Estaré sin ti, y sabiéndote en el mundo.

Ahora sé que el principio de esa ausencia está cerca y me asusta. Cada vez que te veo sé que puede ser la última. Cuando te levantas del pupitre y recoges los libros, trato de fijar la imagen en la memoria para poder recordarla siempre con la misma precisión con que recuerdo el momento en que te conocí. Habría bastado con una despedida, pero tampoco habrá despedida. Cuando te vayas, te irás callado, sin un gesto. Te irás como cualquier tarde, a la misma hora, con el mismo aspecto, arrastrando los pies igual que siempre. Sólo habrá una diferencia: que te estarás marchando para siempre.

Te voy a echar de menos. Supongo que es difícil de entender, pero ahora, cada tarde, tengo la tarea de ir al Ateneo y esperarte. Cuando te marches, no sé muy bien en qué voy a ocuparme. Seguiré yendo, sin ganas, a estudiar. Podré faltar algunos días sin sentir remordimiento por haberte perdido. Poco a poco, quizá, deje de ir y vuelva a otros sitios. En cualquier caso, el Ateneo es ya un lugar lleno de sombras. Si dentro de diez, quince o veinte años vuelvo a pisar la biblioteca, me sentaré en mi pupitre de hoy y me dedicaré, como ahora, a mirar el tuyo y a pensar que en un tiempo pasado estuvo allí, estudiando en esa oscuridad, un muchacho que tenía nombre de rey legendario. Pensaré que allí, en esa distancia de dos pupitres, fui escribiendo la más terrible historia de amor que me ocurriera.

Podría seguir toda la vida escribiéndote esta carta. Hay tantas cosas que quiero decirte y tantas formas diferentes de decirlas. Pero quizá sea oportuno ir concluyéndola. Es sólo la primera carta, las palabras de urgencia. La acompañarán, si las fuerzas no me fallan y la razón me deja, tantas cartas como años se sucedan en mi vida. Quizá no te haga falta abrir el resto. Dirán lo mismo. Serán el mismo testimonio de que, allá donde esté y haga lo que haga, sigo pensando en ti. No sé si algún día del pasado –del pasado del día en que leas esto, del futuro de hoy– habrás tenido la sensación oscura de estar solo. Espero que no, pero quiero que sepas que, si ha ocurrido, en ese mismo momento yo estaba pensando en ti. Y si ocurre en el futuro –en el futuro del día en que leas esto–, seguiré también, desde la profundidad de la muerte, con la sonrisa de un cadáver aún enamorado, guardando la memoria de tu rostro con el mismo dolor de no poder mirarlo.

Aunque te vayas, seguiré viéndote cuando mire el mar. Tenéis los mismos ojos. Y, entre tanto, debo guardar la fe en la Providencia y confiar en que en otra vida puedan cumplirse los sueños de ésta.

Que tengas suerte,

L.

No cumplí mi promesa, no escribí más cartas. Cuando volví al Ateneo, no me senté en mi pupitre para pensar en Arturo; la mayoría de las veces ni siquiera me acordé de él. Aprendí que el amor es desleal, que no puede pervivir sin alimento, que se compra o se vende fácilmente por las naderías de la vida. Aquél era un amor puro, tenaz, magnánimo, abnegado. Un amor de Camelot. Y Camelot no existió jamás.

VI. LAS PLEGARIAS ATENDIDAS

Durante todo ese tiempo no guardé castidad, pero tuve una actividad sexual menguada y timorata, lo que sin duda me salvó la vida. Mientras yo seguía creyendo, en los primeros años de la década de los ochenta, que mis sentimientos eran una enfermedad, otra enfermedad real estaba extendiéndose silenciosamente por todo el mundo. Los libertinos se contagiaron; los que disfrutaban sin rémoras de las delicias del sexo cayeron enfermos. Los otros, los puritanos, los malcarados, los contrahechos, los pudibundos, los atormentados y los platonistas como yo salimos indemnes de aquella batalla. Un hombre moribundo me dijo una vez: «Ten cuidado con las cosas que deseas, con las envidias que tienes.» Y a continuación repitió la frase de Santa Teresa de Jesús que hizo célebre en nuestro tiempo Truman Capote: «Se derraman más lágrimas por las plegarias atendidas que por las no atendidas.»

Ése es el destino paradójico: algunos de los que fueron más felices en aquellos años murieron luego de sida. Los que tuvieron cada noche un cuerpo junto a ellos, los que fueron amados o admirados, los que vieron eyaculaciones y sodomías, los que gozaron hasta sentir un éxtasis o una santidad: muchos de aquellos a los que yo deseaba parecerme fueron contagiados por la peste.

No tuve trato demasiado cercano con ningún muerto, pero conocí a algunos. En los años siguientes, cuando comencé a frecuentar las catacumbas nocturnas, Madrid vivía aún el apogeo de las plagas bíblicas de la época: el sida y la heroína. En todas las familias había un cadáver, y los predicadores de la moral alzaban la voz desde los púlpitos: «Mefistófeles siempre usa la ilusión de la libertad para comprar las almas.»

A menudo lo pienso aún: si en ese tiempo hubiera sido feliz, como quería, hoy estaría muerto. Y nunca tengo la certeza de qué prefiero.

En noviembre de 1986, poco después de confesarle a Arturo que estaba enamorado de él, conocí a Mario, del que ya he hablado. Su carta de respuesta a uno de mis anuncios exponía su expediente sin excesos retóricos ni distracciones: «Acabo de cumplir 26 años. Mido 1,70 metros y peso algo menos de 60 kilos. No frecuento los sitios de ambiente y tengo poca experiencia. Soy algo tímido y muy sincero. Absolutamente serio y discreto. Tengo estudios universitarios y trabajo. Vivo solo. Entre otras cosas, me gustan el cine, el teatro, la música, leer, viajar, etcétera. También me gustaría encontrar una amistad seria y estable.»

Le llamé y quedé con él. No era guapo, pero sus rasgos aniñados y su cuerpo frágil, sin músculos, me hacían sentirme confiado. Nos acostamos juntos varias veces. Luego dejamos de hacerlo, pero seguimos viéndonos. Él vivía muy cerca de mi casa, de modo que comencé a ir muchas tardes a visitarle y pasaba allí las horas muertas, conversando de lubricidades o de filosofía.

Mario fue una persona determinante en mi vida. Fue el primer amigo homosexual que tuve. Con Jesús nunca había llegado a mantener una relación mansa, afable, y a los chicos que conocía a través de los anuncios dejaba de verlos antes de lograr con ellos una intimidad suficiente. Hasta ese momento, por lo tanto, los tratos homosexuales habían sido para mí amorosos –siempre desoladores– o furtivamente sexuales. No había ningún recuerdo anodino o frívolo, no había ninguna camaradería en la que hubiera podido compartir con serenidad los límites del mundo y las reglas de juego de la vida. Tenía veinticuatro años y no había hablado jamás con nadie de coqueteos, de prácticas sexuales, de actores guapos, de dimensiones genitales o de anhelos románticos. Con Mario pude hacerlo por primera vez. Su apartamento se convirtió para mí en un refugio y una salvaguarda.

Mario era un individuo atormentado y extraño. Le atraían los niños pubescentes, de trece o catorce años, pero tenía suficiente control sobre sí mismo para no caer en el estupro. Su profesión lo hacía más meritorio: era profesor en un colegio y daba clases a chicos de esas edades. Únicamente se había acostado con un alumno, que por esa época, cuando yo le conocí, acababa de cumplir dieciséis años. Se llamaba Diego, tenía una cierta deficiencia cognitiva y había sufrido abusos sexuales por parte de su hermano mayor desde la infancia. Según el testimonio de Mario, había sido él, Diego, quien le había seducido. A veces venía por la casa y cenábamos los tres juntos.

Mario tenía otra gran pasión, que, curiosamente, no mencionaba en la carta que me escribió: el arte moderno. Gracias a él descubrí la obra de Mark Rothko, de Kandinski, de Klee y de los españoles de Cuenca –Fernando Zóbel, Gerardo Rueda y Gustavo Torner–, de los que tenía obras originales colgadas en las paredes de su casa. Iba a exposiciones insólitas –en mi opinión aldeana–, conocía bien el mercado del arte y tenía trato personal con algunos pintores célebres. Pasábamos muchas tardes discutiendo de tendencias artísticas y debatiendo encarnizadamente acerca de la supremacía del arte abstracto sobre el figurativo.

También gracias a Mario leí por primera vez a Thomas Bernhard. Poco después de conocernos, cuando todavía era incierto el tipo de relación que acabaríamos teniendo, me regaló su novela *Corrección*, que para él era una Biblia. En la primera página, caligrafiadas a lápiz por él, hay varias citas del libro: «Y así estamos siempre abrumados y jamás tenemos tranquilidad.» Y otra que algunos años después, si hubiera tenido el talento necesario, podría haber escrito yo mismo: «También es posible y muy probable ser feliz en el llamado conocimiento del dolor. [...] Escribir sobre la infelicidad suprema puede ser la felicidad suprema.»

Los personajes de Bernhard eran un espejo de Mario: desesperanzado, encerrado en sí mismo, pesimista, remordido por los rastros del pasado. Estaba siempre abrumado y jamás tenía tranquilidad.

A finales de 1986, cuando conocí a Mario, yo también estaba abrumado y vivía sin tranquilidad. Además de los amores contrariados con Arturo y de la continencia sexual forzosa, había completado ya mi ciclo universitario y tenía que tomar sin más prórrogas una decisión sobre mi futuro profesional. Las alternativas eran pavorosas. La más elemental era la docencia, que siempre ha sido una tarea desagradable y fatigosa para mí. Eso exigía encerrarme durante un año a preparar oposiciones y contemplar la circunstancia –inexorable en aquella época, cuando las competencias educativas eran todavía estatales– de mudarme luego a vivir a una capital de provincia o, si mi nota era mediocre, a un poblachón perdido de cualquier región de España. Tal vez si hubiera tenido una novia rubicunda y hacendosa, confiado en formar una familia, me habría complacido el empeño, pero en mi situación personal, con mi cuerpo aún de cucaracha y mi esnobismo culturalista, la vida en Soria o en Orihuela me habría conducido al suicidio. Mis amigos se habían ido fuera de España: Covadonga a Lisboa, Carlos a Pisa, Lola a Cagliari y Jesús, de quien seguía teniendo noticias intermitentes, a Heidelberg. Siguiendo su ejemplo, estuve a punto de irme a Seúl, en el otro extremo del mundo, donde habían ofertado una plaza de lector de español que tenía pocos candidatos, pero al final, asustado por la lejanía y por la soledad oriental, decidí quedarme.

En aquellos días me encontré por casualidad en un bar a una antigua compañera de facultad que, al acabar la carrera, había cursado un máster en el Instituto de Empresa de Madrid y estaba feliz con los resultados obtenidos. En aquella época, los másteres eran todavía una rareza y las escuelas de negocios resultaban aristocráticas y exóticas. Mi compañera –Mercedes o Mariana– había participado en procesos de selección para puestos que me parecían sugerentes y había recibido ya, incluso, alguna oferta laboral en firme.

Aquel horizonte me pareció más atractivo que el de la docencia en Pontevedra o en Seúl. El precio del máster era oneroso, exorbitante, pero mis padres, comprensivos, no pusieron ninguna objeción, sino, más bien al contrario, entusiasmo por mi voluntad. Algunos de mis amigos trataron de disuadirme, burlándose de mis competencias empresariales y de la desemejanza entre la filología y las fi-

173

nanzas. No escuché a nadie. Hice las pruebas de ingreso y fui admitido. En marzo de 1987, en el edificio primigenio que el Instituto de Empresa tenía en la calle María de Molina, comencé el máster.

Aquel año fue uno de los más intensos y laboriosos de toda mi vida. Iba a las clases y trabajaba luego hasta la madrugada resolviendo los casos prácticos en los que estaba basado el método pedagógico del centro. Después de haber pasado tantos años entre pronombres, fórmulas sintácticas, sonetos conceptistas y novelas de vanguardia, encontraba una fascinación especial en el análisis de costes productivos y en la mercadotecnia empresarial.

Una de las leyes inflexibles que trataban de inculcarnos los profesores era la de la oportunidad de negocio: un buen empresario debía estar siempre atento a las necesidades de los demás, a los servicios que el mercado no presta, a las carencias que hay en el tejido social. El primer ejemplo que nos ponían era el ya clásico de las tiritas para negros. Antiguamente sólo se fabricaban tiritas de color sonrosado, como la carne caucásica, hasta que un día un negociante inteligente –tal vez afroamericano– se dio cuenta de que para un negro sería mucho más discreto poder comprar tiritas del mismo color que su piel. Un descubrimiento sencillo que le convirtió en millonario.

La obligación básica del aprendiz de empresario, por lo tanto, era preguntarse siempre qué necesitan los demás o qué necesita uno mismo. Yo me hice con rigor esa pregunta y llegué a la conclusión de que los negros como yo, las cucarachas, necesitábamos amor. Gregorio Samsa necesitaba conocer a otras criaturas como él.

¿Puede venderse el amor empresarialmente? En puridad, no, pero puede venderse el método para conseguirlo. El método ya estaba inventado: había decenas de agencias matrimoniales en funcionamiento, pero ninguna unía a personas homosexuales. Sólo había que cambiar el color de la tirita y hacer que lo sonrosado se volviera negro.

Hablé de mi plan con Mario y con Roberto, otro de los amigos que frecuentaban la casa. Yo tenía el empeño y la instrucción necesaria –era capaz de hacer un plan de negocio con flujos financieros, acciones publicitarias y análisis de rentabilidad– y ellos, funcionarios, tenían el dinero suficiente para hacer la inversión de arranque.

Lo primero que hicimos fue elegir el nombre de la empresa, que sería, al mismo tiempo, la marca comercial. En aquellos tiempos –y aun ahora– lo extranjero ofrecía un sentido de la respetabilidad que lo nacional no tenía. Optamos por un nombre anglosajón que hiciera pensar que éramos la filial de una compañía internacional poderosa: T.H. Joyce España. Tenía sonoridad, era fácil de pronunciar y transmitía los valores que deseábamos: seriedad, experiencia y fortaleza.

Elaboramos una ficha de registro exhaustiva en la que el cliente hacía constar todos los datos precisos para establecer sus afinidades. En un primer apartado se recogían con detalle sus rasgos físicos: edad, estatura, peso, complexión corporal, color del pelo, color de ojos, vellosidad, tamaño del pene, etcétera. En el segundo apartado figuraban las características socioculturales, que el cliente podía en algunos casos ocultar: nivel de estudios, aficiones y hobbies, profesión, disponibilidad de vivienda, idiomas, estado civil, nivel de renta o ciudad de residencia. El tercer apartado indagaba en los gustos sexuales: penetración activa, penetración pasiva, sexo sin penetración, sexo oral, sadomasoquismo, etcétera.

Los tres apartados siguientes repetían las mismas preguntas, referidas ahora al hombre que deseaban encontrar:

¿de qué estatura, con qué dotación sexual, qué intereses vitales, qué ingresos, qué prácticas venéreas? La dirección de T.H. Joyce España recomendaba en el formulario cumplimentar estos apartados con la mayor flexibilidad posible, pues cuanto más rígidas fueran las condiciones impuestas, menos candidatos coincidirían con ellas.

Estas dos partes del cuestionario eran racionalistas: trataban de elegir para cada cliente a los candidatos que fueran afines a él, los hombres que respondieran al prototipo físico o social de sus preferencias. Pero como todo el mundo sabe que el amor es un asunto inaprensible, líquido, en el que no pueden establecerse criterios lógicos, creamos en el formulario un último apartado de aire new age, homeopático: el Test de Compatibilidad Emocional. Ese test era muy simple: había cinco listas de palabras y el cliente debía elegir una de cada lista. Las palabras eran escurridizas, no tenían una connotación clara. No pertenecían a grupos semánticos perceptibles, como *venganza, dolor* o *melancolía*, sino que buscaban la evocación y la resonancia neutra: *almendra, horizonte, pantalla, violeta* o *bolígrafo*. El cliente no podía guiarse por ninguna pauta coherente. No sabía qué elección delataría su ánimo colérico o su desidia existencial. Nosotros tampoco.

El Test de Compatibilidad Emocional era un embeleco, pero la actividad de T.H. Joyce España fue siempre honesta y buscó, además del lucro, la felicidad de sus clientes. Insertamos módulos publicitarios en el periódico *Segundamano* y en la revista homosexual *Visado,* además de numerosos anuncios por palabras en diarios nacionales como *El País* o *ABC.* Garantizábamos en ellos la mayor discreción y prometíamos el paraíso.

Había una tipología de homosexuales, como yo mismo, que aborrecían los bares de ambiente y deseaban encontrar a alguien con quien comprometerse sentimentalmente sin reservas. A esa clientela se dirigía T.H. Joyce España. Tuvo una vida corta: menos de un año. Cubrimos los gastos de la inversión –la impresión de los formularios, los costes de la publicidad– y ganamos algo de dinero, pero jamás llegamos a alcanzar el volumen de inscritos necesario para cumplir con el objetivo del amor. A muchos de los clientes no podíamos ofrecerles candidatos que reunieran sus exigencias. En aquellos tiempos, la computación doméstica era todavía excéntrica, pero Roberto tenía en su casa un ordenador y creó un programa rudimentario de bases de datos que nos permitía hacer los cruces científicamente. Los resultados eran desoladores, y a veces, para cumplir con nuestro compromiso empresarial, debíamos forzar las compatibilidades.

En aquellos meses de T.H. Joyce España, yo tuve la ambición de forjar una gran empresa y de ganar mucho dinero, pero tuve sobre todo el sueño –y por él la fundé– de encontrar un novio. En este sentido fue un fracaso. Ni siquiera llegué a conocer a alguno de los clientes. Ninguno de ellos eligió las palabras de la compatibilidad emocional que yo hubiera elegido: almendra, rompecabezas, reloj, mar, rascacielos.

Después de conocernos y de tener ese fugaz trato carnal, Mario y yo seguimos poniendo anuncios por palabras en las revistas y respondiendo a otros. Seguimos conociendo a chicos que buscaban, como nosotros, el amor eterno. Con uno de ellos tuvo lugar el enredo más rocambolesco que yo recuerdo. Un enredo cuyo desenlace cerró otra de las etapas de mi vida sentimental.

Un día Mario recibió una carta de un chico que le contaba, siguiendo la norma del género, cuáles eran sus gustos, sus aficiones y sus expectativas vitales. Se llamaba Eduardo y estudiaba Historia en la Universidad Autónoma de Madrid. Adjuntaba una fotografía pequeña, de carnet, en la que se veía un rostro afilado, de gesto borbónico, que tenía en las orejas separadas su mayor rasgo de identidad.

A Mario le impresionó esa carta. Entre la maraña de cartas vulgares y escritas con faltas de ortografía, ésa le pareció misteriosa y atrayente. Decidió, pues, responderla de inmediato, y empeñó en ello su mejor retórica. Eduardo le había advertido que vivía aún con sus padres (tenía veintiún años) y que no podía recibir en casa correspondencia comprometedora. Le proponía por ello que le hiciera llegar la carta a través de su prima Ana Méndez, que estaba al tanto de su secreto y no tenía control estricto en el correo.

Mario, obediente, le envió la carta a través de su prima. Pero Ana Méndez no existía. Era únicamente una invención instrumental de Eduardo, que, sabiendo que el portero de su edificio dejaba las cartas de nombre desconocido encima de los buzones, estaba atento para recogerla sin correr riesgos familiares. Lo había hecho ya dos veces con éxito. Llegaba la carta a nombre de Ana Méndez, el portero la dejaba a la vista de todos los vecinos y él, sin que nadie le viera, la cogía.

La tercera vez el portero se escamó y devolvió la carta. Mario la recibió de regreso en su apartado de correos con la marca postal correspondiente: «Desconocido en destino». Entonces sufrió un ataque de ansiedad. Tenía un carácter obsesivo, bernhardiano en su comprensión obstinada del mundo, y decidió luchar contra el destino. Sólo contaba con una carta de indicaciones vagas y una fotografía de tamaño carnet: con esas pistas, como un detective antiguo de los de Chandler, se puso a perseguir a Eduardo. Ser homosexual en aquel mundo era un trabajo hercúleo y a veces estrafalario.

Un día pidió permiso en el trabajo –dejó por lo tanto a los niños sin clase, o con un profesor suplente– y se fue a la Facultad de Historia de la Universidad Autónoma de Madrid. Allí, apostado en la entrada, espió la llegada y la salida de los alumnos, pero no vio a Eduardo. Fue entonces a la cabina de los bedeles y les enseñó imprudentemente la foto. Los bedeles, sorprendidos y quizás asustados, no le reconocieron. Mario no cejó en el propósito: violentando todas las reglas de la discreción, acudió a la secretaría de alguno de los departamentos y volvió a mostrar la fotografía. Inventó alguna excusa: que era un familiar al que tenía que localizar, que era un amigo al que debía devolverle libros prestados, que era un investigador que deseaba consultarle algunos asuntos bibliográficos. En ningún lugar supieron darle razón de Eduardo.

Mario regresó a Madrid con las manos vacías, pero no se rindió. Quizás habían devuelto la carta por un error, de modo que debía acudir al edificio de Ana Méndez para comprobarlo. Fue hasta el barrio de Prosperidad, buscó la casa en la que vivía la prima inventada de Eduardo y encaró al portero, que una vez más –sin duda intrigado– informó de que allí no vivía ninguna persona con ese nombre ni con nombres parecidos.

La desesperación de Mario fue colosal. Pasó varios días intentando entender el embrollo. ¿Sería falsa la carta de Eduardo? ¿Habría dado el nombre de otra carrera universitaria para no significarse mucho? Ninguna de las dos cosas parecía probable. Mario releyó la carta intentando encontrar alguna señal oculta, la puso incluso encima del vapor para buscar en ella un mensaje secreto. Exploró todas las posibilidades lógicas, y al final, sin saber con exactitud el mecanismo de la trama –o de la mentira–, llegó a una conclusión verdadera: Eduardo debía de vivir en el edificio en el que había dicho que vivía Ana Méndez. A continuación formuló una hipótesis probable en aquella España todavía clásica: el contrato telefónico estaría a nombre de su padre y Eduardo se llamaría como él. Abrió entonces la guía telefónica, buscó la dirección exacta y comprobó cuántos nombres de aquellos vecinos comenzaban por la letra E. Había tres. Si todas las premisas del razonamiento habían sido ciertas, en uno de esos tres números de teléfono estaría Eduardo.

A Eduardo le halagó aquella persecución policial y cayó rendido en los brazos de Mario. Mario, por su parte, tardó poco tiempo en darse cuenta de que ese muchacho alto y con el cuerpo desencuadrado no era el príncipe azul que había imaginado. Se acostaron juntos varias veces y luego siguieron viéndose ocasionalmente. Uno de los días coincidimos en la casa de Mario y yo le dije a éste, en un aparte, que me gustaba. Mario, generoso, tramó enseguida el celestinaje. Subimos los tres a la azotea del edificio para escapar del calor opresivo que hacía en el apartamento. Era el cuatro de septiembre de 1987. Estuvimos conversando durante un rato de las cosas de siempre. Luego, de repente, vimos a lo lejos una columna de humo gigantesca. Mario bajó a buscar una radio para poder enterarnos de lo que ocurría en el centro de Madrid. Mientras volvía a subir, besé a Eduardo por primera vez.

«Se están quemando los Almacenes Arias», dijo Mario con la radio pegada a la oreja. Nos quedamos allí, viendo cómo atardecía el cielo de Madrid sobre esa hilera de fuego.

Eduardo fue mi primer novio, aunque esa denominación, solemne, es seguramente exagerada. La relación duró alrededor de cuatro meses, quizá menos, y no tuvo nunca la

180

excelencia que se le concede al amor –ni mariposas intestinales ni fuegos de artificio–, pero para mí supuso otro Rubicón. Hice lo que hacen los enamorados: comprar regalos, pasar las tardes de los domingos paseando, hablar cada día por teléfono, imaginar viajes de verano a sitios remotos, guardar fidelidad y prometer un porvenir glorioso. Yo tenía veinticinco años y estaba viviendo lo que la mayor parte de los seres humanos vive a los dieciséis o a los diecisiete. Llevaba ocho años de retraso en la fermentación de mi personalidad. Mi corazón ya estaba como esas frutas que por un accidente climatológico no maduran a tiempo y se pudren o se quedan siempre verdes, sin coloración ni paladar.

Eduardo tampoco había tenido nunca una relación sentimental y arrastraba por tanto sus propias taras. Era amanerado de carácter, histriónico, y le gustaba repetir fastidiosamente dos o tres bromas personales que, festivas al principio, acababan siendo enojosas. Presumía, por ejemplo, de porte aristocrático y de apellidos ilustres –que no lo eran– y, al mismo tiempo, de alma socialista y libertaria. Hacía ostentación de sus manías, de sus extravagancias. Era pedante, esnob y atildado. Y hablaba de sí mismo a cada momento.

El egotismo es uno de los estigmas característicos de los homosexuales secretos, de esos hombres que, como Eduardo o como yo, vivieron su adolescencia encerrados en torres de marfil o en mazmorras aisladas. Cuando uno habla siempre consigo mismo, acaba confundiendo el eco de su voz con la voz de otros. Narciso –cuya homosexualidad no ha sido nunca suficientemente ponderada como metáfora de la soledad– creyó ver en el estanque el rostro de alguien que no era él. Pero era él.

La educación erótica que teníamos Eduardo y yo era de primates, y eso apresuró nuestra separación. En los gestos del coito se pueden distinguir transparentemente los vicios del alma, y Eduardo, reflejado en su estanque, inmóvil en su propio placer, ensimismado, llevó mi paciencia hasta los márgenes de la dignidad. Un fin de semana nos fuimos juntos a una casa rural de Pinilla del Valle que me prestó un amigo. Eduardo se llevó sus libros de historia y yo mis documentos financieros del máster, de los que no me podía separar, pero el propósito era pasar dos días románticos –un cielo de niebla, una aldea casi deshabitada– y voluptuosos. En la primera fornicación, sin embargo, vi entre mis manos a Narciso, que, después de su éxtasis, satisfecho, aflojó el abrazo y se apartó al borde de la cama para hacer bromas nobiliarias sobre el dosel que tenía. Yo, en la oscuridad, me quedé en silencio. Él tardó unos minutos en darse cuenta de mi resentimiento. «¿Qué te ocurre?», preguntó, y la pregunta, más que su desatención o su falta de ternura, me llenó de furia. Torres de marfil, mazmorras aisladas: yo no fui Narciso, sino Edmundo Dantés.

Desde ese instante dejé de hablarle. Pasamos los dos días en silencio, cada uno entregado a sus tareas: él leyendo las hazañas del conde-duque de Olivares y yo analizando las ampliaciones de capital de empresas hoteleras. Al regresar a Madrid le dije que no volveríamos a vernos.

No estuve jamás enamorado de Eduardo, pero puse la voluntad de estarlo. Necesitaba tener una biografía, y no hay biografía sin amoríos. Por primera vez en mi vida, alguien que me gustaba hacía el ademán de estar dispuesto a compartir conmigo la salud y la enfermedad. Y con eso bastaba, porque se estaba haciendo demasiado tarde.

VII. LOS DÍAS FELICES

Durante muchos años me negué a entrar en los bares de ambiente argumentando, con necedad, que todos los homosexuales que los frecuentaban eran unos degenerados disolutos con un solo propósito: la lujuria. Yo, en cambio, buscaba el amor. Ellos eran rijosos y yo era puro. Ellos eran inconstantes y yo era tenaz.

Las mejores predicadoras del machismo, como se sabe, han sido algunas mujeres, y los mayores paladines de la homofobia han sido, a lo largo de la historia, los homosexuales, instruidos en creencias ponzoñosas que, proclamadas por ellos, transmitidas de su propia voz, acreditaban más ferozmente las acusaciones de los inquisidores. Este libro es, en cierto modo, el inventario de mis arrepentimientos, de las mentiras que acepté con mansedumbre. Algunos deterministas creen que la libertad no existe, que actuamos siempre de la única manera en que podemos hacerlo tomando en consideración nuestro sistema nervioso, nuestro entorno cultural y las circunstancias exógenas del mundo. Si es así, nunca hay culpa y el arrepentimiento es sólo un acto ficticio. Pero si no es así, si queda al menos un margen de conducta guiada por la razón o por el albedrío, el arrepentimiento se convierte en un gesto de dignidad. En cualquiera de los dos casos, sin embargo, ese arrepentimiento, si es público, resulta provechoso para el futuro de los otros, de los que aún no han escuchado las mentiras.

Un viernes de aquellos meses –seguramente a principios de 1988– fui a casa de Mario para pasar la tarde con él. Estaba allí Roberto con un novio o un amante extranjero que tenía entonces. Cenamos juntos y luego fuimos a Barajas en el coche de Roberto para llevar a su novio o a su amante, que debía coger un vuelo a medianoche. Al regresar a Madrid, Roberto dijo que no tenía ganas de marcharse a casa y nos propuso ir a tomar una copa en un bar de Chueca. Yo me negué, y quizá repetí alguna de las monsergas sobre el amor y la promiscuidad que tenía aprendidas. Los homosexuales reprimidos y canónicos solíamos emplear un argumento de naturaleza social irrebatible: «Yo no quiero vivir en un gueto.» ¿Quién podía querer vivir en un gueto? Enseguida venían a la mente las imágenes de los judíos de Varsovia o de Lodz encerrados y despojados de su humanidad. Y aún más: el gueto era la antesala de la deportación, del hacinamiento en barracones, del hambre, de la cámara de gas. ¿Quién podía querer vivir en un gueto?

Aquella noche, regresando a Madrid, Mario se burló de mí y aseguró que él también tenía ganas de tomar una copa. Mantuvimos una riña apacible, impostada, y Roberto, sin buscar más consentimiento, enderezó el coche hacia Chueca y aparcó allí. «En realidad lo estás deseando», dijo Mario riéndose. Era verdad. Yo quería desde hacía mucho tiempo entrar en un bar de ambiente, pero necesitaba hacerlo en contra de mi voluntad. Necesitaba que fuera una imposición, que me obligaran a ello, que si algún día tenía que lamentar ese hecho, en el futuro, mi conciencia estuviera limpia de culpa. Entrar en un gueto a la fuerza, como los judíos, no es humillante; hacerlo con consentimiento, sí.

Caminamos, entre mis protestas, hasta la puerta del local que habían elegido Roberto y Mario, en la calle Luis de Góngora. Yo me quedé parado en la acera sin decidirme a entrar. Me temblaban las piernas y tal vez pensé realmente en irme. Porque, además de ideas morales engañosas y anticuadas, había una razón poderosa para que yo no quisiera entrar en un bar de ambiente homosexual: el miedo. Si alguien me veía allí, volvería a ser la cucaracha negra, la criatura que tiene una enfermedad inconfesable. Seguía avergonzándome de mí mismo y seguía creyendo que había una impureza en mi conducta, pero me aterraba, sobre todo, la delación. En el interior del bar podría encontrar a un vecino de mi edificio o a un compañero del Ateneo que fueran luego voceando a los cuatro vientos mi trastorno. La fantasía no tenía demasiada lógica, pues si yo me encontraba allí con alguien conocido era porque él padecía los mismos males, y no resultaba congruente, en consecuencia, que me denunciara. Pero todo razonamiento tiene su antítesis y sus fisuras: había algunos hombres heterosexuales que, acompañando a alguien, entraban en esos locales, y si acaso uno de ellos era mi vecino o mi compañero, estaba todo perdido. Otros simplemente pasaban por la puerta y podían verte entrando o saliendo del local: mi propio padre conduciendo el coche de regreso de algún sitio, mi hermana mayor, un profesor de la universidad que vivía cerca. Y aún más: había homosexuales desinhibidos, livianos, que tenían tendencia a la indiscreción y que podrían difundir nuestro encuentro en el bar con ánimo frívolo, sin intención de calumniarme ni de ponerme en una situación comprometida. La amenaza, por tanto, tenía una casuística cierta, y si cruzaba aquella puerta me enfrentaría a ella.

Siempre he repetido, en las circunstancias más variadas, la cita de Virgilio que encarece la audacia: «*Audentes fortuna iuvat*», a los osados les sonríe la fortuna. Pero la he repetido justamente porque mi temperamento es el contrario: melindroso, asustadizo, cobarde. Nunca me he atrevido a hacer cosas reprobables o inconvenientes, a contravenir la ley social. Mis actos heroicos han sido siempre confortables. No he arriesgado con ellos mi reputación, mi seguridad o mi vida.

El pub Rimmel es uno de los escasos lugares de ambiente homosexual que han sobrevivido con el paso del tiempo. En la entrada misma estaba la barra, serpenteante. La sala, pequeña, tenía dos apéndices: un cuadrángulo abierto, en el que había una gran pantalla donde se proyectaban vídeos musicales o pornográficos, y un cuarto oscuro, en el fondo, al que se accedía por una puerta camuflada en la sombra. Los cuartos oscuros, de cuya existencia casi legendaria yo había oído hablar, tenían en mi imaginación todas las atribuciones del infierno. Eran espacios cerrados, sin ventilación y sin luz, en los que los clientes del local entraban buscando sexo. Dentro, a tientas, encontraban algún cuerpo, lo desnudaban a medias y se satisfacían con él. Si entraba algún chico de belleza sobresaliente, enseguida tenía a su alrededor una turba de gente, salida de las sombras, que lo manoseaba y trataba de abrirle la bragueta. Otros, en cambio, los más feos o repulsivos, se quedaban aguardando una oportunidad, acechando a alguna presa frágil. No aspiraban a que nadie les tocara, sino a que les dejaran tocar. Años después, cuando me hice merodeador habitual de esos lugares, aprendí todos los códigos de comportamiento y establecí la clasificación tipológica de familias, castas, tribus y linajes de los feligreses, pero aquel día, mi primer día de homosexualidad pública, me escandalizó ver el tránsito constante de personas que iban y venían de las tinieblas.

No sé si entré en el Rimmel porque vencí el miedo o porque, al contrario, sentí el miedo mayor de ser descubierto por alguien conocido en la puerta, pero al final, empujado por Mario y por Roberto, que me confortaban de mis dudas, subí el escalón y crucé la línea. Tal vez si Julio César hubiera tenido que atravesar tantos rubicones, jamás habría llegado a Roma ni habría guerreado contra Pompeyo.

Ésta es, por supuesto, una de las sesenta secuencias de mi vida. Entré en aquel bar y vi a una multitud de hombres conversando a voces por encima de la música, riendo, bebiendo sin tristeza. El local era pequeño, de modo que, aunque estaba abarrotado, tal vez no había más de ochenta personas. Ochenta homosexuales al alcance de mi mirada. Ochenta homosexuales con los que podría –en mera hipótesis– acostarme, formar una pareja o cultivar una amistad predilecta e indestructible. Era la primera vez que veía a tantos homosexuales reunidos. El espectáculo –al margen de las consideraciones morales– era admirable.

Buscamos enseguida un hueco en el final de la barra desde donde no le dábamos la espalda a nadie y podíamos controlar visualmente la puerta de entrada y gran parte de la sala. Yo estaba aún temblando. Miraba hacia al suelo y trataba de taparme la cara con ademanes nerviosos. Mario pidió las bebidas. Me tomé mi gin-tónic de dos tragos y enseguida pedí otro. Fui examinando uno a uno a los parroquianos, pero no con propósitos lascivos, sino para asegurarme de que no había nadie conocido que pudiera identificarme. Tal vez con el tercer gin-tónic comencé a sentir el cuerpo relajado y a olvidar el miedo. Y entonces se produjo el principio de la revelación: aquello no era un gueto, sino el paraíso bienaventurado. Tardé aún mucho tiempo en admitir esto ante mí mismo, pero aquel primer día ya descubrí que lo que había dentro de esas madrigueras era sobre todo júbilo. Un júbilo a veces árido, desconsolado, malherido o seco, pero siempre avivado por el deseo de sobrevivir a la brutalidad del mundo.

No recuerdo cuándo volví a uno de aquellos bares, pero probablemente lo hice de nuevo en contra de mi voluntad, teatralmente obligado por Mario. La modificación de las conductas pertinaces es siempre parsimoniosa, y yo, además, tengo un temperamento bastante empecinado y soberbio, de modo que me resultó espinosa la rectificación.

Fue en ese tiempo, sin embargo, cuando comencé a acudir a algunos de los cines de flirteo homosexual que existían en Madrid. Ahí no había que buscar el amor, sino el desahogo sexual, la eyaculación intemperante, y para eso no necesitaba excusas morales. Tenía veinticinco años, y algunas tardes, abrumado por el peso seminal de la edad y cansado del onanismo sombrío, necesitaba la compañía oscura de alguien.

El cine Carretas era tan célebre y tan indiscreto –situado en el mismo centro de Madrid, a pocos metros de la Puerta del Sol, entre el bullicio de la gente– que no me atreví nunca a entrar en aquellos años de apocamiento y vergüenza. Era fácil coincidir en la calle, a la entrada o a la salida, con alguien conocido que pasara por allí de camino a los grandes almacenes o a una cita cualquiera, y como la clientela del cine era enteramente homosexual, sin ambigüedades de ningún tipo, habría resultado demoledor para mí tener un encuentro en esas condiciones.

El cine Montera también estaba en un lugar populoso, pero su clientela era más diversa. Además de homosexuales en celo, lo frecuentaban putañeros de poca fortuna que iban a arrimarse a las pajilleras de las últimas filas y espectadores desinformados que acudían por razones estrictamente cinematográficas. Los cines pornográficos, que se habían inaugurado en España pocos años antes, se convirtieron enseguida en centro de reunión sodomita, aunque las películas que se proyectaban en ellos era de una pureza heterosexual resplandeciente. Y había otras salas de la cartelera, cuyos nombres no puedo recordar, que podían ser visitadas sin temor a ser señalado públicamente como insecto. En una ocasión entré en un cine que había en los alrededores del Rastro –quizás el Odeón, en la calle Encomienda– para ver una película francesa que me interesaba. El patio de butacas estaba abarrotado hasta en las primeras filas, y yo, que había ido solo, me senté en un hueco que encontré al azar. A mitad de la película, mi vecino de la izquierda comenzó a acariciarme la pierna por debajo del abrigo que había extendido sobre sus rodillas. Yo sentí pánico, pero no la aparté y tuve una erección. A mi derecha había una mujer joven que atendía a la pantalla con un interés que yo habría deseado para mí. El hombre tenía pericia. Formaba capas de aire entre el cuerpo y los abrigos para poder operar en ellas sin que hubiera movimientos apreciables. Cuando tuvo la certeza de que yo estaba consintiendo su maquinación, abandonó la cautela de los muslos y enfiló directo a la bragueta, que pudo desabrochar rápidamente con tres quiebros de los dedos para alcanzar el trofeo que buscaba. Me masturbó sin que nadie, ni a su costado ni al mío, se diera cuenta de lo que estaba haciendo, y cuando fui a eyacular cubrió el glande con un pañuelo para mantener bajo control el semen y preservar la higiene. Ninguno de sus movimientos estaba improvisado. Se fue al final de la película, antes de que encendieran las luces. No pude verle.

Donde tuve mis mayores correrías fue en el cine Condado, que estaba en la calle Bravo Murillo, apartado del centro, y tenía una clientela separada: por una parte las familias del barrio, que acudían a ver la programación doble, y por otra los homosexuales en busca de enredos. A la sala se entraba por detrás de la pantalla, y en las dos terceras partes delanteras de las filas de butacas se sentaban las personas respetables. En las últimas filas estaban los bujarrones, que en su mayoría eran hombres añosos y poco agraciados. El acomodador, cómplice forzado de aquel mercadeo de carne, acompañaba a los espectadores recién llegados a un lugar decente. Después, cuando se marchaba, cada uno buscaba su territorio.

Yo, fiel a mis aprensiones, me sentaba en las filas decorosas y pasaba allí un rato, mirando la película con desinterés y atendiendo de reojo al fondo alborotado de la sala. Más tarde, cuando ya me sentía dispuesto, me levantaba sigilosamente e iba hacia atrás. Solía elegir una butaca del pasillo lateral para evitar las emboscadas y permanecer libre.

A mi edad aquellos lances eran fáciles. En cuanto me acomodaba en la zona de guerra, un hombre se sentaba a mi lado y rozaba con el dorso de su mano mi rodilla o mi pierna. Yo, conteniendo el sobresalto de la respiración —siempre idéntico, aunque pasara el tiempo—, fingía no enterarme de nada y seguía con los ojos fijos en la pantalla. Si el hombre era audaz, buscaba su botín sin aguardar mi consentimiento; si era más timorato o considerado, insistía durante algunos minutos y luego se marchaba.

Salvo en algunos casos extraños —que existieron, pero que no recuerdo con detalle—, yo me resistía a las pretensiones de los merodeadores. Como no eran galanes irresistibles, me gustaba aguardar una mejor oportunidad. A veces me dejaba sobar, indolente, pero cuando la faena comenzaba a desmandarse me cerraba toda la ropa abierta, me levantaba y me cambiaba de butaca buscando a algún príncipe azul.

En aquellos cines no había príncipes, y los pocos que había –algunos jóvenes desorientados y lánguidos– no andaban a la caza, sino, como yo, a la espera de ser cazados. Enseguida venía junto a mí otro hombre y comenzaba de nuevo a insinuarse, a mover sus dedos sobre el pantalón, a abrirme los botones, a masturbarme.

Eran tardes largas. La excitación y la desesperanza de encontrar pretendientes seductores –el patio de butacas empezaba a despoblarse y el ajetreo se sosegaba– iban ablandando mi resistencia y acababa entregándome a quien por azar llegara en el momento conveniente. En ocasiones se arrodillaban en la butaca de al lado para hacerme una felación. Yo me quedaba quieto. Nunca correspondía con placer al placer. Sabía que mi carne todavía joven tenía ese precio, y seguía pensando, además, que, salvo en el amor, yo no había contraído ninguna obligación de satisfacer a nadie.

Tal vez eran tardes sórdidas, y la escenografía que puedo describir parece certificarlo así: las eyaculaciones desbocadas en el suelo de un cine, logradas de mano de un desconocido sin nombre; el avergonzamiento y la culpa; el regreso a la calle, ya apagada y fría; el paseo hasta el metro con las solapas del abrigo subidas y el cuerpo encogido; el viaje solitario; la vuelta a casa para recomenzar los mismos sueños. A pesar de todo eso, tengo de aquellas tardes un recuerdo más bohemio que sórdido. Fue mi periodo de formación en un ejercicio que considero exquisitamente humano: la experiencia erótica proscrita y reprobada; la sexualidad torcida. Sólo en él se puede descubrir la hondura verdadera de lo que fingimos ser y de lo que en realidad somos.

A lo largo de aquellos años había mantenido con Jesús un trato intermitente y vaporoso. Nos encontrábamos de vez en cuando en la calle, teníamos noticias el uno del otro a través de amigos comunes o –más extrañamente– nos llamábamos por teléfono o intercambiábamos cartas. En 1986 él se había ido a Alemania a estudiar uno de los cursos de la carrera, y desde allí, desde Bremen, me escribió una carta en la que daba por zanjados sus propósitos vanos de encontrar una mujer con la que casarse y en la que me contaba, con una candidez conmovedora, la pérdida de su virginidad en la cama de Xavier, el chico que había conocido en Torrevieja durante el verano de mi tormentoso amor: «Fui a París a acostarme con Xavier. Ocurrió varias veces en los dos o tres días que estuve allí. Sin embargo, en honor a la verdad, debo decir que la experiencia me ha dejado un tanto *ratlos* (literalmente "sin consejo", "desorientado"). Aquello consistió en una serie de abrazos y besos seguida de una masturbación mutua (perdona la bestialidad de la expresión) que, si bien fue muy placentera, no me dejó completamente satisfecho. Yo pensé que *aquello* iba a ser de otra forma. Supongo que lo había idealizado tanto, tras la larga espera, que era imposible que la realidad y el deseo se emparejaran. En todo caso, me ha quedado una pregunta sin contestar: ¿por qué no hubo penetración? ¿Será el temor al sida o será que los franceses lo hacen así? ¿O tal vez Xavier pensó que para la primera vez con eso era suficiente?»

Casi dos años más tarde, después de acabar la carrera, volvió a marcharse a Alemania para preparar el doctorado y terminar de aprender el idioma. Allí conoció a Markus, de quien me fue hablando en cartas escritas desde Heidelberg: «Las cosas con Markus van de bien en mejor, con los límites de la insatisfacción permanente. Creo que empiezo a comprender alguno de tus estados de ánimo. Estoy más enamorado de lo que nunca creí posible. Ahora no tengo ninguna duda de lo que quiero. Lo noto en que el sexo, siendo fundamental, no me avasalla, y la ternura me resulta aún más satisfactoria.»

Jesús, sin embargo, no había cambiado de naturaleza –nunca se cambia del todo a partir de los quince años–, y aquel amor era sólo una ilusión de la voluntad. Un mes después me volvía a escribir con otras noticias: «Acabo de volver de París, donde he estado una semana con Markus. No ha sido maravilloso. Comprendo ahora del todo tu teoría acerca del estado de insatisfacción permanente. He renunciado a analizar mi relación con Markus. No sé cuánto y cómo le quiero. No sé si estoy enamorado, aunque me gusta estar con él.»

Aquellos lazos epistolares en los que nos contábamos sin reparos la intimidad (él me preguntaba en alguna de sus cartas por chicos a los que no recuerdo y me daba consejos petulantes sobre mis sentimientos hacia Arturo) fueron creando entre nosotros una relación distinta, más serena y desapasionada. El tiempo había pasado y no quedaban recelos ni grandes emociones. Yo no sólo había dejado de amarle, sino que me preguntaba a menudo cómo había podido llegar a hacerlo y me examinaba a mí mismo –en esto sí– de un modo clínico, como si fuera un enfermo que ha padecido algún trastorno de la personalidad. En esa nueva circunstancia, nuestro trato volvía a ser propicio. Seguíamos compartiendo el gusto por la pedantería (aunque él excediera cualquier medida en este aspecto) y la sensibilidad de réprobos y malditos.

Cuando regresó definitivamente a Madrid –debió de ser a finales de 1988 o a principios de 1989–, volvimos a vernos con cierta frecuencia y nos convertimos en confidentes uno del otro. En los últimos seis años nuestra vida había cambiado mucho. Habíamos dejado de ser jóvenes estudiantes y teníamos un trabajo –Jesús en la universidad, dando clases, y yo en el departamento de marketing de una editorial importante– que nos daba solvencia económica suficiente. Él iba a mudarse a un piso con algunos de sus amigos de facultad y yo había empezado también a mirar casas para independizarme. Ninguno de los dos pensaba ya en encontrar una novia que le redimiera de la soledad ni en formar una familia llena de hijos rubicundos. Teníamos aún las heridas del estigma y la vergüenza secreta de ser demonios, pero no había ya tumefacción ni quemadura, no había escondimiento: tanto él como yo soñábamos con un hombre que nos quisiera y con sodomizaciones jubilosas.

Un día quedamos para ir juntos al cine o para cenar, y al final, cuando la película acabó o cuando terminamos los postres, Jesús me propuso tomar una copa en un bar de ambiente homosexual –él los llamaba «bares de maricones», para exorcizar la deshonra– que le habían recomendado unos amigos. Yo me dejé guiar con docilidad. El lugar se llamaba Metal y estaba en la calle Hortaleza, a pocas manzanas del bar al que había ido con Mario la primera vez. Era un local alargado, con la barra en la parte derecha y una pequeña pista de baile al fondo, donde estaba también, en un voladizo, la cabina del disc-jockey.

De aquella primera noche, que quizás he mezclado con otras noches, tengo recuerdos felices. Llegamos dema-

194

siado pronto, cuando aún no había apenas gente, y estuvimos bailando de una forma alocada la canción de Madonna «Like a Prayer», que en aquel momento era la banda sonora del universo entero y que el chico que pinchaba la música –de quien me fui enamorando silenciosamente en los siguientes meses– repetía una vez tras otra para llenar la pista.

Volvimos a la semana siguiente y ya no dejamos nunca de volver. Yo comencé poco a poco a tomar dominio del territorio y a perder el miedo. Seguía vigilando los lugares con precaución, pero ya no me aterraba encontrar allí a alguien que pudiera delatarme. Empecé a tener una vida parecida a la que la gente normal tiene a los diecisiete o los dieciocho años: irresponsable, imprudente, aturdida. Bebía mucho, buscaba el trato de los extraños, me dejaba arrastrar por las corazonadas, disfrutaba del ruido, participaba en bailes y pantomimas, hacía alarde de frivolidad y gastaba las noches en blanco hasta que el cielo de Madrid comenzaba a clarear.

Una de aquellas noches en las que salí con Jesús, conocimos a una chica muy joven que se llamaba Margarita y que frecuentaba los bares homosexuales en compañía de algunos amigos casi imberbes. Nos pusimos a hablar con ella de insustancialidades y trabamos una de esas amistades inmediatas que encuentran amparo siempre en la noche. Nos presentó a Héctor, de cuya belleza bruta Jesús y yo nos encaprichamos inmediatamente. Era un adolescente de cuerpo menudo y tenía el encanto silvestre del suburbio: un rufián sin cultura. Fuimos los cuatro juntos a otro local y seguimos bebiendo. A las tres de la madrugada, en el éxtasis de esa camaradería irrazonable, hecha contra natura, alguien lamentó –con palabras menos exquisitas– que el tiempo diera al traste con la noche y que aquella ventura en

195

la que estábamos fuese a terminar. «Vámonos lejos», dijo Jesús. «Al mar», dije yo. Margarita y Héctor, que no tenían dinero ni imaginación para los desafíos, se rieron. Seguramente bebimos otra copa y seguimos bailando durante un rato más, pero al final, en esa celebración postergada de la juventud en la que Jesús y yo estábamos enfrascados, redoblamos la jactancia y emprendimos el viaje.

Había empezado a amanecer cuando salimos de Madrid en el coche de Jesús rumbo a Sitges, un destino que habíamos elegido apresuradamente por su leyenda gay. Era sábado, estábamos cansados por la semana laboral (yo había dormido apenas un poco de siesta en la tarde del viernes) y llevábamos en la sangre el alcohol de toda una noche de alboroto, pero a pesar de ello enfilamos la carretera con decisión. Llegamos a Sitges a la hora de la comida y buscamos un hostal barato para alojarnos. Alquilamos tres habitaciones: una para Jesús, otra para mí y la tercera para Margarita y Héctor, que pagamos también nosotros. Luego fuimos a comprar un bañador para Héctor, que tenía roto el suyo, y Jesús y yo, baboseando, le ayudamos a elegir en los probadores, sin atrevernos a tocar ni el aura de su cuerpo casi desnudo.

El fin de semana lo pasamos separados. Jesús y yo fuimos a pasear por la playa, cenamos en una terraza del paseo marítimo y recomenzamos luego las correrías de la noche en los bares de ambiente homosexual, que estaban llenos de extranjeros. Él se acostó con un italiano desencajado y feo; yo regresé al hostal exhausto, borracho y desamparado.

Aquellos días de excesos y abundancia, aun con ser tan inocentes, me traían a deshora una juventud y una prosperidad perdidas. El alcohol, las canciones y la fraternidad noctámbula me calmaban de los males que seguían afligiéndome fuera de allí. Esa red de catacumbas que estaban en el barrio de Chueca se convirtió poco a poco en mi hogar, en la patria que jamás había tenido hasta entonces. No encontraba casi nunca amantes –mi insignificancia de ánimo, mi vergüenza, mi poca apostura–, pero soñaba cada noche con hacerlo, y tenía ahí, en la punta de los dedos, los rostros de chicos deseables y dispuestos. Seguía pensando, en el fondo de mi conciencia, que los frecuentadores de aquellos bares eran libertinos de alma purulenta y que allí, por lo tanto, no iba a encontrar nunca el amor, pero me bastaba ya con encontrar la delicia.

En *Los amores confiados*, la novela que escribí muchos años después para contar un episodio de mi vida amorosa, hablé de aquellas noches impetuosas: «Puedo asegurar que jamás he sido tan feliz como en aquellos tiempos en los que salía a buscar aventuras, amantes y quimeras. Al entrar cada noche en los clubs y en las discotecas sentía una euforia muy dulce, como la que producen algunas de esas drogas suaves que no alteran el entendimiento sino las emociones. Me ponía a mirar a la gente que estaba allí, bebiendo o bailando entre el bullicio, y empezaba a imaginar entonces que esa noche me ocurrirían por fin grandes cosas y que mi vida, a partir de ese momento, sería como siempre la había deseado. Mientras dura la juventud podemos creer todavía que nuestra voluntad se cumplirá inexorablemente o que el destino, trazado por grandes acontecimientos imprevistos, nos convertirá en hombres admirables. Ése es, entre muchos defectos, el único don que tenemos entonces: somos estúpidos, caprichosos, impacientes, engreídos, inconstantes y zafios, pero en nuestra vida todo puede pasar aún, y eso nos hace casi invulnerables.»

Aquellos años tristes, en efecto, fueron quizá los más felices. Tristes y felices no en instantes sucesivos, no en días diferentes, sino en el mismo acto. Ése es uno de los grandes misterios que nunca he sabido resolver: el reverso de los sentimientos, la duplicidad del tiempo; la capacidad del ser humano para encontrar la dicha donde sólo hay desdicha. Algunos sociólogos, filósofos y psicólogos de la conducta afirman que lo esencial en el juicio de la vida no es la tintura de los acontecimientos, sino la intensidad con que se viven. Lo importante, según esa teoría, es permanecer constantemente en el límite, en el exceso. Tener siempre el corazón reventado por alguna causa, gozosa o infausta.

Yo, que tengo una inequívoca propensión a la rabia, un carácter colérico y justiciero, no sentí ningún resentimiento social por todo lo que me había ocurrido. Sabía ya que no estaba enfermo, que no era un insecto, que no merecía el agravio ni el castigo, pero no me atrevía a culpar a nadie de la indignidad por la que había pasado y del apartamiento en el que seguía viviendo. Me enfurecían el hambre en el mundo, la guerra, la desigualdad, la beatería, el abuso económico y la opresión de los pueblos. Defendía la desmilitarización de Europa, la liberación de Palestina, el fin del comunismo soviético, el laicismo del Estado o la legalización del consumo de drogas. Maldecía a Margaret Thatcher, a Ronald Reagan, a Juan Pablo II, a los nacionalistas vascos y a Fidel Castro. La causa de los homosexuales, sin embargo, no me conmovía. No creía que hubiera arbitrariedad ni desafuero, que aquellos que escarnecían o humillaban –con chistes denigrantes, con miradas burlonas, con comentarios irrespetuosos– cometieran ningún yerro demasiado importante ni tuviesen responsabilidad sobre la malaventura en la que yo vivía. Aquella segregación, a mis ojos, era inevitable. Tal vez no justa, pero sí forzosa. Yo me conformaba ahora, después de todos los años de adolescencia apocalíptica y de los desvaríos posteriores, con poder llevar una vida secreta plácida y satisfecha. No tenía problemas familiares –la relación con mis padres había entrado en una etapa más calmada–, nadie hablaba de mí con disgusto ni desprecio, disfrutaba de los placeres de la noche y tenía una vida sexual discretamente aceptable. Con eso daba por cumplida la justicia. Soñaba, como siempre, con encontrar un hombre al que amar para el resto de la vida, pero dentro de ese sueño no cabía el hecho de que conviviéramos juntos y celebráramos públicamente nuestra relación: imaginaba –si acaso imaginaba algo con tanta precisión– que cada uno tendría una casa, que nuestros objetos estarían separados, que sólo algunos amigos cercanos sabrían toda la verdad de nuestro trato, que la mayoría de las noches yo dormiría solo. Y esa idea no me impacientaba ni me causaba indignación.

En los bares había ido conociendo a otros chicos, con los que establecí una amistad de circunstancia, utilitarista, fundamentada en la diversión y en la cacería sexual. A veces, cuando Jesús estaba fuera de Madrid, yo quedaba con alguno de ellos para salir por la noche. Reapareció también en mi vida Eduardo, con el que me encontraba a menudo en los mismos bares. Y algunos de los chicos a los que seguía conociendo sin descanso a través de los anuncios por palabras me acompañaban en ocasiones a hacer la ronda y compartían conmigo las delectaciones de las sombras.

A finales de 1989 ocurrieron dos cosas trascendentales: me despidieron del trabajo en la editorial, por pusilánime, y recibí varias ofertas para publicar mi primer libro de cuentos. Por aquel entonces ya había empezado a escribir una novela sobre la vejez descarriada del Tadzio de *Muerte en Venecia*. Un amante de Eduardo, que era escritor y que había tenido un cierto éxito en la comunidad homosexual, le había dado a leer un manuscrito que reconstruía la vida perversa del adolescente creado por Thomas Mann. Eduardo me contó el hilo principal del relato y yo me di cuenta enseguida de que en el estambre de esa historia estaban todos los asuntos humanos de los que yo quería ocuparme literariamente: la caducidad de las pasiones, el envilecimiento del sexo, la decadencia y, sobre todo, la exaltación de la belleza. Sin ningún miramiento, me apropié de la idea y comencé a darle forma narrativa. En ese proceso de escritura estaba cuando recibí la noticia de que los cuentos que había enviado a varias editoriales para su consideración serían publicados. Entonces –tal vez creí que había llegado mi momento de gloria– decidí alquilar un apartamento y encerrarme en él durante un mes para terminar de escribir la novela.

Una noche, pocos días antes de que me mudara al apartamento, me encontré con Eduardo en Cruising, uno de los bares más escabrosos de la ruta nocturna que yo hacía. Tenía dos plantas y una luz penumbrosa y sucia. En el sótano había una pista de baile y dos cuartos oscuros casi siempre abarrotados de gente. La parroquia era diversa: chicos afeminados, muchachos esplendorosos, hombres recios, jayanes y señoronas. A mí me gustaba por su sordidez, por la brutalidad de todo.

Eduardo se acercó a mí, me saludó con su amaneramiento característico y me dijo que quería presentarme a uno de sus amigos. Estábamos en un extremo de la barra, apartados del tumulto de gente. Se dio la vuelta e hizo una seña. Entonces alguien parecido a un geniecillo de cuento de hadas se acercó a donde estábamos, dio un brinco y se sentó sobre la barra con las piernas cruzadas. Tenía unos calcetines de arcoíris y sonreía enseñando los dientes como los dibujos animados.

–Es Toni –me dijo Eduardo–. Estudiamos juntos en el colegio.

Toni era menudo, atildado y risueño. Su rostro me inspiraba ternura, y su conversación, vivaz, incontenible, me cautivó ya desde ese primer día. Seguramente hablamos de cosas sin sustancia, pero encontramos enseguida la afinidad de las palabras y la felicidad de la risa.

Volvimos a vernos al día siguiente y a la semana siguiente. Yo le regalé mi libro de cuentos y él me regaló una cinta con canciones que había elegido para mí. Una de esas noches primeras, después de beber y de bailar juntos en varios bares, me llevó en su coche al apartamento que yo había alquilado para terminar de escribir con tranquilidad la novela sobre Tadzio. Durante el trayecto fui pensando las palabras que debía decir para invitarle a que subiera: algo ingenioso, audaz, que no dejara lugar a los equívocos ni moviese a la vergüenza. He tenido siempre una incapacidad sobresaliente para el cortejo. Pocas veces me he atrevido a confesarle a alguien que me sentía atraído por él y que deseaba, de uno u otro modo, continuar el trato. El miedo a ser rechazado –que tal vez sea una forma sofisticada de orgullo– me paralizaba completamente. Trataba de dar señales de complacencia, mostrarme dispuesto, facilitar el camino, pero era incapaz de tomar la iniciativa. Aquel día, sin embargo, me propuse hacerlo, y cuando Toni detuvo el coche en la puerta de mi apartamento le pregunté si quería quedarse a desayunar conmigo. Era muy tarde, pero aún no clareaba. Él dijo que no. Dijo que estaba cansado, que había tenido una jornada dura, que al día siguiente debía madrugar. Yo había creído que Toni sentía hacia mí la misma curiosidad erótica que yo sentía hacia él, pero aquella respuesta me desengañó. Mucho tiempo después, cuando Toni me confesó que estaba o que había estado enamorado de mí, le escribí en una carta lo que recordaba de aquel día: «Cuando te invité a subir a mi apartamento de la calle Juan Bravo, hace ya cinco años y medio, lo hice para acostarme contigo. Dijiste que no y yo escribí ya mi historia. Los amigos de entonces, además, hicieron su trabajo. Me apartaron de ti. Sus consejos y sus prevenciones fueron haciendo la mella que quizá no deseaban, pero a la que soy propicio. Luego llegó Enrique. Luego vino la amistad, la mejor que he tenido nunca, y aquellos primeros instintos venéreos quedaron sepultados bajo la mancha del incesto.»

Algunos de mis amigos, en efecto –Jesús sobre todo–, mostraron su desdén carnal hacia Toni, y yo, que era muy influenciable, acabé convenciéndome de que no merecía la pena pretenderle como amante. Después comencé un noviazgo liviano con un chico que se llamaba Enrique y, aunque duró poco, me distrajo aún más de mis intenciones. Entre tanto, Toni y yo nos habíamos convertido en hermanos inseparables (o en *hermanas,* según la jerga homosexual), y yo olvidé para siempre la posibilidad de tener una aventura sentimental con él.

La carta continuaba con violencia: «Perdona que lo escriba con esta simplicidad cruel, que ahora quizá te haga daño: si aquel día hubieras querido aparcar tu coche y subir a beber un vaso de leche en mi apartamento, seguramente habríamos llegado a ser novios. Eso no quiere decir que las cosas hubieran sido mejores. Yo, por mi parte, tengo la certeza de que habrían sido mucho peores. Siempre, después, he tenido esa certeza. Tal vez porque te he querido tanto que no podía imaginar que otro modo de quererte hubiera podido ser mejor.»

Toni ha sido quizás el mejor amigo que he tenido nunca. Con él –y gracias a él– atravesé los últimos rubicones de mi inacabable viaje hacia el sur o hacia el norte de mi propia conciencia. Con él aprendí a sentir rabia y a distinguir, como un entomólogo experimentado, las distintas clases de insectos. Y con él, sobre todo, viví los años más salvajes y confiados de mi biografía.

En 1990 salíamos todas las noches, de lunes a domingo, y a menudo acabábamos muy tarde, cuando cerraban los locales. Él estaba trabajando en la universidad, pero tenía un reposo de insomne y se conformaba con dormir cuatro o cinco horas cada noche. Yo, despedido de la editorial, no tenía oficio ni beneficio, y pensaba sin mucho disimulo que aquella vida callejera y noctívaga, de modelo bohemio, desordenada, inmoral, malsana, era literariamente provechosa. Me convertí en un murciélago. Me levantaba a mediodía, almorzaba casi antes de desayunar, trabajaba por la tarde en mi novela y salía después de casa para encontrarme con Toni en algún bar de Chueca. A menudo cenábamos en un figón de medio pelo que había allí cerca o en una hamburguesería, y luego, según el día de la semana que fuera, comenzábamos la ronda de noche en uno u otro lugar.

Nos conocían todos los camareros, nos dejaban entrar saltándonos las colas y los controles, nos invitaban a las copas, nos contaban las nuevas noticias o los comadreos –romances, disputas, separaciones, adulterios– y nos dejaban permanecer dentro del local cuando ya se había cerrado. Había sobre todo dos bares en los que teníamos nuestro reino: Metal, donde yo había empezado a ir con Jesús, y Dúplex, que estaba al otro lado de la calle y comenzaba a llenarse de gente más tarde, a las dos o las tres de la madrugada. Allí pasábamos horas bebiendo, tratando de conquistar a algún muchacho descuidado y hablando de los enredos de la vida con los parroquianos. Yo tuve durante mucho tiempo el propósito de escribir una gran novela de aquel territorio mágico. *La Comedia Humana* homosexual, un libro en el que se entrecruzaran esos personajes que iba conociendo noche tras noche, en el que se desvelaran los amores amargos, las infidelidades, las ambiciones inmoderadas, las ilusiones rotas, el desamparo, la crueldad del paso del tiempo y la soledad insolente. En aquellos lugares llegué a conocer a individuos de todo tipo y supe de sus vidas. Un hombre añoso que seguía aguardando el regreso de un amante que le había abandonado hacía décadas, un adolescente que se travestía al salir de casa de sus padres, un aldeano que había escapado de la asfixia de su pueblo castellano, un muchacho que tenía una enfermedad incurable y a pesar de ello seguía buscando el amor imperecedero, un oficinista anodino que se drogaba hasta reventar y conquistaba las pistas de baile, un loco de rasgos desdentados que entraba en los cuartos oscuros para hacer felaciones a quien se lo pidiera, un banquero que deseaba encontrar a un secretario personal de amplias funciones o un joven extranjero –alemán, británico– que mantenía tres relaciones simultáneas estables y una miríada de ellas pasajeras.

Ese mundo de candilejas nocturnas llegó a fascinarme con tanta intensidad que durante un tiempo quise cambiar de profesión y ser camarero allí, en alguno de los bares que recorría día tras día. En alguna ocasión, en el Dúplex, nos dejaron a Toni y a mí entrar detrás de la barra a servir copas, y lo hicimos con exultación. Deschapar botellas, contar las piedras de hielo necesarias para un gin-tónic, añadir la rodaja de limón, calcular la dosis del alcohol destilado, mezclarlo todo y remover suavemente. Y luego la ceremonia de llevárselo al cliente y conversar con él: un confesionario sentimental que ni el de Elena Francis –suspendido de emisión en 1985– podía emular. Allí, en la barra, se descubrían los rencores reprimidos, los agravios inconfesables, las venganzas ejecutadas, las manías sexuales, los amores en curso o en decurso y la laberíntica red de deseos, pasiones, esperanzas y fracasos que anudaban los comportamientos de los protagonistas. Una maraña de corazones y de vergas regida por el azar.

Con algunas de esas personas llegué a tener una amistad de conveniencia, perecedera y frágil. Con otras tuve devaneos sexuales o amoríos efímeros. Aquél era un territorio insular, ardoroso, una especie de Camelot alumbrado por una luz de medianoche perpetua. No es fácil comprender la vida de un vampiro si no se ha sentido alguna vez esa desesperanza –o ese pánico– que llega siempre a la hora del amanecer, cuando todo vuelve al orden y a la refulgencia.

Casi todas las noches –no quiero idealizar aquellos tiempos– eran lastimeras, pero a pesar de ello duraba la buenaventura mientras duraba la oscuridad. Yo roía como siempre la tristeza: no encontraba ningún amante o perseveraba en deseos torcidos, me abrasaban el sabor del alcohol excesivo y el gusto sucio del tabaco, me molía a veces el cansancio de la vigilia o del baile. Entre aquellos muros negros, sin embargo, nunca me faltaba la alegría.

En esos años inicié un hábito pernicioso: mirar la belleza de los otros y soñar con la vida que tendría junto a ellos. Me gustaba quedarme en el borde de la pista de baile, prender un cigarrillo y observar a algunos chicos que bailaban o que aguardaban algo. Eran criaturas elegidas, seres terribles. Ahora que estoy cerca de la vejez sigo creyendo que la única edad que tiene sentido existencial es la juventud. Si acaso es cierto que poseemos un cuerpo y un espíritu separados –o un cuerpo y una conciencia, en terminología menos mística–, resulta evidente que envejecen a ritmos muy distintos: cuando la carne está ya desfigurada por el curso de los años, el pensamiento sigue todavía inmaduro, candoroso, sin forma cierta. Tenemos estrías y colgaduras en la piel pero creemos aún en la bondad humana, en la justicia o en el amor eterno. No hay camino de perfección, no hay mejoramiento. En la madurez somos igual de necios y de crueles, tenemos la misma impaciencia y los mismos vicios –a veces más–, pero hemos perdido el resuello, el vigor y la belleza. El resto de las bellezas son sucedáneas, inventadas para no morir. Y aun así morimos.

El hábito pernicioso e indeseable no era, en cualquier caso, el de mirar a los chicos sobresalientes, sino el de representarme el destino o el porvenir a su lado; el de calcular la fiereza que tendría la tempestad en las costas de California o de Japón si mi mariposa aleteara suavemente en los brazos de alguno de ellos. ¿Qué habría ocurrido si una noche yo me hubiera atrevido a acercarme a uno de esos chicos a los que miraba obsesivamente? ¿Qué habría ocurrido si me hubiese encontrado con alguno de ellos en una reunión de amigos, en el supermercado de mi barrio o en un tren de larga distancia? ¿Habría quedado desplazado definitivamente de su rumbo el eje de rotación de mi vida? Los actos insignificantes son los que determinan la médula de todo. Es un principio literario insoslayable.

Rustin Cohle, el personaje que interpreta Matthew McConaughey en la serie *True Detective*, le dice a su compañero cuando éste le pregunta por sus creencias religiosas:

«Creo que la conciencia humana es un trágico paso en falso dentro de la evolución. Nos volvimos demasiado conscientes. Somos criaturas que, según la ley natural, no deberíamos haber existido. Somos cosas que operamos bajo la ilusión de tener una identidad y estamos programados con la certidumbre de que somos alguien, cuando de hecho no somos nadie. Creo por lo tanto que lo más honesto que nuestra especie puede hacer es negar esa programación. Dejar de reproducirse. Caminar hacia la extinción.»

Yo comparto hoy esa mirada pesimista y fría del detective, pero hubo una época –no sé cuánto duró– en la que sentí el deseo irrefrenable de tener hijos, de criar a un bebé y verlo crecer a mi lado. En aquellos tiempos la adopción era una excentricidad que sólo emprendían algunas parejas estériles y muy pacientes. No estaban abiertas aún las fronteras internacionales y únicamente se daban en adopción los escasos bebés abandonados en España por sus padres. Mi deseo, además, era orgánico, corpóreo. En él estaban todos los atavismos de la especie: la supervivencia, la perpetuación, la inmortalidad. Yo sólo quería carne de mi carne.

Tenía ya el convencimiento de que en mi homosexualidad no había ninguna tara ni ningún trastorno, pero esa imposibilidad de procrear, a la que me resigné dolorosamente durante un tiempo, me entristecía. Uno de mis amigos de entonces, Laurent, a quien conocí también en los subterráneos luminosos de la noche, tenía el mismo deseo imperioso de ser padre. Cuando concluyó sus estudios, regresó a París, que era su ciudad de origen, y conoció allí a un chico del que se enamoró. Pasaron los años, se fueron a vivir juntos, disfrutaron de la libertad de la juventud y decidieron después que había llegado por fin el momento de buscar la descendencia con la que los dos soñaban. Contactaron con una pareja de lesbianas que tenían el mismo propósito, pactaron con ellas un acuerdo y comenzaron a cruzarse sexualmente. Primero Stéphane con la mayor de las lesbianas, por razones de edad biológica, y luego, cuando la primera niña nació, Laurent con la lesbiana más joven. Lograron cumplir su empeño. Tienen dos hijas a las que ven –como los padres divorciados– en semanas alternas y en vacaciones, y comparten con ellas una felicidad familiar modélica.

Yo, ahora, tengo la certeza de que si hubiera podido seguir mi instinto estaría arrepentido de ello. Habría sido un mal padre y habría dado una herencia de amarguras y manías que ningún ser humano merece. Soy egoísta: me ha gustado viajar sin ataduras, leer o dormir despreocupadamente a cualquier hora y disponer de mi dinero sin reservas. Lo que creí una mengua fue una fortuna.

A los veintisiete años, al releer algunos cuentos de Borges, encontré en «Tlön, Uqbar, Orbis Tertius» la siguiente frase curativa: «Entonces Bioy Casares recordó que uno de los heresiarcas de Uqbar había declarado que los espejos y la cópula son abominables, porque multiplican el número de los hombres.» Me di cuenta de que mis cópulas, desde esa perspectiva, no eran abominables, y encontré consuelo.

En esos años del festín tuve también amores reales, pero poco perdurables e importantes. De algunos de ellos –pasiones de varias noches sucesivas, de una semana o de un mes menguado– no recuerdo ni el nombre. De algún otro tal vez nunca llegué a saberlo cabalmente.

Enrique fue el primero de ellos. Nos vimos en Metal, nos seguimos uno al otro hasta Dúplex y allí por fin hablamos. Le hablé yo a él, sin mucho apuro, porque las señales habían sido transparentes y no cabía ya ningún malentendido. Enrique era estudiante de psicología, pero entregaba lo mejor de su vida al baloncesto. No tenía demasiadas inquietudes intelectuales ni se interesaba por las de nadie. Uno de los primeros días de nuestra relación, nos fuimos a dormir a casa de uno de sus mejores amigos, que compartía un piso en la calle Jardines, al lado de la sala El Sol. Dimos cuenta de los instintos que habíamos ido a calmar, descansamos después dos o tres horas y bajamos por fin a desayunar cuando ya caía el sol de invierno a plomo frío. Yo había publicado hacía poco tiempo mi primer libro, *Los oscuros*, y alguien me había advertido de que probablemente esa semana saldría una reseña en el suplemento literario de *El País*. Lo primero que hice al pisar la calle aquella mañana fue buscar un quiosco, en la Puerta del Sol, para comprar el diario. Era un momento decisivo en mi vida: mi primera crítica importante. Le pagué al quiosquero y cogí el periódico, impaciente. Enrique se apretó enseguida a mí y hurgó entre sus páginas hasta que encontró la crónica de un partido de baloncesto que necesitaba conocer. Luego, cuando tuvo en su poder esas páginas, desgajadas de las otras, se apartó para leerlas. Nunca me preguntó si había aparecido la reseña de mi libro ni qué decía. Nunca quiso leer él mismo el libro. A mí me gustaba esa personalidad selvática, iletrada, animal. Tan acostumbrado a tratar con exquisitos intelectuales universitarios que citaban a Schopenhauer o a Simone Weil para debatir acerca del sentido de la vida, Enrique me parecía la pureza agreste, la masculinidad sin domar. Tal vez quise, una vez más, ser Pigmalión, pero no hubo tiempo. Nuestro trato fue haciéndose enseguida difícil, áspero, inconciliable, y al cabo de pocos meses decidimos, por iniciativa suya, separarnos. Seguimos viéndonos en los bares e incluso seguimos acostándonos juntos alguna vez, pero el futuro ya estaba perdido.

De mis días con Enrique recuerdo una emoción cándida que para mí era nueva: la de la vanidad erótica. Me gustaba besarme obscenamente con él en los bares a los que íbamos no sólo por el placer del beso o de la caricia, por la excitación sexual, sino por la exhibición orgullosa de los afectos. Nunca había podido hacerlo antes. A los dieciséis o a los diecisiete años veía a algunos de mis amigos sobar a sus novias en público y morderles los labios con una pasión insensata que me despertaba envidia. La felicidad que sólo es íntima, que tiene que ocultarse de la vista de los demás, deja de ser felicidad. Incluso los misántropos necesitan a veces que los otros sepan que lo son. Tocar el cuerpo de Enrique en mitad de una discoteca, besarle con procacidad delante de la gente, era una subversión tardía.

Jorge tenía una belleza mediterránea: era más alto que yo, muy moreno de piel, y tenía unos ojos de pestañas largas. Era de buena familia y había venido a Madrid a estudiar Administración de Empresas. Vivía en un colegio mayor en el que no admitían visitas, de modo que nuestro amor —como los anteriores— tuvo que sobrevivir a la intemperie: buscábamos la oscuridad de los parques, íbamos a casas de amigos emancipados e incluso en una ocasión dormimos en el suelo de un apartamento desamueblado que nos prestó, antes de que lo ocuparan los nuevos inquilinos, el agente inmobiliario de turno.

Aquel amor no fue en realidad muy constante. Jorge era un chico extraño, con la cabeza llena de pájaros y de serpientes, y yo, educado en los antiguos modales sentimentales, le exigía una relación casi matrimonial. Duró lo que dura siempre la eternidad en estas circunstancias: tres o cuatro meses.

Rafael, Miguel, Roberto o Andrés son nombres borrosos. No recuerdo nada de ellos, ninguna conversación que dejara huella, ningún gesto, ningún instante extraordinario. De otros más –Fernando, Félix, Santiago– no recuerdo ni siquiera el rostro. Compartí con ellos varios días de gloria, imaginé tal vez durante un segundo que podría pasar la vida a su lado, y luego, sin otra transición, los olvidé completamente. Uno de mis profesores de infancia decía que los relámpagos pueden verse a la luz del día, pero que sólo son hermosos si atraviesan la noche.

Cuando murió mi padre yo estaba en Manila, en el otro extremo del mundo. Tuve que regresar apresuradamente, y en el viaje, que duraba más de veinte horas, fui recordando las cosas que habíamos vivido juntos. Los veranos de sol, las excursiones a los pueblos familiares, las tardes de estudio en casa, las discusiones durante mi adolescencia, la severidad autoritaria de las reprimendas infantiles, el orgullo que sintió cuando publiqué mis libros, su lealtad y su amor hacia mi madre, o el último viaje que hicimos todos juntos a Praga, poco tiempo antes de que comenzaran los signos definitivos de su enfermedad. Pero entre todos aquellos recuerdos, que tenían, como siempre, la forma de imágenes, asomó contumazmente una fotografía antigua que habíamos digitalizado hacía pocos años. Es una fotografía familiar en la que aparecen todos mis tíos, mis primos y los dos abuelos que aún vivían. Está tomada en el comedor del bar-restaurante que regentaba mi tío Helio, donde celebrábamos todos las navidades y las grandes fiestas. Debe de estar fechada hacia el año 1978,

211

porque yo, que aparezco al fondo, de pie, tengo ya el aspecto lechuguino de la adolescencia y sujeto entre los brazos a una niña de dos o tres años que tal vez sea mi hermana menor. Somos casi treinta personas. Estamos detrás de la mesa en la que hemos comido o cenado, pero algunos –seguramente los que estaban sentados en los extremos y se salían del campo visual– posan delante, acuclillados. Uno de ellos es mi padre, que en aquella época, si mis cálculos son exactos, tendría cuarenta y siete años. No mira a la cámara, sino a mi tío Tomás, en cuyo hombro está apoyado para no perder el equilibrio. El disparo les ha sorprendido a los dos hablando, y mi padre ríe como sólo ríen quienes saben que no van a morir nunca. Seguramente estaban achispados por el alcohol –era una fiesta– y habían hecho alguna de esas bromas ingeniosas que abundan en las celebraciones.

Durante mi viaje de regreso a Madrid, en el silencio fúnebre del avión, la foto volvía una y otra vez a mis pensamientos, como si aquel instante, que yo no recordaba bien, hubiera sido trascendental para mí por alguna causa. En un determinado momento, sin embargo, cuando reconstruí por enésima vez la imagen, me di cuenta de que lo que llamaba mi atención era la risa, esa risa casi coagulada, irracional, cegadora. Mi padre tuvo siempre una cierta inclinación –que yo he heredado– a la gravedad y a la rigidez. Era un hombre serio, más callado que parlanchín, contenido, de modo que aquella risa pura resultaba singular en él. La risa de quien sabe que no va a morir nunca.

¿La risa es una destreza que se va perdiendo? ¿La vejez la apaga? No la risa indolente ni la risa banal de las bromas de taberna, sino esa risa indisciplinada de quien sabe que no va a morir nunca. La risa que sólo se parece al orgasmo o a la música de Bach, que lo ciega todo. La risa que logra que desaparezca el cuerpo, que no haya manos ni intestinos ni ventrículos en el corazón.

Viví tres años con esa risa. Toni y yo creamos jeroglíficos propios que nadie más podía descifrar y que nos hacían carcajear hasta el espasmo. Pasábamos las noches diciendo boberías o representando aquel mundo nocturno con dibujos burlescos –estereotipos cómicos, sobrenombres, juegos de agudeza– que nos descoyuntaban. Llegábamos, como en la exageración, al llanto, al dolor del cuerpo, al ahogo. Los demás nos miraban con asombro y, a veces, con desconfianza, creyendo tal vez que nuestra risa incomprensible era –y en ocasiones lo era– un escarnio.

La risa es una forma de enamoramiento. La risa como hechizo de Merlín, como bebedizo. La risa como cuerpo y sangre de Cristo consagrados. En aquel tiempo yo sabía que no moriría nunca.

Hubo una época en la que yo creí en la continencia y en la castidad. El sexo debía ser, como me habían enseñado los frailes, una expresión pura del amor. Luego fui cambiando mi opinión al respecto, pero conservé la idea de que la intimidad erótica verdadera era algo ligado a los sentimientos. Había coitos consumados con desconocidos y conductas desordenadas, pero se trataba de comportamientos irreflexivos e indomables, como aseguraban las personas decentes. Podía incurrirse en ellos por debilidad a condición de que no se confundieran nunca con la sexualidad virtuosa. Yo iba a los cines homosexuales, a los urinarios o a los cuartos oscuros como las bestias van a la monta: por necesidad biológica, por fatalidad. Y mientras eyaculaba, arrepintiéndome ya de ser carnal e impuro, imaginaba un tiempo del porvenir en el que el amor me libraría de todas esas servidumbres. Tenía el temor de que mi animalidad emponzoñara mi espíritu, de que ese instinto sucio y montaraz terminase convirtiéndome en un depravado sin conciencia.

Más tarde —en aquellos años finales de la década de los ochenta— todo fue cambiando muy deprisa. Tuve una revelación extraña: comencé a comprender que el sexo abyecto y excesivo era el más humano, el que me distinguía realmente de las otras especies zoológicas. En él encontraba, además, una religiosidad diferente de la del sexo lírico y sentimental: el lado abisal de la existencia, las grandes fosas del misterio y de la brutalidad. En el uno veía a Dios y en el otro a Mefistófeles, y ambos eran, como la literatura se ha encargado de demostrar siempre, igual de fascinadores.

Michel Leiris, a quien descubrí gracias a la recomendación de Javier Cercas, es uno de esos escritores raros que viven casi en el secreto de los iniciados. Nació en 1901 y murió en 1990. Compartió el París surrealista con André Breton, Max Jacob, Jean Dubuffet, Pablo Picasso y Georges Bataille, a quien dedicó *Edad de hombre*, el primero de sus libros importantes. La mayor parte de su obra es una obstinación autobiográfica. En esa *Edad de hombre*, publicada en 1939, se propone contar con sinceridad absoluta la primera mitad de su vida. («Acabo de cumplir treinta y cuatro años. La mitad de la vida», dice en el inicio. Se equivocó en el cálculo.) En 1946 escribió un texto, ya clásico, para que sirviera de prólogo o de presentación a una reedición de ese libro. Se titula «La literatura considerada como una tauromaquia», y en él expone con afilada inteligencia su poética personal. Según Leiris, el libro persigue «la búsqueda de una plenitud vital que no se hubiera podido lograr sin una catarsis, una liquidación, que tiene en la actividad literaria –y sobre todo en la literatura llamada "confesional"– uno de sus más cómodos instrumentos».

Para lograr esa plenitud vital literaria, el escritor debe comportarse como se comporta el torero ante el toro: arriesgando su vida, exponiéndose a la cornada, corriendo el riesgo de que el lector encuentre en él lo vergonzoso o lo infame. Lo verdaderamente humano. «Soñaba con el cuerno de un toro», dice. «No podía resignarme a ser sólo un literato. El matador que aprovecha el peligro que corre para ser más brillante que nunca y muestra toda la calidad de su estilo en el momento en que está más amenazado: eso es lo que me maravillaba, eso es lo que quería ser. Mediante una autobiografía que tratara de un asunto en el que normalmente se impone la reserva –una confesión cuya publicación sería arriesgada para mí por cuanto haría más difícil mi vida privada, al hacerla más clara– pretendía desembarazarme definitivamente de ciertas representaciones incómodas y rescatar al mismo tiempo los rasgos de mi rostro con la máxima pureza, tanto para mi propio uso como para disipar toda visión errónea que alguien pudiera tener de mí.» Y más adelante: «Aunque creí, a primera vista, que escribir el relato de mi vida vista desde el ángulo del erotismo (ángulo privilegiado, pues entonces la sexualidad representaba para mí la piedra angular del edificio de la personalidad), aunque creí que una confesión semejante que tratara sobre lo que el cristianismo llama "asuntos carnales" bastaría para hacer de mí, por el acto que representa, una especie de torero, debo aún examinar si, aparte de la relación con el peligro, la regla que me impuse –regla de la que me limité a afirmar que su rigor me ponía en peligro– es asimilable a la que rige los movimientos del torero.»

Leiris cree que la verdadera literatura comprometida es la que compromete al autor, «las obras en las que está presente el cuerno, bajo una forma u otra: riesgo directo asumido por el autor de una confesión o de un escrito subversivo; forma en la que la condición humana es vista de frente o se la "toma por los cuernos", concepción de la vida que compromete su postura frente a los demás, actitud frente a cosas como el humor o la locura, compromiso de convertirse en el eco de los grandes temas de la tragedia humana».

¿Está el cuerno en la confesión de mi vida erótica de aquellos años? ¿O está, más bien, en las conclusiones morales a las que llegué a través de ella? ¿Supone un acto genuinamente taurino contar en un libro autobiográfico hechos obscenos y escandalosos que cualquier lector atento de mis libros de ficción podría haber imaginado ya? ¿Qué herida podrá quedarme?

En el verano de 1989 preparé un viaje con mis amigos Carlos y Covadonga a Bélgica y a Holanda. Visitamos Bruselas, Gante, Brujas, Delft, Amberes, La Haya o Harlem. La penúltima parada, antes de regresar a París y luego a Madrid, fue Ámsterdam, la ciudad lasciva, el burdel rojo. Yo ya había estado dos veces en Ámsterdam, pero nunca había tenido la ocasión de explorar a conciencia sus célebres bajos fondos. En aquel viaje nos detuvimos en la ciudad durante dos días. En el primero de ellos –después de buscar hotel y de preparar la intendencia– recorrimos las calles y los canales, nos sentamos a comer en una plaza, visitamos el Rijksmuseum y paseamos luego por el Barrio Rojo, viendo los escaparates de las putas y los locales de espectáculos sexuales. En ese vagabundeo descubrí una madriguera gay que se anunciaba como cine o como salón de encuentros y que estaba abierta, según la información que figuraba en la puerta, a partir de las diez de la mañana. Al día siguiente habíamos programado ir al Museo Van Gogh, pero a mí comenzó a inquietarme la salacidad y les expliqué a mis amigos que estaba harto de los museos y del turismo monumental y que prefería caminar sin rumbo por Ámsterdam mientras ellos visitaban la pinacoteca. Tenía muchas ganas de conocer el museo del pintor loco, de ver sus cuadros de colores torcidos, de observar esa infección artística; pero tenía más ganas aún de entrar en la madriguera lúbrica. En Madrid no había lugares así o yo no me atrevía a visitarlos para no ser reconocido en toda mi deshonra.

Cuando Carlos y Covadonga se encaminaron al museo, yo me fui sin demora al local que había visto la noche anterior. Estaba aterrorizado porque no sabía lo que iba a encontrar dentro y porque, además, mi impericia idiomática me entorpecía cualquier trato social. Pagué en la taquilla con un gesto de pánico. Luego entré.

El local tenía ocho o diez habitaciones de distintos tamaños dispuestas a ambos lados de un pasillo. Las habitaciones semejaban un salón doméstico: no tenían cama, sino un sofá, un aparador con decoración convencional y una mesa con un televisor encendido. En el televisor se reproducían películas pornográficas. La pared que daba al pasillo en todas las habitaciones estaba formada por una gran cristalera alargada, como en los despachos de las oficinas modernas, y tenía una cortina que podía ser cerrada a conveniencia. El protocolo de comportamiento era sencillo: los clientes buscaban compañía en el corredor o en las habitaciones, y luego, cuando la habían encontrado, se encerraban para fornicar.

Yo, sin dejar de temblar, recorrí varias veces el pasillo. A esa hora había aún pocas personas en el local. Todos eran viejos (individuos seguramente con mucha menos edad de la que tengo yo ahora, pero que a mí me parecían casi ancianos). Al cabo de un rato de merodeo, entré en una de las habitaciones y cerré la puerta con pestillo. Por el ventanal veía pasar a los ojeadores yendo y viniendo. De repente un hombre se quedó parado delante de mi cristalera y me miró con deseo, hizo ademanes rijosos. Yo aparté la vista durante unos segundos para concentrarme en la televisión pornográfica, asustado, pero por el rabillo del ojo veía que él no se marchaba de allí. Se desabrochó el pantalón, se bajó la ropa hasta el principio de los muslos y empezó a masturbarse despacio. No me atrevía a mirar fijamente. Estaba excitado hasta el desmayo, pero permanecía inmóvil, completamente vestido. El hombre golpeó el cristal y yo me arrepentí de haber entrado en ese sitio inhóspito, recordé a Van Gogh. Quizá llegué a pensar que me violarían o que me ocurriría algún infortunio. Cuando el hombre, cansado de mi desdén, siguió recorriendo el pasillo en busca de otra presa, me apresuré a levantarme para correr la cortina. Comprobé que el pestillo era seguro y que no había ninguna forma de entrar en la habitación. Entonces, aliviado, escondido, recobré la lujuria. Me quité la ropa, me acomodé en el sofá y pasé casi una hora allí solo, entretenido en el deleite cinematográfico.

El pensamiento humano es también una construcción química. Está cincelado con las sustancias que el cuerpo produce en determinadas circunstancias vitales: la adrenalina, la oxitocina, el glutamato, la dopamina, el cortisol. La filosofía y la ética pueden ser explicadas tal vez mediante combinaciones y secuencias de aminoácidos. Mi evolución moral, en cualquier caso, se encaminó por ese rumbo. Los aprendizajes eróticos que fui teniendo, de forma cada vez más descomedida, me dieron el conocimiento experiencial del mundo y modelaron mi cerebro. En algún momento no muy tardío de mi vida me di cuenta de que las reglas sexuales por las que nos guiamos han sido establecidas, desde la antigüedad, por personas que no conocen el sexo. Y no me refiero sólo a los monjes y a los sacerdotes de cualquier religión, sino también –y más encendidamente– a los puritanos laicos que celebran las carnestolendas como excepción y que aceptan la ley de Dios disfrazada de ley de la naturaleza.

Poco a poco me fui haciendo valedor de la promiscuidad. Yo no la practicaba mucho a causa de mis insuficiencias –el miedo epidémico, la fealdad, el apocamiento–, pero era consciente de sus virtudes. Llegué a creer que sólo quien había atravesado un periodo de promiscuidad podría ser sabio.

Aprendí a diferenciar el sexo Jekyll del sexo Hyde, a distinguir las emociones idílicas de las morbosidades sucias. El acto cinético –la masturbación, la felación, la sodomía– y el resultado biológico –el orgasmo, la eyaculación– eran iguales, y quizá por ello la confusión entre uno y otro resultaba universal, pero las emociones que avivaban eran de naturaleza distinta, casi opuesta. Dios y Mefistófeles, ya lo he dicho.

Yo seguía insertando anuncios por palabras en las revistas y conociendo a chicos que se postulaban para amarme hasta que la muerte nos separase. Con ellos sabía que el sexo debía ser dulce y enternecedor, incluso cuando hubiera brutalidad; sosegado, aunque la prisa lo precipitase; ceremonial. Sabía que las palabras tenían una función arquitectónica, que los labios eran tan importantes como los penes y los testículos, que el placer venía de humores invisibles o de silencios.

El otro sexo no tenía ojos ni palabras. Era recto y sanguinario, gloriosamente sórdido. No guardaba ningún vínculo con el amor ni con las musas del Parnaso. Debía ser violento, incluso cuando sólo hubiera caricias; apresurado, aunque durase horas; ritual, como los sacrificios humanos de las tribus más salvajes.

Saber el nombre de alguien o no saberlo. Escribirlo con caligrafía obsesiva o callarlo. Yo, como Michel Leiris en su juventud, estaba convencido –y lo sigo estando– de que la sexualidad representa la piedra angular del edificio de la personalidad y de que esa piedra debe sostener los arcos y las bóvedas, los muros recios y las paredes finas, las columnas y las techumbres. ¿Cómo puede un individuo renunciar a la experimentación en una de sus señas de identidad más humanas? ¿Cómo puede concebir la castidad, la monogamia, la fidelidad conyugal o la continencia? En los siguientes años fui viendo que en realidad nadie lo concibe completamente. Que los sacerdotes fornican, que los hombres santos tienen vidas oscuras, que los inocentes se prostituyen o pagan por los servicios de quienes lo hacen, que los maridos y las mujeres cometen adulterio. Ni siquiera la culpa es capaz de detener ese deseo.

Lo digo como cornada de toro mansa: yo hice todo eso que un hombre puede hacer, y lo hice con admiración. Por las noches entraba en los cuartos oscuros y tocaba cuerpos de chicos a los que no había llegado a mirar a los ojos. Dejaba que otros comieran mi verga y eyaculaba en sus bocas. Me unía al remolino de grupos que buscaban la orgía. Muchas tardes iba a las saunas homosexuales y pasaba horas recorriendo sus pasillos medio desnudo, mirando las felaciones de otros, dejando con soberbia que me sobaran hombres viejos y masturbándome obscenamente en medio del vapor, a la vista de todos. He pagado a chaperos, he ido de madrugada a calles peligrosas o a parques en los que se reunían los solitarios, he recibido en mi casa a amantes desconocidos cuyo rostro no había visto antes. No hubo vileza ni desolación. O, si las hubo, las ha borrado la memoria.

Nunca terminé de leer *En busca del tiempo perdido*, pero lo empecé varias veces. «He estado mucho tiempo acostándome temprano»: es la frase con la que comienza el libro. A continuación Marcel, el narrador, recuerda las noches de su infancia, cuando se iba a la cama y esperaba allí a que su madre subiera a darle un beso de despedida. Era para él el momento más importante del día: la emoción tierna de sentir en sus mejillas la boca amorosa de su madre. Pero sabía que se trataba de un solo instante, que apenas duraba nada, que antes de que notara el calor de los labios en su piel ya estarían separándose de ella. Por eso no era capaz de deleitarse nunca con el acto. Mientras aguardaba en la cama la llegada de su madre no pensaba en el beso, sino en el fin del beso, en su fugacidad: «Mi único consuelo, cuando subía a acostarme, era que mamá vendría a darme un beso una vez que estuviese metido en la cama. Pero esa despedida duraba tan poco, y volvía a bajar ella tan deprisa, que el momento en que la oía subir, y en que luego, por el corredor de doble puerta, avanzaba el ligero rumor de su vestido de jardín de muselina azul del que colgaban unos cordoncillos de paja trenzada, era para mí un momento doloroso. Anunciaba el que había de seguirle, cuando me habría abandonado, cuando habría vuelto a bajar. De modo que llegaba a desear que aquellas buenas noches que tanto amaba viniesen lo más tarde posible, para que se prolongara el tiempo de tregua en que mamá aún no había venido.»

Siempre me ha parecido ejemplar ese episodio, esa reflexión melancólica de Proust. Cada vez que lo he leído he creído que hablaba de mí, pues desde mi juventud tengo inclinación a pensar que cualquier felicidad es frágil y poco duradera, que los instantes jubilosos traen detrás tristeza; e incluso que la intensidad del desconsuelo es proporcional –pero aumentada– a la del goce, de modo que los deseos muy vivos suelen ser seguidos de desengaños o penas formidables.

Un día me encontré en uno de los bares nocturnos con un conocido y mantuvimos una conversación de cortesía. Yo le pregunté por el curso de su vida, y él, después de responderme protocolariamente, me correspondió con una pregunta semejante. Yo no fui retórico: le dije que me encontraba mal, que tenía una tristeza agria. Como nuestra relación nunca había sido demasiado íntima, él me miró desconcertado por la confidencia. «¿Te ocurre algo?», me preguntó. Yo, sin titubeo, sin vergüenza (tal vez para seducirle, porque su belleza era espléndida), le respondí sinceramente: «Me siento viejo, creo que ya ha pasado lo mejor de todo lo que podría pasarme.» La sala estaba oscura y él pudo disimular su estupor con facilidad. Hizo algunos gestos, confundido, y por fin preguntó: «¿Cuántos años tienes?» Habíamos estudiado en la misma facultad, en cursos vecinos, de modo que él sabía que mi edad era más o menos la misma que la suya. «Veintiocho», respondí. Me miró como si fuera un majadero e hizo a continuación un discurso enfático sobre las virtudes de nuestra juventud.

Yo era sin duda un majadero solemne y ampuloso, pero en las vísperas de los treinta años sentía de verdad que la vida se me había ido escapando y que todo aquello bueno que me llegara de ella se acabaría enseguida. Tenía nostalgia –y esa nostalgia nunca la he perdido– de las cosas que no había podido hacer en la adolescencia, de los amores insustanciales, de los besos callejeros, del sexo dulce y desmañado que se practica a los dieciséis años. Nada de todo eso sería ya posible, y lo que estuviera por venir, como los besos maternales de Marcel, duraría poco. La juventud trae siempre el fin de la juventud.

A aquella edad me había dado ya cuenta de que La Rochefoucauld –a quien tal vez aún no había leído– tenía razón: «Estamos tan acostumbrados a disfrazarnos para los demás que al final nos disfrazamos para nosotros mismos.» Yo ya no era el niño asustado que finge desinterés por el amor ni el muchacho silencioso que se aparta con excusas intelectuales de los demás para que no averigüen nada de su vida, pero de todo aquello me había quedado el miedo, el silencio, la mirada huidiza y la tristeza. La soberbia de la aflicción. Y el orgullo de seguir de pie, de reír como si supiera que no iba a morirme nunca.

Seguía buscando afanosamente un novio que compartiera conmigo la vida entera, y tenía tanto empeño puesto en ello que me había convertido, como las solteronas de los tiempos antiguos, en un pelele peligroso: si alguien guapo e ingenioso mostraba interés sexual por mí, yo le perseguía luego hasta los confines del mundo ofreciéndole mi amor. En una ocasión vino a Madrid a buscar fortuna un amigo zaragozano de Jesús que se llamaba Andrés. Encontró trabajo de camarero en una taberna de Argüelles y se instaló provisionalmente en el piso que Jesús compartía con otros amigos en el mismo barrio. Hicimos de anfitriones y salimos con él, le llevamos a los bares de las catacumbas nocturnas. Una de las noches, cuando Jesús se marchó a casa borracho o fatigado, yo seguí la fiesta con Andrés. Fuimos a un local bizarro que había cerca de la Gran Vía y que comenzaba a llenarse a las cuatro o a las cinco de la mañana. En la planta de abajo tenían una barra de diseño *kitsch* y en la de arriba había un cine oscuro y precario en el que se proyectaban películas pornográficas. Pedimos abajo una copa y nos subimos arriba a beber. Andrés, que era muy guapo, comenzó de repente a manosearme. Yo, aturdido, tardé en corresponderle, pero cuando lo hice puse todo mi entusiasmo. Estuvimos besándonos allí durante un buen rato y luego emprendimos la búsqueda de un lugar tranquilo donde acostarnos. No lo encontramos. Le acompañé a su casa en taxi y me despedí de él. No hubo declaraciones de amor ni de deseo (seguramente Andrés se acercó a mí sólo por la embriaguez y por la proximidad), pero al día siguiente fui a comprarle un regalo y a esperarle en la taberna en la que trabajaba. Él, resignado, me acompañó a cenar, aceptó el regalo y sufrió mis requiebros. A partir de ese día me evitó siempre. Poco tiempo después volvió a Zaragoza.

Yo tenía una necesidad malsana de encontrar un novio, de vivir una historia de amor verdadera. Seguía deseando cantar, con Jacques Brel, «Ne me quitte pas». Tener algo que olvidar, *«oublier ces heures qui tuaient parfois, à coups de pourquoi, le cœur du bonheur»*. A los treinta años esa necesidad se había apaciguado un poco. Vivía con cierto desafuero, tenía muchos compañeros de noche, compartía con Toni las cosas importantes y había aprendido a encontrar –aunque con dificultad– el antídoto de los venenos que tomaba.

En el resto de los órdenes comunes, mi vida estaba bien guiada. Me comportaba sin alarde, pero sin ocultamiento. La mayoría de mis amigos sabían que era homosexual, y los que no lo sabían por mi confesión directa lo imaginaban tan ciertamente que no me ponían ya nunca en aprietos de circunstancia. Con mi familia, como ya he dicho, pasaba lo mismo: nadie me preguntaba ahora por mis noviazgos ni me tiraban el ramo de novia en las bo-

224

das. Mis padres, con los que viví hasta muy tarde, consentían con normalidad mis desarreglos horarios y mis extravagancias. Seguía escribiendo novelas y yendo al cine con paroxismo. Había encontrado un nuevo trabajo en una editorial y tenía una situación financiera desahogada. Decidí entonces irme a vivir solo. Mis padres compraron un ático para mí y me mudé allí. Fue entonces cuando conocí a Antonio, el primer hombre con el que compartí de verdad un amor eterno.

VIII. LA BOCA LLENA DE FLORES Y DE PECES

En 2005 publiqué una novela que contaba, con mucha imaginería literaria, mi historia con Antonio. Casi al comienzo de ella hacía una recapitulación exacta: «En marzo de 1994, a los treinta y dos años de edad, tuve una crisis sentimental muy grave. Después de varios meses tormentosos, el hombre al que amaba me abandonó. Habíamos estado comprometidos durante casi dos años, desde junio de 1992, lo que para mí, que tenía cierta proclividad a las relaciones fugaces e insustanciales, era un gran logro. En ese tiempo, sin embargo, no habíamos llegado nunca a vivir juntos, y aunque alguna vez, al principio de todo, soñamos con hacerlo, ya sólo hablábamos de ello para echarnos en cara las rarezas, las manías y las anormalidades que nos serían imposibles de soportar a uno del otro si conviviéramos en la misma casa. Ni siquiera dormíamos juntos casi nunca, pues él sufría de insomnio y necesitaba estar solo en su propia cama, sin ruidos ni movimientos extraños que pudieran despertarle del precario sueño que tan difícilmente conseguía conciliar, de modo que después de la cena veía durante un rato la televisión conmigo y luego se marchaba a su casa, que estaba en el otro extremo de

Madrid. En esos dos años, por lo tanto, no habíamos tenido muchas ocasiones de poner a prueba nuestra intimidad. Habíamos viajado a Barcelona nada más conocernos, aprovechando unos días de vacaciones, y más tarde, al cabo de un año, habíamos pasado la Semana Santa en un pueblecito de la Costa Brava en el que lo mejor que se podía hacer era pasear al lado del mar melancólicamente y sentarse a tomar el aperitivo en alguno de los bares de la playa. Eso era todo. El único viaje largo que habíamos planeado, en el verano de 1993, se malogró por discrepancias en el itinerario: él, que nunca había salido de España, quería conocer Viena –ciudad que yo detesto– y pasar más días de los necesarios en Venecia, empalagándose de romanticismo; yo, en cambio, prefería llegar hasta las tierras orientales de Europa, que desde el derrumbamiento del comunismo se habían convertido en un paraíso turístico. Discutimos encarnizadamente durante dos semanas. Él hablaba todo el tiempo de los palacios de Sissi y yo de los del conde Drácula. Al final, tres días antes de la partida suspendimos el viaje y decidimos separarnos. Nos reconciliamos enseguida, pero ya nunca volvimos a tener confianza en que aquella relación durara. Los siguientes meses estuvieron llenos de encaramientos y de desaires. Nos peleábamos por cualquier causa, sin guardar ya las apariencias ante extraños, y en cada uno de los nuevos agravios que cometíamos o que recriminábamos iba quedando el poso de los anteriores, el aborrecimiento causado por otras ofensas que ya no podían recordarse ni comprenderse pero que sin embargo nos inspiraban todavía una cólera furiosa, apocalíptica. Fueron unos tiempos terribles. Vivíamos en ese estado casi pavoroso en el que no se acierta a adivinar si el remedio de las calamidades consiste en amar a alguien o en dejar de hacerlo, y yo, que siempre he tenido una cierta inclinación al sentimentalismo, me entretenía imaginando novelerías melodramáticas, repitiéndome entre aspavientos que el final de aquel amor, que coincidía además con el de mi juventud, sería peor que la misma muerte. Por eso lo evitaba con mentiras y con ensoñaciones, confiando en que algún arte de prestidigitación cambiara de repente el curso de las cosas y nos convirtiera otra vez en hombres felices, como los que habíamos sido antes. Pero el tiempo había hecho estragos que no éramos capaces de perdonar.»

Los amores confiados era una novela sobre los celos y sobre la engañosa idea de fidelidad conyugal que todavía seguimos defendiendo en las sociedades modernas. Por esa razón –y quizá por mi orgullo– puse todo el énfasis narrativo en las patologías amorosas de Antonio y culpé de nuestra separación a su desconfianza enfermiza. La verdad, sin embargo, fue más compleja: ninguno de los dos habíamos aprendido a amar a alguien y estábamos ensayando por primera vez los hábitos que se necesitan para hacerlo. Ninguno de los dos, además, estábamos libres de las perturbaciones del fingimiento y de la incomunicación. Yo tenía un oficio que me gustaba, ganaba suficiente dinero, mantenía una relación afectuosa con mi familia, pasaba noches extraviadas de sexo, disfrutaba de la compañía de mis amigos y había conseguido publicar mi primer libro –con unas críticas excelentes– a una edad razonablemente temprana. No había sido capaz, sin embargo, de tener una pareja perdurable, y eso me hacía sentir el peso humillante del fracaso. Era un velo que lo cegaba todo.

Cuando conocí a Antonio y comprobé que aquella historia de amor no era, como otras veces, imaginaria, comenzó a atormentarme la ansiedad de poder lograrlo. Tenía la sensación de que era la última oportunidad que me quedaba, de que si entonces volvía a fracasar ya no habría porvenir ni redención posible. Y esa ansiedad abundó en todos los males.

Una de las sesenta secuencias tiene lugar en la estación de tren de Barcelona. Es el diez de agosto de 1992: la noche antes Antonio y yo hemos estado juntos en los alrededores de Montjuic, viendo desde fuera los fuegos artificiales lanzados en la ceremonia de clausura de los Juegos Olímpicos. Hace cuarenta y cuatro días que nos conocemos. Debemos regresar a Madrid, después de las vacaciones fugaces que hemos pasado en la ciudad, y llegamos a la estación con el tiempo justo para coger el tren. Atravesamos el vestíbulo corriendo, zigzagueando entre los viajeros. De repente él me detiene y me mira fijamente. Tal vez piensa en besarme, pero no se atreve. Dice unas palabras dulces augurando lo que seremos capaces de hacer si estamos juntos. Su rostro es de asombro: no logra creer que eso esté pasando. Por primera vez en mi vida siento que alguien me ama de verdad. En los ojos de Antonio hay admiración y extrañeza. En los míos –que yo no veo– también. Es el instante en el que tengo la certeza de que viviré con él hasta que la muerte nos separe.

Los primeros tiempos fueron grandiosos. Luego comenzó a torcerse todo, pero no por el hastío, como otras veces, sino por ese avivamiento de los trastornos del alma que sin saberlo padecíamos. No por el desamor, sino por el amor excesivo.

Antonio tenía una belleza admirable, de rasgos dulces y definidos que se modelaban aún más cuando sonreía. Su carácter era alegre y, a pesar de sus vergüenzas, tenía habilidad para el hechizo social. Vivía con una tía soltera a la que adoraba y de la que cuidaba con el mejor esmero. Su padre había muerto cuando él era muy pequeño y su madre había vuelto a casarse con otro hombre, por el que Antonio sentía una antipatía profunda. Había pedido que le liquidaran su parte de la herencia familiar y con ella había comprado una buhardilla decrépita en los alrededores de Chueca para rehabilitarla con sus propias manos y venderla luego.

Acababa de terminar los estudios de enología en una escuela de Madrid y tenía planes de marcharse a Burdeos, a través de un convenio académico, para completar su formación en las bodegas de allí. Yo le pedí que no lo hiciera: si por fin había encontrado al príncipe de Camelot no podía dejar que se fuera de mi lado por un asunto tan contingente. Él, que no estaba completamente persuadido de las bondades del plan francés, aceptó enseguida quedarse a mi lado. En aquella transacción –o en aquel pacto– hablamos de vivir juntos, de que algún día no demasiado lejano él se mudaría a mi casa y compartiría conmigo las habitaciones y los objetos. Para ello deberíamos resolver antes cada uno nuestros respectivos expedientes familiares y afianzar el amor, que era aún demasiado tornadizo y prematuro. Pero el hecho mismo de que ese propósito existiera y de que hubiese un compromiso expreso suponía en mi biografía sentimental una revolución copernicana. Volvían los recuerdos de la cucaracha que había jurado no confesarle nunca a nadie sus sentimientos: ahora tenía que comenzar a pensar en una vida transparente, en la confesión pública, en dejar que las puertas de mi casa estuvieran siempre abiertas.

Antonio cumplió enseguida su parte del acuerdo: en cuanto se presentó la ocasión, le explicó a su tía que nuestra relación no era una simple amistad. Yo, por mi parte, pensé en hablar con mis padres, que a esas alturas, según mis suposiciones, conocerían sobradamente mi homosexualidad y sólo necesitarían una certificación formal para aceptarla. Sin embargo, no lo hice por miedo, o más bien por esa holgazanería sentimental que ha determinado siempre mis actos comprometedores. Como la necesidad no era urgente, lo aplacé, y luego, cuando fueron pasando los meses, el proyecto de convivencia entró en un atascadero permanente y ya no vi la utilidad de la confesión. Muchas veces he creído que una de las razones finales de nuestra separación –y del zangoloteo sentimental que los homosexuales tenían, con pocas excepciones, en los tiempos de oscuridad– fue la falta de vínculos familiares, el desarraigo. Era una relación que se mantenía aún en las tierras de penumbra: delante de mis amigos más íntimos llevábamos la vida de una pareja corriente, pero mis amigos menos principales, mis compañeros de trabajo, mis padres y mis hermanas no sabían nada o casi nada de Antonio. A ciertas reuniones sociales y de familia nunca acudíamos juntos, de modo que nuestro trato conyugal estaba lleno de remiendos, de huecos y de recosidos.

En septiembre de 1993, cuando hacía más de un año que nos conocíamos, Antonio fue invitado a la boda de mi hermana. La invitación no tenía mucha formalidad, pues se cursó en los últimos días, con retraimiento, para cubrir algún cubierto que ya estaba pagado y no admitía devolución. A mí me pareció una oportunidad magnífica para el aldabonazo, para lucir ante todos mi naturaleza de insecto transformado y certificar públicamente que prefería la compañía de un hombre a la de una mujer. Antonio, sin embargo, no se atrevió. Nuestra relación no era ya tan luminosa –o era francamente atormentada– y tal vez sintió que el apuro no compensaba el beneficio que pudiera haber. Yo, que a pesar de mi disposición seguía teniendo la rémora del miedo, no insistí seguramente tanto como era necesario para convencerle. La oportunidad, que había llegado a destiempo, quedó por lo tanto malograda. Ya nunca volvió a haber otra.

Todos los que han estado enamorados alguna vez de verdad han recitado el capítulo siete de *Rayuela*, aunque nunca hayan leído la novela: «Toco tu boca, con un dedo toco el borde de tu boca, voy dibujándola como si saliera de mi mano, como si por primera vez tu boca se entreabriera, y me basta cerrar los ojos para deshacerlo todo y recomenzar, hago nacer cada vez la boca que deseo, la boca que mi mano elige y te dibuja en la cara, una boca elegida entre todas, con soberana libertad elegida por mí para dibujarla con mi mano por tu cara, y que por un azar que no busco comprender coincide exactamente con tu boca que sonríe por debajo de la que mi mano te dibuja.» Yo lo hice cuando conocí a Antonio, recreándome en esa cursilería pura y lacia, en la verbosidad silenciosa que tanto servicio le presta al amor en cualquier edad.

Pocas veces dormíamos juntos, pero cuando lo hacíamos él me abrazaba por detrás, se pegaba completamente a mi cuerpo y me soplaba en el cuello con un hilo de aire. Decía alguna blandenguería afectada para hacerme sonreír: «Es el viento de un velero» o «Arrecian los huracanes de las islas». Y como no podía verme el rostro, de espaldas a él, me pasaba los dedos por los labios para reconocer mi gesto. Yo iba adormeciéndome con ese silbido, sintiendo en la curva de la nuca el hilván de su aliento.

Mucho tiempo después, cuando todo pasó y sólo quedó el dolor o el recuerdo del dolor, me di cuenta de que junto a Antonio había aprendido cuál era el valor exacto de la ternura. La ternura: un tacto que tiene sonido afeminado pero que soporta siempre sobre sí toda la gravedad de los afectos humanos. Es el único sentimiento que perdura. Después de las pavesas y de las escorias. «Entonces mis manos buscan hundirse en tu pelo, acariciar lentamente la profundidad de tu pelo mientras nos besamos como si tuviéramos la boca llena de flores o de peces, de movimientos vivos, de fragancia oscura», le dice Oliveira a La Maga.

Ésa es la herencia que me queda de Antonio: un soplido en la espalda de mi sueño. El perdurable deber de la ternura.

En 2003, casi diez años después de que nos separáramos, vi en el cine la película de Stephen Daldry *Las horas*, basada en el libro homónimo de Michael Cunningham. *Las horas* cuenta tres historias engarzadas en una novela de Virginia Woolf, y la propia Virginia Woolf es la protagonista de una de ellas. Se narra con pinceladas su relación amorosa con Leonard Sidney Woolf, su esposo, y la angustia que sentía a causa de la locura que estaba devorándola. La última secuencia de la película es la última de las sesenta secuencias de la vida de Virginia Woolf: su suicidio en el río Ouse. La voz en off, subrayada por la música de Philip Glass, recita una versión apócrifa de la carta de despedida que la escritora le dejó a su marido: «Querido Leonard: Mirar la vida de frente, mirar siempre la vida de frente y conocerla por lo que es. Conocerla, amarla por lo que es, y luego apartarla.» Y termina diciendo: «Leonard: Siempre los años que pasamos juntos. Siempre los años. Siempre el amor. Siempre las horas.»

En esos días yo estaba escribiendo sobre mi vida con Antonio, y aquellas palabras sincopadas, secas, testamentarias, me conmovieron por el recuerdo que había en ellas. «Siempre los años. Siempre el amor. Siempre las horas.» La carta auténtica, la que Virginia Woolf dejó escrita antes de llenarse los bolsillos del abrigo de piedras y entrar en el río, decía algo que yo me había repetido como mortificación durante mucho tiempo, después de separarme de Antonio: «Si alguien podía haberme salvado eras tú. He perdido todo excepto la certeza de tu bondad.»

Siempre los años que pasamos juntos, siempre las horas. Me cuesta recordar aquellos meses sin sentimentalismo, sin afectación, a pesar de que estuvieron llenos de amargura y de maldiciones. Los viví con la sensación de que aquel tiempo, llegado a deshoras, era el tiempo que había estado esperando desde niño y de que no podía malgastarlo.

Sólo algunos amores titánicos y ejemplares son capaces de soportar las psicopatías clínicas de los amantes. Yo he padecido siempre autismo emocional ante determinadas manifestaciones hostiles –reales o imaginarias– del mundo exterior. Antonio, por su parte, sufría un complejo de inferioridad severo que le convertía en un ser inseguro, celoso y depresivo. Al mezclar en el matraz mis patologías y las suyas salía nitroglicerina. Nitroglicerina cada vez más refinada y fulminante.

Yo, que nunca tuve una autoestima muy firme, pensé al principio de nuestra relación que Antonio no podía estar enamorado de mí: era guapo, dulce, animoso e inteligente; tenía gustos semejantes a los míos y una cierta curiosidad por descubrir el mundo; su trato social resultaba brillante; y su desempeño erótico, además, era extraordinario. Podría haber elegido, según mi cuenta, a cualquier amante más merecedor que yo.

Ese recelo desapareció cuando me di cuenta –en la estación de Barcelona, quizás antes– de que el amor de Antonio era categórico. El amor tiene siempre la textura de un reptil. Un gran lagarto, una serpiente, un caimán dormido: dejan rastro en la tierra.

Antonio tuvo el mismo presentimiento: era imposible que yo le amara. Él, sin embargo, nunca vio al reptil. Durante los veinte meses que estuvimos juntos vivió con la sospecha de que todo había sido un engaño, de que mi corazón era tibio o áspero, de que no sabía hacerme feliz y de que por lo tanto yo acabaría marchándome de su lado en cualquier momento.

Sólo tengo una carta suya. La escribió en mayo de 1993, en Córdoba, adonde se había ido para meditar a solas acerca del futuro de nuestra relación, que por aquel entonces estaba comenzando su proceso de derrumbamiento. La carta, de nueve folios, es de estructura circular: da vueltas todo el tiempo sobre su propia culpa, sobre su insignificancia, sobre su incapacidad como amante. Su examen de conciencia es impreciso pero su resolución no admite duda: «Quiero empezar de nuevo, con más ganas aún que aquel veintisiete de junio en el que nos conocimos. Ahora tengo más ilusión y empeño en que esto salga adelante, y tengo también la convicción, que a veces me ha faltado, de que si sigues junto a mí es porque soy capaz de hacerte feliz.»

Ya habían comenzado –en la carta están sugeridos– los tormentos de los celos. Antonio, que en los primeros tiempos había mostrado una liberalidad sexual casi depravada, empezó enseguida a mortificarse con las dudas sobre mi fidelidad. Recuerdo, sin fecha, una de las primeras porfías que vivimos por esta causa. Habíamos ido a cenar a un restaurante y estábamos hablando de asuntos intrascendentes –del frigorífico que debía comprarle a su tía, de la cena que íbamos a organizar en casa con amigos, de la última película que habíamos visto– mientras esperábamos a que nos sirvieran. De repente, con el mismo tono suave de voz que estaba usando, preguntó: «Te gusta mucho, ¿verdad?» Yo no entendí a qué se refería.

–¿El qué?

–El camarero –dijo–. Ese camarero. –Y me señaló con los ojos al chico que nos había atendido y que andaba serpenteando entre las mesas.

Yo –ya lo he dicho– disfruto contemplando la belleza masculina sin demasiada moderación. Escudriñar, vigilar, espiar a todos esos seres arcangélicos que encuentro en mi camino. Es probable, por lo tanto, que hubiera mirado al camarero e incluso que lo hubiera hecho con cierta complacencia, pero no había existido ningún empeño especial en ello.

–Es guapo –dije sonriendo–. Muy guapo.

–Si quieres le preguntamos a qué hora acaba y vienes a recogerle.

Yo no estaba seguro aún de si la acometida de Antonio era una broma y decidí seguir el juego.

–¿Volver desde casa? No, está muy lejos. Mejor me quedo aquí esperándole.

El chico trajo en ese momento las bebidas, pero ninguno de los dos nos atrevimos a preguntarle entonces, para mantener el pulso, cuál era el horario de su jornada. Antonio abandonó la ironía y comenzó a reprocharme mis galanteos continuos, el afán con el que me volvía en la calle para mirar a alguien o el desaire con el que le desatendía a él si en el alrededor había una de esas criaturas de bestiario sobrenatural.

Eran exageraciones o fantasías suyas; y en todo caso, en lo que hubiera de cierto, no representaba pecado ni deslealtad. Yo le respondí enfadado y acabamos peleando. Mi patología, entonces, sucedió a la suya, pues en esas situaciones —o en otras menos justificadas—, cuando me siento humillado o herido por alguien a quien quiero, mi organismo se vuelve mineral. Desaparecen la piedad y el afecto. Los pensamientos se convierten en obsesivos y buscan siempre la hebra del resentimiento. No hablo, no miro a los ojos, no concedo trato humano. Igual que si una sustancia química me hubiera cegado el juicio o hubiera descompensado fisiológicamente los equilibrios nerviosos en los que se sostiene la personalidad. Me comporto, así, como un autista: soy violento, impenetrable, manipulador, desalmado. Sólo me da ánimo la venganza: devolver el daño, corresponder a la calamidad con otra calamidad mayor. Despreciar y ofender hasta que la deuda esté pagada. Edmundo Dantés.

La mayoría de las veces, sin embargo, quien sufre el peor perjuicio soy yo mismo, roído por las ideas, amargado, apartado del mundo; y las matemáticas entonces lo agravan todo, pues el daño sigue creciendo y el resarcimiento necesario se vuelve más grande. En ocasiones llego al filo de la nada. Trato de encontrar el hilo de Ariadna para salir del laberinto, pero no soy capaz de sujetarlo con los dedos. El amor, como reverso, se transforma en aborrecimiento.

Antonio padeció ese castigo sin indulgencia. A veces por agravios reales, como el de aquella noche, pero otras veces por contrariedades o desengaños que sólo estaban en mi imaginación. Cuando ocurría eso, yo convertía su vida en un suplicio, lo que contribuía, circularmente, a que él creyera en mi desamor y en mi infelicidad. El álgebra enseña una vez más el resto: nunca queda nada. Despojos, brozas, desperdicios.

De *Los amores confiados*, donde Antonio se llamaba Diego: «Hay un proverbio indio, traducido a todas las lenguas, según el cual la única manera de representar una verdad trascendental es crear una mentira convincente. Ésa es la idea sobre la que se fundamentan la literatura y el arte, y quizá por eso quienes disfrutamos de alguna veleidad de este tipo tenemos una cierta propensión a la falsificación y al embuste. Ahora, mucho tiempo después de aquellos años, cuando trato de recordar la vida difícil y desengañada que llevábamos Diego y yo mientras estuvimos juntos, me pongo a hojear nostálgicamente los álbumes de fotografías que conservo de aquella época, y siempre me detengo a examinar con una atención especial, con añoranza, una serie de ellas que hicimos en junio de 1993 en la Gran Vía de Madrid. Yo estaba decorando por entonces la pared de una habitación de mi casa con imágenes en las que aparecían todas las personas que habían sido importantes para mí a lo largo de mi vida. Había hecho ampliaciones de retratos en los que se me veía al lado de mis compañeros de estudios, de mis amigos del barrio, de mis padres, de Toni Mondragón o de alguno de los amantes que había tenido. Las fotografías, escogidas sobre todo por su valor sentimental, eran pequeños símbolos de lo que había acontecido en mi biografía hasta ese momento: un almuerzo bucólico en los jardines universitarios, una estampa de familia captada durante la boda de mi hermana mayor, la entrevista que le hice a Julio Cortázar en su apartamento de París poco antes de que muriera, una fiesta de Nochevieja en casa de Mónica Líberman o una vista turística de las calles de Roma en la que yo, con dieciocho o diecinueve años, posaba sonriente delante del Panteón de Trajano. Había también una imagen de Diego montado sobre mis espaldas, cabalgándome a horcajadas como hacen los niños cuando juegan. Estaba tomada en Sevilla, en el Patio de los Naranjos, y al fondo, sobre un cielo muy azul de verano (aunque era diciembre), podía verse la torre de la Giralda. Yo quería, sin embargo, que hubiera otra foto más idealizada y airosa para representar nuestra relación. La colocaría en el centro de todas, enmarcada con una madera más gruesa y ampliada a un tamaño mayor que las demás. Esa foto no existía, de modo que decidí crearla a imagen y semejanza de mis invenciones. A través de ella tendría que mostrarse un estilo de vivir como el que yo deseaba tener. En la escena, desarrollada en un paisaje urbano y bullicioso, debería haber apresuramiento. Diego y yo, de un modo enigmático, pareceríamos encarnar esa felicidad que sólo poseen los hombres cuyas existencias están llenas de acontecimientos y de trances. Habría gravedad y júbilo, pero nada de todo ello resultaría demasiado transparente para quien mirara. La fotografía, en suma, debería tener el aire de esas piezas maestras de Robert Doisneau que yo admiraba tanto: una naturalidad extraña detrás de la que se pudieran adivinar, sin aspavientos, las grandes pasiones de los personajes.

»En junio de 1993, Toni Mondragón nos hizo las fotos. Disparamos un carrete entero de treinta y seis instantáneas, pero en el álbum yo sólo guardo nueve, que, aunque no tienen gran calidad, debieron de ser sin duda las mejores de la serie. Los deficientes atributos técnicos de la cámara o el desmaño artístico de Toni al usarla fueron la causa de que los resultados, bastante mediocres, no estuvieran a la altura que yo había previsto para el fin que perseguía. Las imágenes no tienen demasiada fotogenia –la luminosidad es grisácea, apagada, y la textura de las líneas posee una granulación viscosa que apelmaza o distorsiona los colores–, pero la composición de la escena, a pesar de que los encuadres son en general deslucidos, sigue con fidelidad mi plan. Se nos ve a Diego y a mí esperando de pie en una de las esquinas de la Gran Vía madrileña con la calle Hortaleza. Las tomas están hechas desde abajo, desde el este geográfico, de modo que detrás de nosotros, al fondo, aparecen la Red de San Luis y algunos de los edificios que bordean la avenida hasta la plaza del Callao. En la fachada de uno de ellos, colgado del barandal de una terraza sobre la hamburguesería que existe en el arranque de la calle Montera, hay un cartelón que dice: "Ave María". Son letras negras pintadas en un lienzo muy grande. Es todavía de día, pero está comenzando a anochecer, porque la luz no tiene ya claroscuros ni aristas. La ropa de los peatones que pasan por nuestro alrededor revela que es primavera o verano. Yo llevo puesta una camisa azul y una americana muy holgada de cuadros pequeños. Diego está vestido con una camisa clara –ahuesada o blanca– que se ha remangado hasta medio brazo. Delante de nosotros, crecido en una de las jardineras que flanqueaban por aquella época esa calle, hay un enramado de vegetación que nos tapa la cintura. Ninguno de los dos miramos nunca a la cámara. Hemos sido sorprendidos en mitad de una carrera y no somos conscientes de la presencia del fotógrafo. Estamos el uno junto al otro, escrutando algún punto indeterminado que queda fuera del campo visual de la imagen, a la espalda del objetivo que nos filma. En algunas de las tomas Diego tiene un brazo levantado, como si le hiciese una señal a alguien a quien no vemos o intentara parar un taxi. Nos hemos colocado en el borde de la acera o fuera de ella, sobre la calzada, pues los coches nos rozan al pasar. Mi gesto es serio, suavemente preocupado por algo intrascendente. A veces le hablo a Diego, sin dejar de mirar hacia el punto que oteamos, o sonrío por algo que él me dice, como si la inquietud no pudiera enturbiar en absoluto la complicidad que nos tenemos. El tráfico es hormigueante y en la calle hay ambiente de alboroto. El espectador desprevenido que hubiese visto una de esas fotografías enmarcada en una pared, junto a otras semejantes, habría podido pensar que en el momento en que fue tomada, Diego y yo, impacientes o contrariados, esperábamos a alguien, o que, retrasados nosotros por algún percance, tratábamos de coger un taxi para acudir a una cita o llegar a tiempo a un espectáculo. La escena, poco costumbrista, pintaba una existencia llena de andanzas y de apremios en la que sus criaturas lo apuran todo hasta la última esquirla, hasta agotarlo. Fiestas, drogas, persecuciones, reencuentros, ditirambos, peleas, venganzas y muertes atravesados en un viaje sin respiro. No estoy seguro ahora de que pudiera haber soportado una vida tan exuberante, llena de conmociones y de sobresaltos, pero por aquellos años era la que deseaba tener, y para representarla inventé esas fotografías, que a pesar de su inocencia son la mayor de las mentiras que urdí con Diego. Y la más duradera de todas.»

Y un poco después: «...puedo recordar muchas de las afrentas que me hizo Diego y reconstruir con cierta escrupulosidad las tortuosidades que vivimos juntos si me esmero en ello por alguna razón. Pero si pienso en aquellos años instintivamente, sin propósito, sólo recuerdo la alegría y los gestos de ternura. Veo imágenes quietas de algunos momentos que son memorables: un escarceo erótico encima de la moto de camino a Barajas, donde íbamos a despedir a alguien; una jornada de equitación en un picadero de las afueras de Villalba; una comida de longanizas y butifarras en Cadaqués, al lado del mar; o cada una de las mañanas en las que despertaba a su lado, satisfecho de que después de todas las adversidades la vida me hubiera recompensado así. Estoy seguro de que muchas de esas imágenes que recuerdo no son por completo verdaderas, pues el tiempo embellece con maquillajes y adornos todo lo que pervive de nosotros. A mí, en cualquier caso, me consuelan de los daños y de las desdichas por las que pasé con él. Y quizás algún día, cuando sea un anciano melancólico y mire los álbumes de fotos para recordar mi vida, me pregunte intrigado a qué lugar iríamos Diego y yo aquella tarde en que alguien nos retrató tantas veces en la Gran Vía de Madrid –con ese aire de bienaventuranza que da la juventud a quien la corteja– mientras tratábamos de parar un taxi o aguardábamos impacientes a que la persona con la que estábamos citados llegase.»

Es cierto: recuerdo más las glorias que las desdichas. Pero en los últimos meses las disputas iban cosiéndose una con otra, sin interrupción, y llegaron a ser a veces riñas violentas. Sus ataques de celos, mis respuestas altaneras, el silencio seco y soldadesco. La convivencia era ya como una lámina de hielo quebrada por el peso de quienes caminan por ella: cada trecho más agrietada y hendida. Debajo, el agua helada y azul, la muerte.

Antonio y yo decidimos separarnos en marzo de 1994. Habíamos tenido una tarde plácida y divertida. Estuvimos en el teatro y fuimos luego a cenar con unos amigos. Hicimos bromas y planes, bebimos vino. A medianoche nos despedimos de nuestros acompañantes y nos fuimos hacia mi casa. Ya en el coche comenzamos una discusión virulenta a propósito de un asunto menor que más tarde nunca pude recordar. Lo que librábamos, sin embargo, no era ya el asunto en cuestión, sino toda la tradición de agravios que nos habíamos ido infligiendo mutuamente desde el día en que nos conocimos. Al llegar a casa seguimos discutiendo a voces. Yo, que estaba cansado de aquel tormento, me metí en la cama. Él dijo: «No podemos seguir así.» Yo, con los ojos entrecerrados, le respondí con un hilo de voz: «Entonces tendremos que separarnos.» Antonio se quedó quieto durante un instante, al pie de la cama, mirándome, y luego se marchó de casa. Nunca volvimos a vernos.

La lámina de hielo, esta vez, se había abierto sobre el agua helada.

En todas las figuraciones sentimentales de mi vida –a veces muy sofisticadas– había contemplado la hipótesis de que el amor se terminara: el fastidio del paso del tiempo, la desavenencia en los planes del porvenir, la aparición de otro amante, el desvanecimiento de la admiración o de la ternura, la desgana. Sin embargo, jamás había considerado la posibilidad de que dos personas que seguían amándose dejaran de estar juntas. Por eso no presentí que Antonio y yo pudiéramos separarnos. Él era el contrafuerte que sujetaba toda mi vida; y yo –fue su propia confesión– tenía el hilo de la suya. No faltaba devoción ni dulzura.

En Los amores confiados cité una frase de Antonio Muñoz Molina, extraída de un artículo periodístico, en la que el autor afirmaba melancólicamente que uno de los descubrimientos más dolorosos de la adolescencia es el de comprobar que la fuerza del amor que uno siente hacia alguien no garantiza que ese amor vaya a ser correspondido. Tal vez puede añadirse una ley semejante más paradójica: la fuerza del amor que dos personas sienten no garantiza que ese amor perviva.

Yo estaba seguro de que aquella ruptura se revertiría. Como otras veces antes, la amargura se iría apaciguando con el paso de las horas y volveríamos a reencontrarnos apasionadamente. Tres días después, sin embargo, Antonio me dejó un mensaje en el contestador telefónico anunciándome que me había enviado por correo mis cosas y rogándome que, en reciprocidad, le enviara las suyas a casa de su tía. El paquete llegó poco tiempo después. Venía acompañado de una nota casi administrativa –esforzadamente fría– en la que me pedía que en el envío incluyera también un jersey que le había regalado meses antes una amiga suya y que, por ser de talla grande, sólo usaba yo. Esa misma semana ocurrió también una calamidad alegórica: murió un pez que Antonio había comprado para mi despacho y que cuidábamos con una pamplina extraordinaria, como si fuéramos niños de parvulario. Entonces sufrí por fin la primera crisis nerviosa y comencé a creer, con el augurio de tragedia griega, que el rumbo de la relación era verdaderamente oscuro.

Necesitaba impedir aquella separación por el amor que le tenía a Antonio, pero también por el terror que me inspiraba el futuro. La mayoría de los homosexuales que conocía estaban solos o tenían lazos sentimentales frágiles. Algunos de ellos, entrados ya en edad, vivían vidas desoladoras: se habían vuelto invisibles, abandonados, sombríos. Ya no aguardaban nada con demasiada confianza: ni el sexo simple, perdida ya la juventud, ni la camaradería bienhechora. Parecían viudas de otro siglo: se compraban ropas llamativas, tomaban café a media tarde con amigos como ellos e iban en vacaciones a balnearios de aire homosexual.

Yo tenía el convencimiento de que Antonio había sido mi última oportunidad de escapar a ese destino y de que si todo se malograba, si despilfarraba mi suerte, nunca conseguiría recobrar la felicidad. Cualquier separación sentimental es un fracaso, pero aquélla suponía para mí una tragedia. No sólo perdía al hombre al que amaba:

perdía también la única gracia que los dioses iban a concederme.

Le escribí, durante días, una larga carta. Un cuaderno entero caligrafiado con mi letra primorosa. En ella le hacía los requiebros de amor más lastimeros y le prometía una rendición absoluta: si volvía a mi lado, cumpliría todos los requerimientos que él me pusiera y me transformaría en un hombre nuevo. Era una capitulación incondicional, irrazonable, desatinada. Me comprometía con juramentos imposibles y repetía las mentiras que los amantes desconsolados siempre dicen.

Antonio, sin embargo, mantuvo su palabra tenazmente. No aceptó volver a verme ni consintió el juego del debate amoroso. Lo extirpó todo de cuajo. En aquellos días inventé o leí en algún libro una imagen literaria que me concernía: unos dedos que atraviesan la carne del pecho, sujetan el corazón y tiran de él para arrancarlo.

En su libro *Otra ciudad, otra vida*, el poeta Karmelo C. Iribarren escribió un poema sobre el tiempo de luto que explica bien lo que yo sentí en los meses posteriores a mi separación de Antonio.

> La vida sigue –dicen–,
> pero no siempre es verdad.
> A veces la vida no sigue.
> A veces pasan los días.

Las primeras semanas –los primeros meses– fueron pavorosos. Yo volví a representar el papel de héroe desolado con el dramatismo sentimental y la exuberancia que definen mi carácter. Bebí en exceso, me encerré a escuchar música lacrimógena, lancé mensajes de auxilio a mis amigos y recomencé, después de muchos meses de fidelidad, una actividad sexual vertiginosa y anestésica.

Volví a salir con Toni, que en aquel tiempo, como yo, había tenido un novio y que ahora estaba otra vez entregado a la inconstancia. Traté de encontrar la alegría de aquellos tiempos pasados, de los años felices, la liviandad de todo, la delicia de ser libre para ver la luz del alba lejos de casa o para sodomizar a alguien sin remordimientos, pero no lo logré hasta mucho tiempo después, y aun entonces, sabiendo ya, como Marcel en Combray, que los besos durarían poco y que vendría luego de nuevo la soledad, me esforcé en conservar siempre la duda y la desconfianza.

La autocompasión es un sentimiento con poco prestigio, pero a menudo sirve para salvar el alma. Estuve un año –quizá más– repitiendo con morbosidad los versos de Pedro Salinas:

> No quiero que te vayas,
> dolor, última forma
> de amar.

Insistiendo ante mí mismo en que la única lealtad que podría redimirme era aquélla:

> Y mientras yo te sienta,
> tú me serás, dolor,
> la prueba de otra vida
> en que no me dolías.
> La gran prueba, a lo lejos,
> de que existió, que existe,
> de que me quiso, sí,
> de que aún la estoy queriendo.

Los años pasaron y el dolor cobró otras formas diferentes y tuvo otras razones. A veces confiaba en encontrarme con Antonio en la calle por azar para traerlo de vuelta a mi vida. No me quedaba ya amor, sino melancolía. No deseaba ya desnudarme a su lado ni compartir los días con él, pero quería aún que soplara en la espalda de mi cuello. Quería saber en qué lugar del mundo estaba y cuáles eran los sueños que tenía ahora.

IX. EL MUCHACHO SIN NOMBRE

Fue entonces cuando comenzó a inquietarme la imagen de esos homosexuales maduros que llevan camisas floreadas y ceñidas, se tiñen el pelo de color caoba y se ponen los pantalones vaqueros que la moda juvenil disponga (con talle bajo, con pata estrecha o acampanada, con remiendos). En aquellos tiempos se les veía sobre todo en los locales más sosegados –el café Figueroa o el café Gijón–, pero también iban, con atrevimiento, a los bares nocturnos y a las discotecas psicodélicas. Había dos viejecitos célebres, entrados ya en la setentena, que bailaban la música electrónica con pasos de chotis o de bolero.

Yo creo que la idolatría hacia la juventud es justa y envidio a aquellos que siguen pareciendo jóvenes cuando ya han dejado de serlo. Soy partidario, además, del empleo de la cosmética y hasta de la cirugía para enmendar los estragos –la masacre, lo llama Philip Roth– del envejecimiento. Pero ha de ser todo hecho con mucha cautela y con finura estética para que el efecto no resulte el contrario del que se persigue. Hay que poseer un gusto discreto para el vestuario y saber descubrir a tiempo las perturbaciones anamórficas que se tengan sobre el propio cuerpo.

Alguno de esos adefesios mamarrachos lo observan con la misma distorsión –o la distorsión contraria– que una anoréxica. Grandes barrigas realzadas por la estrechez de las camisetas; pieles lacias y descarnadas encarecidas por los tintes rojos o azulones de las camisas; callos, juanetes y uñas con micosis exhibidos a través de las sandalias veraniegas; y párpados pálidos y amarillentos escondidos bajo afeites como los que usaba Gustav von Aschenbach antes de que el sol de la playa de Venecia se los derritiera.

Ahora que sabía que tendría que vivir solo el resto de mi vida, ¿llegaría a convertirme en uno de esos seres bufonescos? ¿Era una ley fatal que sufrían los homosexuales? Yo acostumbraba a comprar ropa sobria con un aire de clasicismo, pero no era capaz de prever lo que, andado el tiempo, presa de la atribulación de la vejez, me atrevería a hacer con mi indumentaria. Me daba miedo perder el control de mi conciencia y vestirme con fulares hippies o con gabanes amarillos centelleantes a los cincuenta años. Me daba miedo maquillarme, pintarme cada noche las raíces del pelo o ponerme mascarillas para que la piel se me tersara.

Me volví aprensivo y triste y dediqué más tiempo del que habría debido a pensar en los desvaríos de mi vejez. Con alguna de esas señoronas de sesenta años que se teñían el bigote para parecerse a Freddie Mercury y llevaban camisetas de tirantes que dejaban ver la flaccidez de los músculos deltoides y pectorales, Toni y yo tomábamos café de vez en cuando, y las encontrábamos radiantes de simpatía, pero nos parecían, en todo caso, un espejo deformado por Max Estrella en el que no queríamos mirarnos.

Hice otra promesa (menos solemne que la de la cucaracha): a los cuarenta años dejaría de salir por los bares de ambiente homosexual y compraría mi ropa en la planta de caballeros de los grandes almacenes. Nunca sería un ser grotesco. O no lo sería, al menos, vestido de espantapájaros.

Lo he escrito ya varias veces en diversos lugares: ningún ser humano cambia en lo sustantivo después de los veinte años; después de los quince, si somos radicales en el diagnóstico. Por eso todas las cuentas saldadas que yo había hecho con mi vida y todas las etapas consumidas irreversiblemente se fueron pronto a una especie de purgatorio. Lo dice Kierkegaard en su célebre aforismo: «La vida sólo puede ser comprendida hacia atrás, pero únicamente puede ser vivida hacia delante.»

Comencé a hacer algo que llevaba toda mi vida queriendo hacer y a lo que por diversos impedimentos –mi fobia aérea era el principal– no había sido capaz de dar curso: viajar. Pocos meses después de que Antonio y yo nos separáramos me fui con mi amiga Lola a Moscú y a San Petersburgo, donde, junto a esos palacios principescos de la Perspectiva Nevski y a esos mares fríos, le eché de menos.

Un año después, Toni y yo decidimos viajar a Cuba, que era, en aquel momento de Periodo Especial, un destino fascinante para los bizarros. Queríamos pisar la isla –ésa era la consigna que corría por ahí– antes de que el Comandante Fidel muriera; antes de que desapareciera ese *ancien régime communiste*. Compramos dos paquetes turísticos que nos permitían recorrer la isla desde Santiago de Cuba hasta La Habana, pasando por las ciudades coloniales más importantes –Cienfuegos, Trinidad, Camagüey– y por las playas turísticas de Varadero. Íbamos con un grupo de gente, con ruta predeterminada y reglas bolcheviques. Para homenajear a la burocracia cubana, Toni y yo nos cambiamos el nombre: él se llamaría Alejandro y yo Daniel. Con esos nombres nos presentamos ante nuestros compañeros de viaje, que durante las casi tres semanas que estuvimos en el país nos llamaron de ese modo. Fue un juego infantil que contenía un deseo de renacimiento: despertar un día siendo Gregorio Samsa.

En aquellos tiempos, después del derrumbe de la Unión Soviética, Cuba era un gran burdel. Al salir del hotel el primer día, recién llegados a Santiago, nos abordaron dos chicos de los que era imposible desembarazarse. Sin duda estaban preparados para las tareas de reconocimiento y supervivencia, porque al cabo de diez minutos de conversación intrascendente sobre las costumbres del país nos informaron, sin que hubiera causa, de que, aunque en Cuba la homosexualidad estaba mal vista, ellos eran muy liberales de mente y no tenían ninguna reprobación que hacer al respecto. Fue la primera advertencia de lo que nos ocurriría durante toda la travesía.

«No hay apenas chicos guapos», escribí en un cuaderno de viaje en el que durante algunos días levanté acta de nuestras aventuras. «La sensación, no obstante, es de terrible sencillez. Camino de la discoteca vi a uno que me gustaba. Le miré con un cierto descaro cuando nos cruzábamos, y entonces se volvió y cambió de dirección para seguirnos. Estuvo hablando con Reynaldo», que era uno de los *escoltas* que nos acompañaban a todas partes.

«Alejandro y yo hemos estado hablando de ese muro que separa los dos mundos y de la alegría con que a pesar de todo ellos parecen aceptarlo. De la moralidad o inmoralidad que hay en comerciar con el sexo en estas circunstancias. De nuestro sentimiento de culpa burguesa. Yo, tal vez para aliviar mis remordimientos, pienso que en cualquier caso ellos siguen pareciendo más felices que nosotros. Sueñan como sueñan los niños: creyendo que lo que imaginan existe.» Y un poco más abajo anotaba el resumen cultural de la época: «Reynaldo me explicó que se alquilan cuartos para acostarte con quien quieras y que esa prostitución generalizada (que se paga encubiertamente o que forma parte de un servicio más amplio) es aceptada como algo normal, como un elemento más de ese juego de supervivencia. El sexo, dice él, no tiene tanta trascendencia. Unos se dedican a enseñar monumentos históricos y otros dejan que les chupen la pinga.»

Habría sido difícil atravesar ese paraíso terrenal manteniendo la abnegación. No éramos, además, abnegados. Yo seguía teniendo alguna víscera llena de resentimiento hacia los asuntos del mundo, y aunque no me acordaba ya casi nunca de Antonio, estaba de nuevo enamorado y me angustiaba cada vez más la soledad que auguraba para el futuro.

Resistimos cuatro días. En Holguín conocimos a un chico que se nos ofreció dócilmente y que incluso llegó a apremiarnos para que cumpliéramos con la ceremonia. Él mismo buscó un compañero para completar las parejas y se ocupó de la intendencia. A partir de ese día, con la conciencia ya remordida, entramos en varias camas para conocer la intensidad del trópico.

Fue un viaje de iniciación, un bautismo. Yo nunca había corrido tantas aventuras –en un país extraño– ni había estado tan cerca de los límites de la moralidad, en todos sus sentidos. «En Camagüey conocimos a El Suave, que en realidad se llama Juan Luis. El personaje me fascinó. Era el perdedor nihilista en su versión cubana. Su forma de hablar a través de inflexiones cansadas y largas, de vocales arrastradas en las que los énfasis no se marcaban; su manera de fumar, encendiendo un cigarrillo con la colilla del anterior; sus movimientos de persona acabada. Jugó todo el tiempo en el límite: pidiendo dinero pero censurando nuestro comportamiento. Inventó la historia de un robo –le habían quitado todo– y la necesidad de volver a La Habana en el tren de esa misma noche para llegar a tiempo a su trabajo en el hotel Emperador. "Mi estrella", llamaba a Alejandro. Paseamos durante mucho rato por calles oscuras, sin rumbo. "Ustedes son los amos", decía con una pronunciación de duermevela. "Cuando ustedes dan tres dólares para pagar una consumición, ¿no se dan cuenta de lo que nosotros podríamos hacer con esa cantidad?" Le dimos el dinero que pedía para el tren a La Habana y se fue corriendo para no perderlo. Sabíamos que era mentira, pero se lo dimos. Él, en cambio, nos facilitó indicaciones equivocadas para llegar a la central de teléfonos, desde donde teníamos que llamar para pedir un taxi que nos llevara de vuelta al hotel. Al día siguiente, paseando, nos encontramos a El Suave en la ciudad. Él nos vio, pero no le dijimos nada.»

Todos los viajes, como dice la cantilena, son viajes interiores. Se atraviesan países, se cruzan océanos y se camina por ciudades extranjeras, pero el único trayecto verdadero es el que se recorre durante ese tiempo en la propia conciencia. Aquel viaje a Cuba, en el que me sucedieron tantas cosas, fue para mí una forma de volver del fuego. Durante algunos meses tuve el plan de abandonar España e instalarme allí. Regresamos en la Semana Santa del año siguiente. En una de las fotos que me tomaron entonces, se me ve con una camiseta que lleva el lema ingenioso –de moda entonces– «I'm not gay, but my boyfriend is». Jamás me habría atrevido a ponerme esa camiseta en España, pero el hecho de que lo hiciera allí, desafiando la tibieza de las convenciones y mi propio pudor, prueba que estaba comenzando a incubarse la última mudanza: la del orgullo.

En el verano de 1996 tuve con Toni una discusión encendida. Estábamos en Nueva York, sentados a media tarde en una terraza del West Village o de Chelsea, y teníamos que hacer planes para la cena. Toni propuso ir a un restaurante gay de los que aparecían en una revista comercial que nos habían regalado. Me opuse violentamente y le acusé de estar convirtiéndose en uno de esos obsesos homosexuales que sólo eran capaces de vivir dentro del gueto y que se recreaban en su propio aislamiento. Yo había llegado a aceptar la existencia de bares homosexuales –con entusiasmo, como he referido– porque tenían una funcionalidad: en ellos se reunía la gente para emparejarse o para fornicar, lo que en los tiempos que corrían no era posible hacer con facilidad en otros lugares. En un restaurante, en cambio, se iba sólo a comer. No había cruces de caminos ni propósitos distintos. Podría llegar a entender que una pareja aún en celo, aguijada por las hormonas, acudiera allí para poder besarse y manosearse sin compostura durante el almuerzo o la cena, pero no encontraba la razón para que dos solteros como nosotros eligieran un local en atención a su régimen sexual y no a su menú.

No recuerdo cuáles fueron los argumentos de Toni –templados, apaciguadores– ni recuerdo dónde cenamos finalmente. Yo en realidad deseaba tener una vida gay, pero necesitaba, de nuevo, que fuera en contra de mi voluntad. Deseaba cenar en esos restaurantes, ir a tiendas de homosexuales, dormir en hoteles exclusivos y vivir dentro de los perímetros del gueto, pero no encontraba arquitectura intelectual que sostuviera esas aspiraciones y me resistía por lo tanto a ellas como si fueran tentaciones de Satanás. Había ido cruzando rubicones durante años, había superado las pruebas más peligrosas y había llegado a conquistar territorios de los que en mi adolescencia ni siquiera había oído hablar. Seguía, sin embargo, teniendo en mi esqueleto algunos huesos de cucaracha. Quizá dentro del pecho me quedaba un protórax; o en los muslos, en lugar de húmeros, conservaba aún esas patas hirsutas y negras. Tal vez las cucarachas, como las moscas, tenían ojos reticulares y era ése el resto que todavía guardaba mi cuerpo: una mirada de insecto, fragmentaria, pulverizada en mil lentes mal enfocadas.

En aquellos años ya había manifestaciones reivindicativas en Madrid. Yo las censuraba con cierta furia. Repetía los mismos argumentos de sacristía y de taberna que luego, cuando recobré el juicio, comencé a combatir. Repetía, por ejemplo, como los más estólidos, que no hay que estar orgulloso de ser homosexual ni hacer pregón de ese orgullo. Pero yo en realidad lo estaba. Estaba orgulloso de haber sobrevivido, de seguir teniendo sexualidad y razón de amor, de mantenerme en pie y no sentir vergüenza, de haber evitado la traición, el suicidio o la locura. Estaba orgulloso de haber ido descubriendo, a contracorriente, que todo aquello de lo que habían querido apartarme era lo único por lo que merecía la pena luchar.

Las alcobas se convierten a veces en barricadas. Hubo un instante en mi biografía –impreciso, sin fecha, a finales de siglo– en el que la eyaculación se transformó para mí en un asunto político. Había estado durante muchos años tratando de salvar mi propia vida y de repente me di cuenta de que no es posible nunca salvar una vida a solas; de que sólo me salvaría cuando estuviéramos todos en tierra firme, resguardados. No fui entonces agitador ni amotinado, no dediqué mis noches a la revolución, pero aprendí a aprovechar ese orgullo y empecé a contarlo: que había sobrevivido, que amaba a los hombres, que estaba de pie, que no sentía vergüenza, que tenía las manos limpias. Endurecerse sin hacerse piedra: ése es el orgullo.

A lo largo de mi vida me he enamorado tal vez de veinte hombres –quizá más–, pero he amado sólo a cinco de ellos. La Real Academia apenas distingue entre «enamorarse» y «amar», o lo hace con cierta indecisión. Yo no sabría dar aquí una explicación lexicográfica de las diferencias entre uno y otro verbo, pero estoy convencido de que son sentimientos distintos. El enamoramiento siempre precede al amor. El enamoramiento es agudo, aéreo, jubiloso, ofuscante, fatigado, pero la mayoría de las veces se desvanece pronto sin dejar huella. Es parecido a una ilusión de prestidigitador o a la alucinación pasajera de una droga. El amor, en cambio, es grave, denso y perdurable. Está lleno de posos que se quedan en alguna parte del cerebro y que vuelven siempre a la memoria o al corazón.

He hecho esta divagación minuciosa para mostrar a continuación mi paradoja. He amado a cinco hombres. Tres de ellos fueron amores reales: Jesús, que no pudo consumarse; Antonio, de quien aprendí los primeros sacramentos; y Axier, con quien terminé casándome y compartiendo mi vida entera. Los otros dos fueron amores imaginarios, invenciones: el primero de ellos, Arturo, el caballero de la Tabla Redonda; el segundo de ellos se llamaba Javier y representa la última especie zoológica de este recuento.

Javier no tuvo nombre hasta mucho tiempo después. Yo le llamaba Alberto porque Toni había decidido, festivamente, que sus rasgos faciales se correspondían con los de ese nombre. Le conocí en Refugio, que a mediados de los años noventa, cuando yo me acababa de separar de Antonio, se convirtió en mi templo de celebración. Estaba cerca de la plaza de Jacinto Benavente, en una planta sótano a la que se accedía bajando por unas escaleras empinadas. Tenía una decoración siniestra: un techo que simulaba el de una gruta, con geologías punzantes fabricadas con un cartón piedra amarronado. Comenzaba a animarse un poco antes de las tres de la mañana. Había tres barras –dos de ellas gobernadas por amigos nuestros, de modo que no pagábamos las consumiciones– y un cuarto oscuro gigantesco en el que, a media noche, iban entrando juntos, casi en formación, sin lucha de clases, los proletarios y los oligarcas, los hermosos y los deformes, los jóvenes y los ancianos. Allí dentro, como en el Paraíso Terrenal, toda esa diversidad dejaba de ser relevante.

En Refugio pasé algunas de las noches más gloriosas de mi vida. En uno de aquellos veranos comenzaron a celebrarse cada semana –según un modelo copiado de las discotecas de Ibiza o de los edenes lisérgicos– las fiestas de la espuma, que eran orgías mansas y apacibles. La pista de baile, rodeada de una grada baja, se inundaba con espuma que el cañón de una máquina lanzaba cada cierto tiempo. La sala se convertía en una especie de piscina en la que los danzantes, medio desnudos, acompañaban la música al mismo tiempo que tentaban los cuerpos que estuvieran a su alcance. La espuma cubría la visión de las manos, pero no la de los rostros: la excitación, la delicia, la inmortalidad. Algunos acababan quitándose completamente la ropa y, a medida que la noche iba pasando, aquel paisaje se volvía más desordenado y licencioso. Todo lo que producía placer se mostraba junto: el alcohol, la belleza desnuda, la inflamación sexual, la risa y la música del baile. Aguantábamos hasta el borde de la noche, hasta que la luz de afuera, que allí no llegaba, comenzaba a iluminar la ciudad.

Los viernes y los sábados, Refugio se llenaba completamente. A algunas horas era imposible atravesar la sala, llegar hasta una de las barras, cruzar la pista de baile. Y siempre había –la belleza, en Madrid, nunca ha escaseado– decenas de chicos deseables. Unos pasaban con fugacidad: viajeros, noctámbulos equivocados. Otros eran parroquianos devotos que volvían noche tras noche.

A principios de 1995, cuando estaba terminando mi luto sentimental, vi allí, en uno de los bancos que había en las paredes para sentarse, a un chico fascinador. Era muy joven y tenía una perfección serena en los rasgos de la cara. Le observé durante toda la noche, le seguí cuando se movió de un lado a otro. Luego se fue, o me fui, y me olvidé de él: esos encuentros han sido tan frecuentes en mi vida que no habría ninguna crónica que pudiera registrarlos enteramente. A la semana siguiente, sin embargo, volví a verle. Estaba entonces con otro chico mayor que él, pero no hubo besos ni caricias que me advirtieran. La fascinación se repitió. Tenía una de esas sonrisas que destruyen. El gesto era dulce, un poco ensimismado cuando estaba serio. Le observé de nuevo, le seguí. Él volvió a irse, o volví a irme yo, pero ya no le olvidé. Dos noches, tres noches más, y supe que aquel desconocido iba a enmarañarse en mi vida si yo no sabía evitarlo. No lo evité. Dejé que se me metiera otra vez debajo de las uñas ese tacto frío y azul de la obsesión: comencé a pensar en las cosas que podríamos hacer juntos, en viajes remotos, en tardes de abrigo y de lluvia; y comencé a pensar también, sin romanticismos, en su cuerpo desnudo, en su verga, en el amargor de su semen, en la ferocidad del amor.

Algunas noches iba a la discoteca solo y otras venía acompañado de ese chico mayor con el que le había visto al principio. Cuando estaban juntos se comportaban ex-

259

trañamente: a veces se besaban con pasión delante de todos –para mi desolación– y a veces pasaban las horas casi sin hablar, bebiendo juntos o compartiendo un cigarrillo. Su noviazgo, si lo había, era intermitente y estaba lleno de anomalías, lo que me concedía alguna suerte de esperanza.

No me atreví a acercarme a él. Cuando he tratado de explicar a otros mis problemas malsanos de timidez se han burlado siempre de mí, pues como en determinados asuntos soy decidido o incluso insolente, tienden a creer que puedo comportarme de ese modo en cualquier entorno y circunstancia. En el galanteo amoroso, no. Hice el cálculo y la conjetura: él es muy joven y yo ya he cumplido los treinta años; él tiene una belleza admirable, yo tengo rostro de sarmiento; él quizá posea habilidad social para mantener una conversación con un desconocido que le importuna, pero yo pierdo los pensamientos, no me queda ninguna traza de ingenio, soy mudo cuando hablo con alguien que me interesa. La conjetura, por lo tanto, era clara: me sonreirá con desgana, responderá a alguna pregunta, aceptará tal vez la bebida a la que le invite y luego, cuando vea el camino franco, se apartará de mí con cualquier pretexto. Me abandonará humillado y les contará a otros, con burla, lo que traté de hacer.

Estaba repitiendo, diez años después, mi amor artúrico, ese amor sobre el que Cortázar hacía una disección terrible:

No hay otro amor que el que de hueco se alimenta,
no hay más mirar que el que en la nada alza su imagen
[elegida.

En este caso había, respecto a aquel de Arturo, una ganancia: el desconocido de Refugio era al menos homosexual, y mis afanes no tendrían que combatir contra los impedimentos de la naturaleza.

Es fácil enamorarse de un desconocido, de alguien de quien no se sabe nada (o más aún: según algunas teorías, *sólo* es posible enamorarse de personas a las que no se conoce todavía). Lo paradójico, lo irrazonable, lo incongruente es llegar a amarlo. Pasar de lo aéreo a lo grave; de lo jubiloso a lo metafísico; de lo transitorio a lo eterno.

No estoy clínicamente loco; no veo duendes ni creo en espiritualidades fantasmales; no imagino que haya metempsicosis ni destinos de la Providencia. No puedo dar, por lo tanto, una explicación mágica de aquel amor. Yo lo inventé. Puse en el amante sin nombre atributos y virtudes que no existían. Hice una vez más un *frankenstein* a mi gusto. Creé un personaje que, a diferencia de los de las novelas, tenía cuerpo real y movimiento autónomo; estaba insuflado de vida propia; respiraba el mismo aire sucio y viciado que yo; me miraba a veces a los ojos.

Tal vez nunca llegué a hablarle porque quería preservar esa obra. Mantenerla en el territorio de la figuración, de lo sobrenatural. Un *frankenstein* con el cuerpo sin costuras, con la sonrisa oceánica, con los testículos llenos de esperma.

A los tres o a los cuatro meses comenzó la enfermedad. Los síntomas fueron los mismos que otras veces: el insomnio, la divagación obsesiva, el dolor. Llegué a planear, como había hecho una década antes con Arturo, la pesquisa de detective. Quería averiguar cosas de su vida: qué estaba estudiando, en que barrio vivía, quiénes eran sus amigos. Quería averiguar también, sobre todo, si ese chico que le besaba algunos días era su novio formal y si le guardaba fidelidad sagrada. Las noches en las que venía solo se acercaban a él otras personas con el propósito de engatusarle, pero nunca le vi marcharse con nadie diferente ni dar pábulo a sospechas.

Quizá tomé en consideración la posibilidad de contratar a un investigador privado que le esperase una noche a la salida de la discoteca y le siguiese, pero –por el coste económico o por la inmoralidad– no me atreví a hacerlo. Seguí aguardando mansamente que el tiempo transcurriera, que lo curara todo. Durante unos meses tuve incluso un novio dócil y agradable con el que traté de recobrar el juicio, de volver a ser humano y coger la tierra entre los dedos. No hubo provecho. El muchacho sin nombre guardaba todos mis tormentos.

Mi estado se volvió enfermizo, mórbido. Lloraba como un niño desamparado; hablaba siempre de los mismos temas celestiales, del fin del mundo. Toni, entonces, asustado, se ocupó de mis padecimientos. Hizo un análisis clínico, empleando sus argucias de psicólogo, y estableció unas recomendaciones terapéuticas. A esas alturas del desvarío, según él, el único remedio podría traerlo el conocimiento de la realidad.

Una de las noches en las que yo estaba más perturbado, con el alma cortada a cuchillo, Toni se acercó al muchacho sin nombre y le habló. Como en las intrigas escolares de adolescentes, en las que se envían papeles y recados con mensajeros, le dijo –sin mi permiso– que yo quería conocerle. Él se mostró amable y accedió, pero cuando Toni vino a buscarme (yo había ido a esconderme en algún rincón de la discoteca) me negué. No tenía valor suficiente. No habría sabido qué decirle. Toni me reconvino, pero sólo logró de mí un compromiso: preparar mis aparejos y velar las armas para hablar con él cuando se presentara de nuevo la ocasión.

Entre mis papeles guardo un cuaderno pequeño, con

papel ahuesado y tapas de cartón, en el que están recogidas las anotaciones que hice en los siguientes días para preparar mi conversación galante con el muchacho sin nombre. Ahora sabía ya, gracias a Toni, que se llamaba Javier, pero en el cuaderno escribí el nombre figurado, el del *frankenstein:* «Cuaderno de Alberto». Y una fecha: «10 de junio de 1995». Están caligrafiadas aproximadamente un tercio de sus páginas, cada una de ellas con un asunto distinto: hay listas de temas de conversación, apuntes de bromas posibles, vínculos para indagar a través de sus palabras y una enumeración de los datos que debería conseguir. Hay una escaleta de actuación, como si se tratara de las notas de un guión o de un drama teatral: cuándo tenía que abordarle, qué expresión emplearía para invitarle a una copa, en qué parte de la discoteca sería aconsejable que nos colocáramos. Y hay, por último, muchas observaciones sobre mi propia conciencia, mensajes construidos –algunos de ellos sin duda por inspiración terapéutica de Toni– para fortalecer mi convencimiento. En una de las páginas, por ejemplo, aparece una relación de parejas de belleza desigual, encabezada por Arthur Miller y Marilyn Monroe. En otra está dibujado un árbol de secuencias en el que se desmenuzan (y se desdramatizan) los distintos resultados posibles de nuestra hipotética conversación. Y en otra más, por fin, se reúnen sentencias e ideas de pensamiento positivo utilitarista.

Jamás había preparado una entrevista de trabajo o un examen importante con esa minucia. Memoricé las preguntas, ensayé las réplicas, hice ejercicios gestuales frente al espejo y pasé pruebas de vestuario. Mi decisión, sin embargo, se iba posponiendo: nunca me encontraba suficientemente capacitado para hablar con Alberto. Un día Toni me dio un ultimátum, hizo una amenaza, y yo le prometí entonces que el siguiente viernes cumpliría mi compromiso. Pasé esa semana con espanto. El viernes me vestí para la ceremonia y acudí a Refugio. Alberto no fue esa noche. No fue tampoco el sábado, ni el viernes siguiente, ni al otro viernes. Yo sentí alivio y comencé a creer que el destino me había librado de ese fracaso,

Un mes después, Alberto regresó. Yo estaba cerca de la escalera y le vi bajar. Inmediatamente sentí un escalofrío en la médula. Toni vino a auxiliarme y trató de devolverme la razón. La escena, en mitad de la discoteca, era grotesca. Yo comencé a respirar mal, a tener pálpitos cardiacos. No hacía falta que Toni me recordara mi deuda: era yo mismo quien sabía que no podría huir nunca del remordimiento si no cumplía aquel compromiso. Repasé de nuevo en la memoria las preguntas, las palabras ingeniosas, las réplicas que debía dar. Bebí dos o tres gin-tónics para calmarme o para darme bríos. Y cuando por fin tomé la decisión de acercarme a Alberto, cuando di dos pasos en la dirección en la que él estaba, apartado en silencio, como siempre, me vino una náusea dolorosa y tuve que correr hacia la salida para vomitar en la calle.

Nunca más lo intenté. Seguí viendo a Alberto durante mucho tiempo. Luego él dejó de ir a Refugio, pero no le olvidé: el monstruo, como el de Frankenstein, era mi obra, y es imposible, por desgracia, olvidarse de uno mismo.

En los bares a los que iba había cien chicos tan guapos como Alberto. Mil, si sumo todos los años de mis exploraciones. Muchos de ellos eran, además, más próximos a mis cánones de belleza o más cercanos a mi alcance. ¿Por qué le elegí a él para mis trabajos de Prometeo? ¿Por qué inventé sobre su cuerpo y no sobre el de otro?

Me hice esas preguntas durante mucho tiempo, pero no pude llegar a ninguna conclusión razonable. No había explicaciones que tuvieran aire científico, empírico, ilustrado. No había teorías psicológicas que sustentaran esa fatalidad. Sólo me quedaba, por lo tanto, acudir a la magia o a la literatura. Creer, ahora sí, en el destino.

Alberto me inspiraba deseo –a veces con brutalidad–, pero sobre todo me inspiraba ternura. Tenía un aspecto desamparado, afable. Bailaba con una desmaña que me conmovía, y me gustaba su silencio, la quietud con la que pasaba aquellas noches turbulentas. Me parecía, además –aunque esto seguramente es una pieza del *frankenstein* imaginario–, que había en él un misterio indescifrable, algún secreto de la conciencia. Veía en sus ojos bondad. Me resultaba fácil concebir junto a él una vida apacible.

En el verano de 2015 asistí a una cena social multitudinaria. Éramos más de cien comensales y estábamos sentados en mesas alargadas, como en un congreso o en una boda. Mientras nos servían los aperitivos, vi en una de las mesas que tenía ante mí a un hombre que se parecía a Alberto. Estaba de espaldas, pero a veces giraba la cabeza y mostraba el perfil. Habían pasado veinte años desde la última vez que había visto a aquel muchacho sin nombre, y, aunque en ese tiempo se despinta todo, aunque se borra la imagen de cualquier recuerdo impetuoso, estuve seguro de que era él. A mi lado estaba sentado el organizador de la cena y le pregunté si le conocía. «Es Javier», dijo, y añadió el apellido. Esa noche busqué su ficha en Facebook y le escribí. Le dije que veinte años atrás había estado enamorado de él, que había penado durante meses, que me gustaría aún saber quién era realmente. Me respondió enseguida. Quedamos una semana después para desayunar en la azotea de un hotel de la Gran Vía desde la que se veían los tejados de Madrid. Yo le conté la historia de aquel dolor; le hablé del cuaderno y de mis delirios. Él me escuchó con dulzura. Con la misma expresión con la que me habría escuchado el monstruo de Frankenstein.

En el comienzo de la treintena mi vida empezó a cambiar. Mis amigos de juventud, como ocurre siempre, se casaron, tuvieron hijos y abandonaron la algarabía del mundo. Mis amigos homosexuales se disgregaron. Con Toni tuve una pendencia grave que nos mantuvo separados durante algunos años. De repente, me quedé solo. Era una soledad antagónica a aquella de la infancia: entonces había alrededor de mí muchas personas con las que podía gastar el tiempo, pero con ninguna de ellas tenía la intimidad de la confesión; ahora, por el contrario, no me faltaban amigos verdaderos con los que compartir mis confidencias, pero todos tenían ocupaciones o propósitos cotidianos distintos de los míos. Hablábamos diariamente por teléfono, cenábamos juntos una o dos veces al mes e íbamos al cine algún fin de semana ocasional, pero el barro del tiempo estaba ya dividido para siempre.

Yo seguía poniendo anuncios por palabras en las revistas, obstinadamente. Tal vez no había ya un designio, sino sólo una rutina grisácea que no se sabe desatender a tiempo. Los sábados iba al apartado de correos y recogía las cartas. Las leía con desgana y de vez en cuando llamaba a alguno de los remitentes.

Jose tenía dieciocho años y acababa de llegar a Madrid desde Extremadura para estudiar Ciencias Políticas. Nunca había estado con un hombre. Me gustó –a pesar de que mi pericia sexual tampoco era extraordinaria– ejercer con él de Pigmalión: siempre Pigmalión. Me gustó su cuerpo joven, la pureza que había en cada aspaviento. Me gustó su inocencia, su aturdimiento.

Volví a llamarle. Luego me llamó él. Comenzamos a vernos cada semana, cada pocos días. Venía a mi casa, se desnudaba, pasábamos la tarde juntos. Eyaculábamos dos veces, tres veces, y nos quedábamos luego hablando de filosofía o de los males del universo. Yo tenía quince años más que él. No era posible el amor ni la camaradería, pero había un territorio del afecto que aprendimos a compartir. Yo seguía con el rumbo de mi vida –salía algunas noches a los bares, veía a mis amigos cuando era posible, comenzaba a relacionarme más estrechamente con escritores de mi generación– sin que aquellos encuentros con escenografía de adulterio me trastornaran. Por primera vez mantenía con alguien una relación de sentimientos domesticados. No esperaba de ella nada, salvo la fraternidad casi paternal que me infundía Jose y ese sosiego curativo que me daba el sexo.

En ese tiempo, a finales de 1997, comprendí que el mandamiento sobre el que había construido la arquitectura de toda mi vida era falso: no es necesario tener una pareja para ser feliz. No hay amputación ni fragmentariedad en el acto de permanecer solo. No hay una herida quemada, no hay un tormento inconsolable. Cuando imaginaba el futuro lejano que deseaba, la vejez idílica, siempre me veía a mí mismo acompañado por otro hombre. Ahora, de repente, comencé a verme sin nadie alrededor: durmiendo solo, cocinando para mí mismo, viajando con una maleta pequeña. Y sentí una satisfacción placentera, un deleite en el que no había vergüenza ni dudas: la soledad.

No dejé de buscar pareja, pero empecé a hacerlo casi con aprensión. No quería verme enredado de nuevo en una relación que me trajera atolladeros, renuncias y conflictos. Puse normas exigentes que nadie podría cumplir. Y me dediqué al resto de los asuntos de mi vida. Comencé a reescribir *La muerte de Tadzio*, cuya primera versión estaba llena de florituras desatinadas. Busqué en el centro de Madrid una casa más grande para mudarme. Planeé un viaje por Perú y Ecuador en el verano siguiente. Y me dispuse, en fin, a tomar posesión formal de la soledad y a aprender experimentalmente todos los modos gozosos de aprovechamiento que hubiera en ella.

Lo dice la ley universal: cuando se deja de buscar algo empecinadamente, por fin se encuentra. En abril de 1998 conocí a Axier. En el año 2000 empezamos a vivir juntos en mi casa. En 2003 compramos una casa más grande y nos mudamos a ella. En 2006, cuando el Código Civil lo permitió, nos casamos.

X. LA VIDA DE LOS SALMONES

Para celebrar la boda, Axier y yo editamos un libro que fue entregado a todos los invitados como obsequio. En él había fotos de nuestra vida juntos, poemas y cuentos de algunos amigos escritores, y un texto de presentación que comenzaba así: «*Cuatro bodas y un funeral,* la película de Mike Newell que conquistó los cines de todo el mundo en los años noventa, cuenta las peripecias sentimentales de un grupo de amigos que, al cumplir la treintena, tratan de arreglar sus asuntos del corazón. Contemplamos en la pantalla bodas, divorcios, cortejos, desencantos y ensoñaciones. Y entre todo ese ir y venir de enamoramientos, hay una pareja de hombres homosexuales que se aman y comparten su vida con absoluta naturalidad desde un tiempo anterior al que nosotros, espectadores, conocemos. Uno de esos hombres, Gareth, interpretado por el actor británico Simon Callow, es además un modelo de vivacidad, de alegría y –a pesar de su edad ya algo madura– de juventud. Su brío y su risa contagian a todos. Es, de algún modo extraño, el espejo en el que la felicidad se mira.

»Pero como tanta dicha no podía acabar bien, Gareth muere de un ataque al corazón en una de las cuatro bodas.

Los amigos, que siempre se reunían para celebrar, se reúnen ahora para afligirse. Y antes de empezar la misa de funeral –porque las cuatro bodas y el funeral se oficien eclesiásticamente, como Dios manda–, Matthew, el novio viudo del difunto, hace un conmovedor discurso elegíaco que comienza así: "A Gareth le gustaban más los funerales que las bodas. Decía que le resultaba más fácil entusiasmarse con una ceremonia en la que tenía posibilidades de ser protagonista algún día."

»Es humor negro, pero muestra a la perfección cómo nos hemos sentido siempre todos aquellos que, pudiendo morirnos, no podíamos sin embargo casarnos. Esa solemnidad en la que se celebra un compromiso tan crucial nos ha resultado siempre igual de extraña que las sirenas, los dragones de dos cabezas y los duendes del bosque. Podíamos llegar a soñar con viajes exóticos, con triunfos grandiosos y con amores desesperados, pero no con que reuniríamos alguna vez a nuestros amigos y a nuestra familia para festejar una boda. Esa reunión, si se celebraba, sería, como en el caso de Gareth, con nosotros de cuerpo presente y en traje de mortaja.»

El niño cucaracha, en efecto, nunca imaginó que llegaría algún día a ser Gregorio Samsa y a casarse con un hombre. Durante muchos años tuvo el empeño de morir sin tocar la carne desnuda de nadie, solitario, virginal. Luego, al comprobar lo homérico del propósito, intentó contravenir las leyes de la naturaleza e invertir la dirección de su flujo sanguíneo para poder amar a las mujeres, pero la sangre dejó entonces de entrar en el corazón y estuvo a punto de perder la vida. A partir de ese momento aceptó su suerte, resignado, y buscó la ventura en los lugares en los que creía que podría encontrarla, pero incluso en sus sueños más dichosos, en los quiméricos, se veía a sí mismo escondido, agazapado en alguna sombra. Tal vez llegaría a vivir con otro hombre. Tal vez incluso lo hiciera en una casa con una sola cama, sin ocultación. Tal vez su familia, sus compañeros de trabajo y sus vecinos conocieran todos los secretos de su amor. Siempre quedaría, sin embargo, la tiniebla de la indignidad.

En un relato, Alberto Marcos describe a Iván Zulueta a través de una imagen zoológica ya clásica que era muy del gusto del cineasta: «Es un salmón con mala suerte. Lo vio en un documental cuando era joven y ahora le parece una simbología adecuada: la lucha obstinada de los salmones remontando el río para desovar y prolongar su herencia en el tiempo. Los saltos imposibles de hoya en hoya, salvando cascadas, esquivando remolinos, bandeando las torrenteras, atreviéndose a luchar contra la corriente de la naturaleza. Y en un salto mal calculado, caer en una charca de agua de salpicadura, desconectada por completo del caudal, y quedar varado sin posibilidad de continuar el viaje, como un pez dorado en una esfera de vidrio.»

Creo que la vida de los homosexuales –mi propia vida– ha sido una vida de salmones: saltando de hoya en hoya, salvando cascadas, esquivando remolinos, bandeando torrenteras y luchando siempre contra la corriente. Y en esa vida, más que en otras, más que en las vidas cristalinas de los hombres que amaban a las mujeres o de las mujeres que amaban a los hombres, existía el riesgo cierto de saltar fuera del caudal y boquear sobre un charco hasta morir. Yo pude remontar el río. Otros no lo consiguieron. Muchos no lo consiguieron.

Todas las personas dichosas –como las familias– se parecen, pero las infelices lo son cada una a su manera. Por eso estas memorias morales no tienen ya más cuento. En el texto del libro que repartimos a los invitados de la boda

271

había una reflexión sobre los daños que nunca se curan: «Nada de todo aquello se ha olvidado. La soledad, el miedo, la vergüenza, el fingimiento inútil. Quedan la melancolía y las chifladuras que crecieron a su sombra. Quedan los recelos y los desvaríos. El pánico de algunos ratos, de algunos sueños. Y queda el dolor pasado.»

Mi boda con Axier, como en los cuentos infantiles, cerraba la fábula. Era el banquete de la redención. A ella asistieron mi familia, mis compañeros de trabajo y la mayoría de las personas importantes de mi biografía. Asistió Alberto, aquel amigo del colegio que me salvó la vida tantas veces. Asistieron los compañeros de instituto con los que descubrí la libertad del mundo. Asistió Jesús, junto a su novio. Asistió Ángel, con quien había compartido ese viaje a París revelador y esas conversaciones tristes sobre las ilusiones perdidas. Asistieron Carlos y Covadonga, mis confesores. Asistieron Eduardo y Enrique, mis primeros novios. Asistió Toni. Y asistió Jose, ese chico de Extremadura que ahora vivía en Brighton y había perdido ya la inocencia. Sesenta secuencias.

Mi madre me ha reprochado siempre que mis relatos y mis novelas acaben irremisiblemente mal: muertes, asesinatos, fracasos, desamores. Yo suelo responderle cada vez que la vida es así y que para mostrarla cabalmente es necesario el pesimismo narrativo. Resulta paradójico, ahora, que el único de mis libros que cuenta mi vida real tenga un final feliz. Aunque ningún final es feliz: si es feliz, no es todavía el final.

ÍNDICE

I. El nacimiento de la cucaracha 11

II. La guarida de los monstruos. 49

III. El corazón de las tinieblas 77

IV. La naranja mecánica. 95

V. El caballero de la Tabla Redonda 123

VI. Las plegarias atendidas 169

VII. Los días felices 183

VIII. La boca llena de flores y de peces 227

IX. El muchacho sin nombre 249

X. La vida de los salmones 269

Impreso en Talleres Gráficos
LIBERDÚPLEX, S. L. U.,
ctra. BV 2249, km 7,4 - Polígono Torrentfondo
08791 Sant Llorenç d'Hortons